UMA VEZ NA VIDA

MARIANNE KAVANAGH

UMA VEZ NA VIDA

TODO MUNDO TEM UMA ALMA GÊMEA

Tradução

Elisa Nazarian

ÚNICA editora

Gerente Editorial
Mariana Rolier

Editora
Carolina Pereira da Rocha

Editora de Produção Editorial
Rosângela de Araujo Pinheiro Barbosa

Controle de Produção
Fábio Esteves

Tradução
Elisa Nazarian

Preparação
Ana Issa

Projeto gráfico e diagramação
Osmane Garcia Filho

Revisão
Malvina Tomáz

Capa
Gabinete de Artes

Ilustração de capa
Axel Sande

Impressão
Cromosete

Única é um selo da Editora Gente.

Título original: *For once in my life*

Rua Pedro Soares de Almeida, 114,
São Paulo, SP – CEP 05029-030

Telefone: (11) 3670-2500

Site: http://www.editoragente.com.br

E-mail: gente@editoragente.com.br

Dados Internacionais de Catalogação na Publicação (CIP)
(Câmara Brasileira do Livro, SP, Brasil)

Kavanagh, Marianne

Uma vez na vida / Marianne Kavanagh ; tradução de Elisa Nazarian. — São Paulo : Única Editora, 2014.
Título original: For once in my life.
ISBN 978-85-67028-19-4

1. Ficção inglesa I. Título.
14-00799 CDD-823

Índices para catálogo sistemático:
1. Romances : Literatura inglesa 823

UMA VEZ NA VIDA

2002

A RUA OXFORD ainda não havia acordado. Estava deitada na cama, de ressaca, com a maquiagem da noite anterior. Todas as lojas estavam fechadas. Um pombo beliscava um saco de papel, um homem carregava um balde amarelo com água e sabão, funcionários de escritório passavam com fones de ouvido. Eram oito e meia de uma manhã de sexta-feira e fazia muito frio. O Sol estava entalado no Soho.

Foi quando o corpo a atingiu. Atingiu-a com tal força que, por um momento, ela pensou se não teria dado de encontro com uma parede. Ao mesmo tempo, sabia que o corpo que se arremetera pertencia à mulher de batom vermelho e brincos que, segundos antes, vinha andando em sua direção, com os saltos ressoando na calçada. Cambaleou para trás recebendo o impacto, alguém gritou: "Ei!", e o cabelo áspero da mulher estava em sua boca, uma dor aguda em suas costelas. Então, a mulher gritou: "Minha bolsa!" e Tess, sendo londrina, sentiu um peso no coração e focou — ainda que seus braços estivessem cheios de poliéster preto e cheiro de laquê — no homem pequeno e franzino que corria pela rua, desaparecendo numa travessa. Atrás dele, em desabalada perseguição, um segundo homem — jovem, estatura média, jaqueta de couro marrom — desaparecia da vista, engolido pela mesma esquina. Depois não houve mais nada, apenas uma rua semivazia, com pedestres que lhe lançavam olhares furtivos e desviavam os olhos com a mesma rapidez.

Ela apertou a mulher com mais força, numa espécie de abraço desesperado. A mulher soltou um leve gemido de agonia e disse: "Ele levou minha bolsa".

Soltando-a, Tess disse: "Acho que havia alguém correndo atrás dele". Contudo, as duas sabiam, paradas ali, na rua sombreada, no começo da manhã do sujo West End, que a bolsa estava perdida para sempre.

Tess perguntou: "Você está bem?"

A mulher acenou com a cabeça, mas seu batom estava borrado, e seus olhos, espetados de rímel, estavam cheios de lágrimas. Tinha linhas finas ao redor da boca, como se fumasse, ou tivesse tido esse hábito.

"Quer que eu chame a polícia?"

A mulher balançou a cabeça. "Só fazia dois minutos que eu estava com ela. Foi um presente. Pelo meu aniversário."

"Você levou um susto horrível. Deixe que eu te ofereça uma xícara de chá."

No entanto, a mulher disse: "Não, você é boa gente. Tenho que trabalhar. Já estou atrasada".

Tess sentiu-se quase tão desesperada quanto se ela mesma tivesse sido empurrada, humilhada e roubada. "Sinto muito."

"É o tempo que isso leva. Bloquear todos os cartões, fazer chaves novas, comprar maquiagem nova. Preferia que ele tivesse me pedido dinheiro. Eu teria dado. Eles só querem dinheiro."

"Ainda acho que você deveria prestar queixa", disse Tess. "Para o caso de aquele homem conseguir pegá-lo e recuperar a bolsa."

A mulher olhou a rua de maneira vaga, como se quase esperasse ainda ver os dois — o assaltante pequeno e magro e o homem com a jaqueta de couro marrom.

"Ele não vai alcançá-lo", comentou com amargura. "A não ser que seja uma porra de um campeão olímpico."

O Sol, superando o concreto, reluziu em torno dos prédios e brilhou nas vidraças sujas das vitrines. A rua Oxford despertava.

Em algum ponto próximo à rua Wardour, George reconheceu a derrota. Ficou ali, os ouvidos surdos com a pressão, enchendo os pulmões com enormes golfadas de ar. Sentia uma mistura peculiar de vergonha, raiva e excitação. Também sentia muito calor. Havia muito tempo não corria com tal rapidez, nem uma distância tão grande. Correra pelo impulso do momento, pelo impulso de perseguir o ladrão — uma reação à fúria que sentiu por dentro ao ver a mulher cair, empurrada para o chão.

Enquanto esperava que seu coração desacelerasse, George pensou se deveria voltar à rua Oxford para dizer à mulher o que havia acontecido. "Sinto muito, corri atrás dele um bom tempo, mas ele escapou. Deu uma guinada pra trás de uma van de entregas e eu o perdi." Mas será que ela ainda estaria ali? Não tinha ideia de quanto tempo se passara. Com certeza, a essa altura já teria ido embora.

Talvez devesse ter ficado no local. Poderia servir como testemunha. "Não chega a 1,70, muito magro, cabelos escuros, talvez quatorze, quinze anos, branco, nenhum traço marcante." Isso teria ajudado? "O senhor o reconheceria?" Em um lampejo, George teve certeza absoluta de que sim. Depois, com a mesma rapidez, soube claramente que não.

Parado ali, sentindo cheiro de açúcar, baunilha, café e leite quente, vindo do café italiano atrás dele, George teve uma sensação familiar de melancolia. Era algo que o revestia como um sobretudo pesado sempre que era surpreendido por seus pensamentos (uma trilha sonora permanente), e obrigado a encarar a realidade. Aquilo lhe acontecia com frequência naquela hora do dia. Não eram apenas os assaltantes ou a violência incidental de uma cidade cheia de estranhos. Não era nem mesmo o caos desconcertante que o acompanhava aonde quer que fosse — chaves perdidas, meias desemparelhadas, leite vencido, avisos de cobrança, cartões de banco que não funcionavam e senhas de que ele não se lembrava, uma massa fervilhante e fugidia, como baratas num porão escuro que só são vistas por um momento tenebroso, quando a luz é acesa.

Não, aquilo era muito pior. Era a convicção crescente de que havia feito uma confusão da sua vida, que era um fracasso, que em algum ponto ao longo do caminho havia pegado a trilha errada, ou feito a escolha errada, e agora estava diante de uma parede de tijolos, sem saída. Era essa melancolia que invadia sua cabeça sempre que parava no meio do Soho e se dava conta de estar em 2002. Tinha terminado a universidade havia quase cinco anos e continuava fazendo as mesmas coisas: serviços temporários como quebra-galhos, o que se repetia desde que deixara Manchester — trabalhos que ele só pegava para pagar as contas até que a banda decolasse. No entanto, a banda não havia decolado e, de repente, o trabalho temporário passara a ser muito permanente.

George ficou ali, confuso. Qual seria a resposta? Seu pai sempre dizia: "Pude escolher entre música e Medicina". *Bom*, pensou George, *pude escolher entre música e música*. E seu herói, Thelonious Monk, dissera: "Isto foi o que eu sempre quis fazer". Ultimamente as coisas haviam ficado ainda piores. *Agora*, pensou George, *posso escolher entre continuar ou desistir. Desistir parece tentador. Bastava dar ouvidos a todos os pensamentos que vinha tentando deixar de lado — nunca vou conseguir, é competitivo demais, não faz sentido. Entretanto, se não estou tocando, também não faz sentido. Então, o que dá pra deduzir disso?*

As bicicletas do Soho, as vans de entrega e os táxis derrapavam, aceleravam e brecavam em torno dele.

Depois de um tempo, como essa linha de pensamento nunca o levava a nada, George respirou fundo, girou a cabeça de um lado para o outro, para relaxar a tensão do pescoço, e foi para o trabalho.

Chegou cedo à loja. Afinal de contas, não era comum ele correr metade do caminho vindo do Oxford Circus. Rajesh desceu para abrir para ele. Dentro estava escuro porque ninguém havia aberto os postigos.

Rajesh perguntou: "Tudo bem?" e George concordou com a cabeça, apesar de suas pernas ainda parecerem pouco confiáveis, como elástico frouxo. Perguntou: "Quem está no turno de hoje?" Rajesh respondeu: "Freya, Vince e Carmel."

George pendurou a jaqueta sentindo-se relaxar. No fim das contas, o dia seria bom. Freya só entendia de violinos, mas Vince tocava teclado como Art Tatum. Acendeu a lâmpada mais próxima e, subitamente, todos os violões e guitarras pendurados na parede dos fundos reluziram, como pratos de percussão.

"Você vai gostar dele", disse Kirsty.

Estava sentada numa posição de ioga, com as longas pernas dobradas em direções opostas, ao redor do corpo.

"De quem?", perguntou Tess.

"Do George", respondeu Kirsty.

Era sábado de manhã. As duas estavam tomando café em sua precária sala de visitas; Kirsty no chão, Tess enrodilhada no sofá detonado. Uma luz fraca e desanimada entrava pela grande *bay window*, como se pedisse desculpas por expor tanta poeira. Havia coisas espalhadas a esmo, por toda parte — agasalhos com capuz, bolsas, livros, fones de ouvido, travesseiros infláveis, enormes meias *pink*. Sempre havia gente hospedada no apartamento — velhos amigos de Manchester, colegas do bar que tinham perdido o último metrô para casa. Nos maus dias, quando voltava para uma casa com a geladeira vazia e uma banheira suja, Tess se perguntava se a hospitalidade delas não teria ido longe demais.

Naquela manhã, o apartamento era só delas. Kirsty havia acabado de chegar. Não parecia alguém que tivesse passado a noite toda na balada. Seus longos cabelos pretos estavam macios e brilhantes; os olhos, ainda perfeitamente maquiados, estilo Cleópatra.

Tess disse: "Você está fazendo isso de novo."

"O quê?"

"Você não gosta do Dominic, então fica tentando me apresentar a outras pessoas."

Kirsty pareceu magoada. "Quando foi que eu disse que não gostava do Dominic?"

"Desde que o dia em que o conheci?"

Universidade de Manchester. O primeiro semestre do primeiro ano. Três garotas num apartamento e um banheiro comum, de onde Dominic havia saído enrolado apenas numa toalhinha branca. Kirsty, desviando o olhar dele para Tess, havia levantado uma das sobrancelhas lindamente arqueadas. Contudo, Tess não conseguia entender. Por que um homem parecido com um modelo de roupas íntimas havia passado a noite em sua cama?

"Dominic", disse Kirsty, "é extraordinário."

Tess, desconfiada, não disse nada.

"Mas George", continuou Kirsty, "é sua alma gêmea".

"Minha alma gêmea."

"Você vai amá-lo. É músico. Chegado em arte."

"Como um monte de gente", observou Tess.

"E é antiquado."

"Eu não sou antiquada."

"Olha quem diz! A garota obcecada por moda *vintage*."

Tess, que havia passado toda a manhã lendo um exemplar de 1944 da revista *Woman* ("Cinco tendências da primavera para suas roupas"), não teve o que dizer.

"Juro pra você", insistiu Kirsty, "ele é o seu tipo".

"Qual é o meu tipo?"

Kirsty olhou para ela por debaixo das pálpebras quase fechadas, como uma menina prestes a dizer um palavrão. "Qualquer um que não seja o Dominic."

Tess abriu a boca para protestar, tornando a fechá-la com rapidez. Aquela era uma brincadeira recorrente. Sempre que Kirsty via Dominic — uma ou duas vezes por semana, e quase todos os finais de semana — olhava para Tess com uma expressão de leve surpresa, como se Tess tivesse começado a usar sombra azul, ou passado a comer rins crus. Algum tempo antes, Tess havia chegado à conclusão de que não havia lei que dissesse que sua melhor amiga deveria gostar do seu namorado. Os dois teriam sentimento de posse sobre você e, provavelmente, cada um se ressentiria do tempo que era passado com o outro. Assim, a única coisa a fazer era seguir em frente como se não existisse rivalidade.

Dominic achava Kirsty incompreensível. Dizia não conseguir entender como é que alguém que nunca ia para a cama antes das quatro da madrugada poderia ter condições de manter um emprego. Tess concordava com Dominic, dizendo que era mesmo engraçado que ela tivesse tanta energia. Para Kirsty, ela perguntava: "Você não acha que seria uma boa ideia levar o trabalho um pouco mais a sério, pra não passar o tempo todo sendo demitida?" Ao que Kirsty respondia: "Sempre dá pra arrumar outro trabalho".

Isso era verdade. Traços atraentes de modelo e um diploma de Matemática — que importância tinha algumas lacunas no currículo? "Não dá pra perder tempo se preocupando com trabalho", dizia Kirsty. "Trabalho é o que precisa ser feito pra pagar o aluguel. Vida é o que acontece quando seu turno termina".

Tess perguntou: "E aí? Aonde é que você foi ontem à noite?"

"Fui ver a banda do Rhys."

Tess franziu a testa, tentando se lembrar: "Quem é o Rhys?"

"O irmão mais velho do Gareth."

"O Gareth, então, estava lá?"

Kirsty olhou para ela como se estivesse maluca. "Pouco provável."

"Ele ainda não lhe perdoou?"

"Rhys diz que ele chora até pegar no sono."

Tess ficou chocada. "Mas isso é horrível!"

"É o jeito dele", disse Kirsty, "transforma uma crise em um drama. É o Dylan Thomas que existe dentro dele".

Tess pensou em Gareth deitado sozinho no escuro, coração partido. Ficou com pena. De todos os homens com quem Kirsty tinha andado — e a maioria deles, assim como seus trabalhos, não durava mais do que duas semanas —, Gareth era de quem Tess mais gostava. Era ruivo, com sardas no nariz, e parecia alguém que tivesse passado a vida ao ar livre, construindo muros de pedras e abrindo toras com machado. É claro que nada disso era um fato. Gareth trabalhava num *call center* vendendo seguros. Tess odiava pensar nele espremido atrás de uma escrivaninha de madeira falsa, com fones de ouvido e um bocal.

"E aí? Aonde você foi?"

"Num clube, perto de Smithfield." Kirsty parou, se lembrando. "É um pouco esquisito caminhar por Smithfield de madrugada. A gente fica trombando com carcaças de porcos."

Tess teve uma súbita imagem mental de Kirsty cercada por costelas penduradas.

"E George estava tocando teclado, e era muito, muito bom. Todo mundo ficava se levantando, gritando e aplaudindo. Depois, fomos pra casa do Rhys, em Hackney, tomamos chá, e ficamos ali sentados, conversando. Aí pensei: a Tess ia mesmo gostar dele. A Tess ia gostar de verdade do George."

Tess estava fazendo força para não se mostrar interessada. Kirsty tinha um bom instinto para as pessoas. Se ela estivesse conversando com alguém numa parada de ônibus, às três da manhã, acabaria descobrindo que era um ator do teatro Old Vic, ou alguém que trabalhasse com Vivienne Westwood. Então, ela disse, casualmente: "Todo mundo diz isso".

Kirsty pousou a xícara de café e cruzou as pernas. "Todo mundo diz o quê?"

"Que eu vou gostar do George."

"Quem, exatamente?"

"Ellie e Lauren. Elas o conheceram em Manchester."

"Como assim?", perguntou Kirsty. "Ele saiu antes que elas começassem."

"Sei lá", respondeu Tess. "Por uns amigos da Lauren. Você sabe como ela é. A rainha dos contatos."

"Bom, então é isso aí", disse Kirsty, "todos os pré-requisitos para um relacionamento perfeito. Vocês foram para a mesma universidade, tiveram os mesmos amigos e os dois estão livres e solteiros".

Tess endireitou o corpo. "Você está se esquecendo do Dominic".

Kirsty levantou-se com um único movimento. Ficou ali, graciosa e serena. "Com a maior facilidade", ela disse.

Naquela noite — sábado à noite — Tess não pensou em George. Pensou em Dominic, porque ele estava ali, no seu quarto, deitado na cama dela, apoiado sobre o cotovelo como uma escultura num castelo. Sempre que via Dominic nu, Tess perdia o fôlego. Não conseguia acreditar que um homem tão perfeito tivesse acabado em seu edredom. Dominic tinha pernas e braços longos, ombros largos e músculos rijos que definiam sua cintura e suas nádegas. A pele tinha um tom de mel uniforme, como se tomasse banho de Sol nu. Seu cabelo era liso e loiro, que ele deixava bem comprido; seus olhos eram azuis, e tinha a quantidade exata de barba. Cada vez que ela o encontrava depois do trabalho, no meio da semana, quando ele estava de terno cinza-escuro, camisa azul e gravata azul-marinho, ficava novamente chocada com sua beleza. Eles se sentavam em silêncio lado a lado, comendo pãezinhos e pizza, e ela ficava imaginando quantas mulheres no restaurante estariam olhando para ela, se rasgando por dentro de pura inveja.

Essa sensação de estar com o homem mais bonito do lugar era para ela uma coisa totalmente nova. Quando adolescente, nas festas, escondendo seu corpo subitamente cheio de curvas sob camisetas folgadas, ela se encolhia contra as paredes. Ninguém reparava nela, e ela mantinha os olhos fixos no chão. Na escola, nas manhãs de segunda-feira, não tinha nada para oferecer — nenhuma história de beijos, traições ou flertes. E então, de repente, em sua primeira semana em Manchester, eis que surge Dominic, com toda sua magnificência, como um anjo mandado do céu. Ele reparou nela, escolheu-a, fez com que se sentisse desejada.

Mesmo assim, até agora ela não conseguia acreditar nisso. Além de sua perfeição física de tirar o fôlego, Dominic tinha um temperamento estável, uniforme. Ela sabia que ele não faria joguinhos, não a deixaria em suspenso, não a dispensaria. Era uma pessoa leal. Era confiável. Tinha tanto controle de suas emoções que tudo o que falava era cuidadoso e ponderado. Dizia que todo mundo deveria falar menos, que só se deveria participar de uma discussão para corrigir mal-entendidos ou para enfatizar algum aspecto que tivesse passado despercebido. Por esse motivo, as conversas com Dominic pelo telefone nunca eram muito interessantes.

Entretanto, Tess, que às vezes se preocupava com as frases inteiras que escapavam da sua boca antes mesmo que tivesse tido tempo de pensar nelas, achava essa reserva admirável.

"Ele conversa com você quando vocês estão sozinhos?", perguntou Kirsty uma vez, enquanto elas limpavam o apartamento sem muito entusiasmo.

"Claro que sim", respondeu Tess. "Por quê?"

"Eu estava contando quantas palavras ele disse no bar ontem à noite", disse Kirsty. "Cheguei em 43."

"Bom, talvez se todo mundo tivesse falado um pouco menos", disse Tess, "ele tivesse um pouquinho mais de chance".

"É mesmo?"

"É", disse Tess com firmeza.

Na verdade, Dominic não conversava muito com ela. Contudo, ela sempre dizia a si mesma, imersa em assombro enquanto eles ficavam ali, entrelaçados, a pele escorregadia de suor, o coração desacelerando, que havia outras maneiras de se comunicar.

Assim, Tess não pensou em George até a manhã de segunda-feira, quando estava sentada na linha Victoria, a caminho do trabalho. Seu percurso era relativamente simples: seis paradas de Brixton até West End, e geralmente passava esse tempo em devaneio. Estava olhando, perdida de admiração, para a cintura embabadada do vestido verde-escuro usado pela mulher em pé, que segurava o estribo à sua frente, quando o trem chegou a Oxford Circus. Perplexa, Tess levantou-se às pressas e foi carregada pela multidão para a plataforma, onde se viu, por um segundo estranhamente silencioso, em frente a um cartaz do *The Piano Man*. De acordo com o *Daily Mail*, aquele era "um musical de sucesso estrondoso".

E então ela pensou em George. Sabia que ele tocava teclado. *Mas que tipo de música?* ela pensou, enquanto a pressão dos corpos a levava para a escada rolante. Por ainda ser cedo, e seu cérebro não estar completamente ligado ao trabalho que viria, começou a imaginar George — um homem que ela nunca tinha visto — sentado diante de um grande piano tocando Rachmaninoff, até se lembrar de que ele fazia parte de uma banda, portanto, provavelmente não tocava sinfonias. Ao chegar à catraca, atingida na cabeça duas vezes pela mochila de alguém, ela também se lembrou de que Kirsty dissera que ele era antiquado. *O que queria dizer aquilo?* pensou, enquanto se dirigia para a saída da rua Argyll. Interpretar as velhas músicas dos Beatles?

Na rua Great Marlborough, no cruzamento com a Poland, um homem atravessou na sua frente com uma grande bolsa de lona preta — o tipo que carrega um teclado digital — pendurada no ombro. *Há músicos demais nesta parte de Londres*, ela pensou. *Eles se juntam aqui como os pombos na Trafalgar Square.*

No café italiano, Tess pediu os dois *cappuccinos* de costume e chegou à Daisy Greenleag Designs dez minutos adiantada. Na entrada do prédio de escritórios vizinho, encolhido dentro do casaco preto, com a gola virada para cima para se proteger do frio, Colin parecia estar cochilando. Tess agachou-se até ele, tentando manter uma respiração superficial. Ele cheirava a algo em decomposição, úmido e velho, como adubo.

"Colin?" ela chamou.

Ele abriu os olhos, piscou e tossiu. Dava para ouvir o trânsito de Londres em seus pulmões.

"Trouxe seu café", disse Tess.

"Que dia é hoje?"

"Quinta-feira."

Colin suspirou. Sua barba estava cinza. Sua pele estava cinza. Às vezes, Tess achava que ele deveria ter, no mínimo, setenta anos, mas não tinha certeza. Dormir ao relento fazia até um jovem parecer velho.

"Noite ruim?", ela perguntou.

"Não posso reclamar."

Quando Tess chegou ao alto da escada, Glenda já estava no escritório, dedilhando no teclado com suas unhas cor-de-rosa clarinho. Glenda nunca estava parada. Mesmo sentada, aparentemente imóvel, ela vibrava — carne, cachos, brincos de argolas de prata — como uma bolha de sabão prestes a explodir. Tinha uma habilidade extraordinária para digitar e conversar ao mesmo tempo, geralmente fazendo as duas coisas enquanto conferia o batom rosa cintilante — que brilhava como cobertura de bolo — no espelho atrelado à luz da escrivaninha. Pelo meio da tarde, tinha produzido um clima de tal frenesi com suas multitarefas que Tess, às vezes, precisava fugir para o ar sorumbático de Londres e dar uma volta em torno do quarteirão, até que seu coração se acalmasse.

"Estou só lidando com alguns dos mentirosos", disse Glenda, sem levantar os olhos. "Deixei os choramingas pra você."

Elas se sentavam, todos os dias, uma de frente para a outra, separadas por duas divisórias, pela bolsa grande de maquiagem de Glenda e trinta anos de experiência. Glenda tinha passado a vida acalmando o público. Logo no primeiro dia de Tess, ela explicou que as pessoas que reclamavam podiam ser divididas em quatro grupos: os choramingas, os exagerados, os mentirosos e os autênticos.

"Não existem muitos autênticos", ela disse.

"É mesmo?", perguntou Tess com educação, mas confusa.

"Bom, na verdade é como na vida, não é?", observou Glenda.

A Daisy Greenleaf Designs tinha dez anos. Era uma companhia de vendas pela internet, especializada em material de papelaria, incluindo papel feito à mão, bloquinhos minúsculos enfeitados com contas e espelhos e envelopes que dispunham de cola, de origem comprovadamente ecológica. Glenda e Tess formavam um departamento chamado, em termos gerais, de "Atendimento ao Cliente", mas que poderia ser descrito mais acertadamente como "Reclamações". O problema com os produtos artesanais escolhidos com cuidado na aldeia global era que eles com frequência se desmilinguiam. Além disso, os preços eram ridiculamente altos. Eram necessárias toda a habilidade tática de Glenda e a simpatia gentil e convincente de Tess, para fazer com que os clientes aceitassem refazer o pedido.

A própria Daisy Greenleaf não existia. Era uma ideia de Oliver Bankes, que já havia flertado com produtos masculinos *on-line*, cestas de piquenique *on-line*, e artigos para festas *on-line*. Agora, estava apostando suas fichas, e o resto da sua herança, em blocos de papel rosa-bebê, nos quais ainda se percebiam os farelos de madeira.

"Seu fim de semana foi bom?", perguntou Tess, tirando a jaqueta e se enfiando atrás da escrivaninha. Considerando os preços do West End, o espaço, embora pequeno, valia ouro. Às vezes, ela precisava fazer força para fingir que não ouvia Oliver gritando no seu celular, ou que não o via, pela porta aberta do escritório, arrumando o conteúdo da sua calça.

"Fui de carro até Swanage", disse Glenda. Suspirou. "Estou pensando muito seriamente em ir pra lá quando me aposentar, sabia? Dá pra conseguir um chalé à beira-mar."

"Minha avó mora lá perto", disse Tess, "em Poole".

"Quase tantos dias de Sol quanto na Cornualha", disse Glenda. Seu olhar perdeu-se na distância. "Quem foi que disse que quando você se cansa de Londres, se cansa da vida?"

"Doutor Johnson?"

"Bom, ele estava errado", disse Glenda. "O fato é que quando se chega à minha idade, a gente quer um pouco mais. Ainda adoro teatro, musicais. Nada melhor do que um show do West End, sentar-me nas poltronas de veludo vermelho. Mas estou cansada de toda essa bagunça, entende, do concreto, das multidões. E desse encardido, do cheiro de plástico queimado em todo lugar a que se vai. Devem ser as ruas, a quantidade de vezes que são furadas. Fico impressionada que ainda sobre algum asfalto. Daisy Greenleaf Designs", ela disse, pegando o telefone sem pausa para respirar.

À uma da tarde, Tess levou seu sanduíche para o espaço gramado no meio da Hanover Square. Lá, esperou por Ellie que, estagiando em moda sem remuneração em uma revista de trivialidades, não podia se dar ao luxo de almoçar em lugar nenhum, a não ser num banco de madeira. Ellie parecia um garoto. Tess não conseguia saber se aquilo era uma afirmação pessoal, uma escolha de moda ou uma maneira sensata de capitalizar um corpo sem características femininas reconhecíveis. Qualquer que fosse a razão, sua aparência chamava atenção, o que não era pouca coisa em plena Londres. Hoje ela usava uma camisa branca de algodão, calça masculina, suspensórios, e mocassins marrons de amarrar. Seus cabelos castanho-escuros estavam curtos, e ela não usava maquiagem. Sua aparência era a de quem deveria estar carregando um bastão de críquete ou o protótipo de um Spitfire,* com um estilingue caseiro preso à cintura.

Tess acenou e Ellie atravessou a praça com as mãos nos bolsos. Algumas pequenas réstias luminosas de Sol passavam por entre as árvores. A pele pálida de Ellie estava tão clara que parecia quase translúcida.

* Avião de caça britânico da Segunda Guerra Mundial. (N. T.)

"E aí, como vai o mundo da papelaria ecológica?", perguntou, sentando-se no banco.

"Um pouco roxo esta manhã", respondeu Tess. "Nossos fornecedores franceses erraram o tom de um lote inteiro de cadernos, e houve um monte de reclamações."

"Cansativo?", perguntou Ellie, franzindo o cenho.

"Só quando estou sentada lá. Aqui fora, tudo parece um pouquinho histérico."

"Você tem que manter seus clientes satisfeitos."

"Eu sei", disse Tess. "E é um trabalho. Dominic fica sempre me lembrando da sorte que eu tenho."

Elas ficaram ali, olhando a luz do Sol brincando na grama.

Ellie disse: "Sempre pensei que você faria alguma coisa ligada à moda".

"Pensou?"

"Pensei", disse Ellie, fazendo uma careta como se tivesse dizendo o óbvio. "Você é a única pessoa que eu conheço que ia às palestras vestida como se ainda tivesse um caderno de racionamento da época da guerra."

Tess corou: "Parecia idiota?"

"Não, era incrível."

"Era por causa daquela loja *vintage*. Tinha tanta coisa da década de 1940! E eu adoro isso. A alfaiataria, os enchimentos de ombro, as cinturas bem cortadas, as bainhas logo acima dos joelhos..."

"Tudo a ver com você", disse Ellie.

Tess alisou a saia do seu vestido verde-claro (linho irlandês, Fred Howard, cerca de 1943). "Porque eu sou pequena, e o que se chama, por eufemismo, de curvilínea."

"Não menospreze isso", disse Ellie. "Eu nem saberia onde colocar um cinto, se não fosse pelos passantes da minha calça."

"Tenho umas fotos antigas da minha avó usando o mesmo tipo de roupas", disse Tess. "Minha mãe diz que me pareço com ela. Ela também era pequena e roliça."

"Você não é roliça", observou Ellie.

"Gostaria que ela tivesse guardado algumas roupas. Contudo, ela diz que estavam todas muito gastas. Viraram pano de limpeza."

Elas ficaram sentadas, olhando um pombo manco saltitar entre pacotes vazios de salgadinhos. Tess pensou em como as pessoas precisavam se virar para conseguir alguma coisa na Segunda Guerra Mundial, e na ingenuidade envolvida em se arrumar para um baile local: suco de beterraba para deixar os lábios vermelhos, linhas riscadas atrás das pernas para parecerem costuras de meias. Tocariam Glenn Miller, *String of Pearls*. "Aquele era o ponto alto", sua avó costumava dizer, "antes de a dança começar, quando o salão estava vazio, a banda tocando e as pessoas começando a chegar. Dava pra sentir a empolgação descendo pela espinha".

O pombo levantou a cabeça em guarda e olhou para ela. Tess teve um estremecimento e a década de 1940 se foi. Rapidamente ela retomou a conversa, para disfarçar, caso Ellie tivesse percebido que sua mente tinha divagado: "E aí, qual é o programa desta semana?"

"Sempre a mesma coisa", respondeu Ellie com tristeza. "Fazer xerox, arquivar, fazer compras."

"Mas é o que você precisa fazer, né?", perguntou Tess. "Ter tudo isso no seu currículo."

"Preferia estar trabalhando. Como você."

"Sei lá", disse Tess. "Gosto do dinheiro, mas às vezes penso: o que estou fazendo? Que diferença isto faz?"

"Bom, então pare", disse Ellie. "Dê o fora e faça outra coisa. Assuma o controle antes que seja tarde demais."

Tess, com medo de que as coisas tivessem ficado muito sérias, esfregou as mãos, livrando-se das migalhas. "Ah, pode ser. Vamos falar de coisas agradáveis. Só tenho meia hora."

"Estamos pensando em dar uma festa", disse Ellie.

"Ah", disse Tess, animando-se. "Quando?"

"No aniversário da Lauren, 24 de maio."

"Quem vai?"

"Todo mundo, espero."

"Posso levar o Dominic?"

Ellie olhou para ela: "Precisa perguntar?"

"Estou sendo educada."

"Vocês dois estão sempre juntos desde que você voltou com ele para o apartamento. Quando foi isso? No segundo dia?"

"Não foi tão rápido", disse Tess baixinho.

"Foi sim. Fiquei chocada."

"Ficou nada. Além disso, não foi desse jeito."

"Pode ser que você pareça toda tímida e convencional por fora", disse Ellie, "mas por dentro você é uma efervescência de paixão animal."

"Mas não foi assim que aconteceu", tornou a dizer Tess, levantando os olhos, o rosto em brasa. "Desde o começo eu soube que ia ficar com ele pra sempre."

"Pra sempre?"

"É", disse Tess.

"Se você está dizendo..."

Na noite de terça-feira, depois do trabalho, quando Dominic ficou estudando — estava se preparando para ser contador, enquanto trabalhava em uma grande empresa de Direito Comercial que o havia contratado em seu programa de admissão de graduandos — Tess foi ver a exposição de Toby, na Escola de Arte Central St. Martin. Toby era um velho amigo da escola primária, na área rural de Kent, e vivia, agora, em um prédio ocupado em Camden. Não parecia um artista. Usava óculos pretos comportados, e, geralmente, um colete de tricô bege que tinha encolhido na lavagem. Carregava uma bolsa com a alça atravessada no peito, e sempre se esquecia de tirar o protetor de bicicleta* da calça. Tinha, porém, grandes ideias. Projetava instalações. A primeira que Tess viu fez com que caísse na risada — um sutiã gigante, feito inteirinho com ossos de galinha, pendurado no teto. Não tinha certeza se aquela era uma reação adequada, mas fez com que quisesse ver mais.

Tess tinha convidado Kirsty para ir com ela à St. Martin, mas Kirsty estava trabalhando — um trabalho novo em um bar em Convent Garden.

* Em inglês, *bicycle clips*, um prendedor que impede que a calça se encoste na corrente. (N. T.)

Assim, Tess ficou na fila, sozinha, cercada por pessoas que não conhecia, encantada com os chapéus, as cabeças raspadas, as quinquilharias nos rostos e as maquiagens espessas e teatrais.

Lá dentro estava muito cheio. Era difícil conseguir ver qualquer coisa. De vez em quando, Tess dava de cara com uma máscara que lembrava uma gárgula, ou uma abelha de papel machê do tamanho de um cachorro com asas de gaze, mas, na maioria das vezes, por ter só 1,57 m, acabava encarando o meio das costas de alguém.

O barulho era ensurdecedor. Algumas das instalações usavam som — gemidos agudos, como fios de aço sendo raspados por um arco de violino, ou música eletrônica que vibra em caixas de som pretas. Pessoas gritavam para serem ouvidas acima de gravações de coros de igreja; o nível de conversa que se tem em um coquetel, quando todo mundo já bebeu Margaritas demais. Além disso, estava quente. Tess tentou respirar fundo, mas o ar estava calcário, como se estivesse cheio de partículas de tinta, e tinha um cheiro levemente químico, parecido com o do desinfetante usado nos banheiros. Quando conseguiu subir dois lances de escada, empurrada pelos joelhos de outras pessoas, sentiu-se mal. Seus sapatos *vintage*, de crocodilo marrom — lindos de morrer — estavam pisados. Estava louca por um copo de água.

E então, de uma hora para outra, viu-se na frente de um pequeno aviso de papelão branco que dizia: "Toby Walters - *Hoje*, *Em Qualquer Outro Lugar Menos Aqui*", e entrou na fila, esperando para atravessar uma pequena passagem. Quando a multidão se mexeu, foi empurrada próxima ao braço de alguém que usava uma jaqueta de couro marrom, e, por um momento, quis se sentir segura, perguntar: "Você sabe o que vem a ser isto?", mas não houve tempo, porque já estava dentro da sala e ouviu a porta se fechar atrás dela, as luzes se apagando sem aviso.

Eles estavam parados numa escuridão total. Por um instante, teve a impressão de que o chão sob seus pés tinha mudado e se tornado macio, parecendo musgo. Estaria pisando a grama? Inspirou, e poderia jurar ter sentido cheiro de flor, de mel e da umidade de folhas — folhas novas e verdes cobertas por orvalho. O ar estava frio e fresco, como se alguém tivesse aberto a janela em uma manhã de verão no campo. Ainda podia ouvir cada som da exposição da Escola de Arte — os coros, os gritos, os arames estridentes e a música eletrônica — mas agora aquilo estava abafado e distante, muito longe, como se, de fato, não tivesse importância. E a escuridão, a escuridão fria e negra, tornou-se quase palpável, como quando você sabe que a noite está terminando e o dia vai começar e, sob o vazio do nada, as formas de objetos reais começaram lentamente a aparecer. O clima era de expectativa. Ninguém se movia. Ninguém falava. E pela primeira vez naquele dia, Tess se sentiu feliz.

Então, gradualmente, conforme os minutos foram se passando, ela teve consciência da multidão se movendo porque havia uma réstia de luz no lado oposto da sala, e uma porta se abria lentamente. Agora ela podia ouvir bem alto os sons da exposição, e se viu de volta ao calor e ao barulho da mostra dos alunos, enquanto a escuridão ia desaparecendo e as luzes se acendiam, iluminando até um branco intenso. Baixou os olhos para seus sapatos lustrosos de biqueira reforçada e, ali, debaixo dela, havia um linóleo cinza, nada de grama. Não sentia cheiro de nada, a não ser de um ar viciado e, talvez, suor rançoso. Sorriu. *Um talento, o Toby*, ela pensou. Como é que você faz isso? E conforme ela seguia o homem da jaqueta de couro marrom para fora da sala, inchou-se de orgulho. C*onheço o artista*, pensou. *Conheço o artista desde que ele tinha sete anos e a gente fazia bolas com os elásticos que o carteiro deixava cair no chão.*

"Estou preocupada com ela. Afinal de contas, ela está envelhecendo. Vai fazer oitenta em julho."

"Ela está bem", disse Tess.

"Eu sei", disse sua mãe. "Mas nessa idade, basta um tombo de mau jeito e tudo fica muito complicado."

Tess fechou os olhos. Pelo barulho do outro lado do telefone, sabia exatamente o que sua mãe estava fazendo. Estava vagando pela cozinha, em Kent, começando várias coisas e largando-as pela metade. Era o que ela sempre fazia, até quando não estava ao telefone. Sua mãe nunca terminava nada. Esvaziava a lavadora de pratos pela metade, dobrava metade da roupa lavada, fazia uma xícara de chá pela metade. Deixava sacos com cenouras semidescascadas. As cartas não eram lidas até o fim. Gavetas e guarda-louças ficavam permanentemente escancarados, como se alguém tivesse gritado "Fogo!" no meio de um almoço de domingo, e todo mundo tivesse fugido em pânico. Quando Tess era mais nova, ficava fazendo o percurso da mãe, tentando restaurar a ordem. Agora, reconhecendo ser uma tarefa impossível, não fazia nada e tentava ver o caos como uma coisa charmosa.

"Ela sempre foi assim?", perguntou Dominic, depois que Tess o levou em casa pela primeira vez.

Ela pensou em retrospecto. "Acho que sim."

"Deve ter sido difícil crescer assim."

"A organização não é tudo."

No entanto, parte dela achava que provavelmente era. Seus pais sempre tinham sido bons e gregários, prontos para largar tudo por uma festa surpresa com Cheetos e uma garrafa de Liebfraumilch. Quando Tess tinha cerca de dez anos, percebeu, porém, que eram incapazes de estabelecer qualquer plano futuro. Não conseguiam organizar nada. Canos estouravam e aquecedores quebravam. Roupas ficavam jogadas precisando de vários tipos de conserto. Perdiam-se trens e passaportes. O peru estava sempre congelado no dia de Natal. Dinheiro, em especial, era algo além deles. Nunca abriam os extratos bancários. Quando o pai de Tess morreu de enfarte, pouco antes de ela fazer dezesseis anos, sua mãe encontrou todos os avisos de cobrança em sacolas de compras da Tesco, debaixo da cama.

Tess, consumida pela lembrança do choro desesperado de sua mãe, agora achava que o dinheiro era algo arriscado e traiçoeiro — algo que desaparecia sem avisar, no ar rarefeito. O medo da falta do dinheiro serpenteava dentro dela como um veio delicado de fungo azul no queijo Stilton.

"Gaste enquanto pode", sua mãe sempre dizia. Achava que Tess era cautelosa demais. Ela mesma era sempre otimista. Sua frase favorita era aquela dita por Scarlet O'Hara: "Amanhã será outro dia".

Dominic, felizmente, entendia de dinheiro. Gostava de dinheiro. Achava a contabilidade algo interessante.

"É lógica", dizia.

Era generoso com seu conhecimento. Ajudava Tess a encontrar o melhor serviço bancário, o seguro mais em conta, as melhores aplicações. Verificava se seus registros estavam em dia, conferia seu talão de cheques.

"Se você deixasse, ele respiraria por você", dizia Kirsty.

"Todo mundo tem suas fraquezas", observou Tess. "Detesto dinheiro. Me dá pavor. Prefiro que ele lide com isso tudo."

Dominic a mantinha em segurança.

"Tentei convencê-la a vir morar um pouco mais perto", disse sua mãe.

Tess, que estava divagando, fez força para se concentrar.

"Mas diz que se sente feliz lá onde ela está", continuou a mãe, que agora, pelo som que se ouvia, estava remexendo em uma gaveta cheia de abridores de garrafa e estacas de barracas. "A vida toda ela morou em Dorset. Ela diz que não consegue se imaginar sem viver perto do mar."

"Dá pra entender por que uma pessoa não tem vontade de se mudar aos oitenta", disse Tess. Ouviu-se um som alto de jato d'água, quando a torneira da cozinha foi aberta ao máximo. "Mãe?"

"O quê?"

"O que você está fazendo?"

"Não consigo me lembrar", respondeu a mãe. "Será que eu queria uma xícara de chá?" A torneira foi fechada. "Sobre o que a gente estava falando?"

"Vovó."

"Ah, é. O problema é que lá fica muito longe daqui, entende? Eu levo umas quatro horas guiando até lá."

Tess estremeceu. Detestava pensar em sua mãe dirigindo para onde quer que fosse. O carro estava cheio de amassados por batidas sem grande importância, adquiridas em semáforos, ou em mudanças súbitas de faixa em vias expressas. "O que está acontecendo com todo mundo hoje?" ela dizia, ao dar uma fechada em vans brancas de entrega, fazendo com que brecassem com violência. "Todo mundo anda dirigindo tão mal!"

"Eu poderia ir até lá dar uma olhada nela."

"Se você fizer isso, ela vai adorar. Você tem tempo?"

"De trem é rápido", disse Tess. "Duas horas, saindo de Waterloo."

"O que mais me preocupa", disse sua mãe, "é que ela vai acabar se confundindo e perdendo alguma coisa. É o que acontece quando a pessoa fica mais velha, eu acho. Não dá mais pra manter as coisas organizadas."

O apartamento em Brixton ficava no andar de cima de uma casa vitoriana semigeminada. No ano anterior, ao ver a casa pela primeira vez, Tess ficou encantada. Ela e Kirsty tinham acabado de sair da universidade e estavam procurando um lugar em Londres para morar. A casa tinha uma roseira de flores rosa claro, que estava começando a florescer na treliça, e uma pesada aldraba na porta. Todo o encanto, porém, terminava ali. Tinha passado por uma reforma malfeita, a preço irrisório. As janelas-guilhotina precisavam de apoio, para impedir que despencassem. O banheiro tinha umidade e nenhum aquecedor de quarto funcionava.

E, o pior de tudo, Tess e Kirsty tinham que atravessar a vida de outra família antes de subir a escada para sua própria porta de entrada. Sempre que chegava em casa, Tess sentia-se uma intrusa. Uma das crianças do apartamento de baixo tinha um triciclo de plástico vermelho, com precárias rodas amarelas, com o qual desabalava para cima e para baixo no corredor estreito, arranhando o chão desenhado de cerâmica. Toda vez que via Tess, parava e olhava para ela com olhos grandes e apavorados.

O quarto de Tess era um sótão convertido que ficava no alto da casa. Da janela, ela podia ver o quintal dos fundos, e o varal que ostentava permanentemente pequenas camisetas. Como o teto era inclinado, Dominic só conseguia ficar de pé junto à porta. No restante do tempo, tinha que se dobrar como um soldado fugindo pelas linhas inimigas.

No quartinho ao lado, Tess tinha colocado uma arara de metal preta. Era ali que guardava sua coleção de vestidos, blusas, casacos e conjuntos *vintage*, com os sapatos e as bolsas cuidadosamente dispostos embaixo. As bolsas ficavam em uma sapateira de madeira sob a janela. Tess nunca comprava nada que não fosse bem resistente ao uso. Tinha se tornado especialista em descobrir costuras que não podiam ser refeitas, tecidos manchados debaixo do braço, e barras de saias onde o tecido havia se esgarçado.

Contudo, sabia o bastante de costura básica para substituir forros e vieses rasgados, pregar botões, refazer acabamentos soltos e trocar zíperes quebrados. Se acontecesse de comprar uma jaqueta que tivesse perdido o cinto, ou um chapéu sem uma faixa ou um laço, procurava em suas pilhas de revistas antigas até ter uma ideia de como deveria ser o original. Depois, saía à procura da peça em todas as cestas de pechinchas de bazares beneficentes, até encontrar o que queria.

A verdadeira emoção, como explicava a Kirsty, estava em encontrar uma etiqueta da Utility Clothing na costura, com aqueles dois círculos distintos, faltando uma fatia em cada um. "CC4", o que significa Controlled Commodity 1941. Foi o que o governo regulamentou, como parte do racionamento para limitar qualquer material que pudesse ser usado. Assim, os vestidos só podiam ter dois bolsos e cinco botões. Apenas seis costuras por saia. Os homens não podiam ter calças de barra dobrada. Alguns garotos, porém, davam um jeito nisso, fingindo que suas pernas eram mais compridas do que realmente eram, e virando a barra ao chegar em casa.

Kirsty dirigiu-lhe um olhar duro e demorado. "Você parece um daqueles homens com um trenzinho de brinquedo armado no quarto vago."

"São roupas", disse Tess, "eu as uso."

"A maioria das pessoas vai até a Topshop", disse Kirsty.

Você não entende, pensou Tess. *Eles fizeram o melhor com o que tinham. Um bom corte dentro de limitações rigorosas.*

"A gente detestava aquelas etiquetas", disse sua avó, que tinha dezessete anos quando estourou a guerra. "A gente sempre as cortava fora."

De tempos em tempos, Tess tentava convencer Dominic a experimentar um terno *vintage*. Não dava em nada. Ele não gostava da ideia de roupas de defuntos. De qualquer modo, para sua sorte, tendo pouco mais de 1,80 m, era alto demais para a maioria delas. Os homens costumavam ser menores quando havia pouca oferta de comida.

Às vezes, se a tentação ia além do bom senso, Tess comprava um Fedora masculino preto, ou uma gravata de seda, uma camisa com pala na frente, e os deixava pendurados em seu quarto só pelo prazer de olhar para aquilo.

"Mas serve pra quê?", perguntava Dominic.

"Acho que gosto da excelência do trabalho. Ou, talvez, de imaginar a pessoa que costumava usar isso."

Dominic olhava para ela com seus olhos azul-claros, e ela percebia que ele não entendia nada daquilo.

É a atração dos opostos, ela dizia para si mesma com firmeza. *Isso acontece o tempo todo. Você procura a pessoa que lhe proporciona o que falta em você. É o* yin *e o* yang, *lógica e sentimento, cabeça e coração. Os dois se juntam e se completam num todo.*

"Alguém me falou uma vez", ela disse a Kirsty, enquanto desciam a Brixton Road até o metrô em um sábado à tarde, constantemente separadas por pessoas que gritavam ao celular, empurravam carrinhos de bebê e puxavam carrinhos de feira xadrezes, "que toda alma é dividida ao nascer, e fica à procura até encontrar a outra metade. É uma velha lenda indígena."

"Você está perdida?", perguntou um homem magro, com um chapéu de lã listrado. Ela estava prestes a dizer: "Não, estou bem, obrigada, moro aqui perto" quando percebeu que ele segurava um cartaz preso a um bastão de madeira, que dizia "Jesus Salva", e viu que a pergunta era puramente espiritual.

"Mas você acha que é verdade?", perguntou Tess, correndo para alcançar Kirsty.

"Que o que é verdade?"

"Que só existe uma pessoa no mundo que possa lhe fazer feliz, e você precisa ficar procurando até encontrá-la?"

"Não", respondeu Kirsty. "Muita gente pode fazê-la feliz."

Tess olhou para ela, desanimada.

"Além do que", continuou Kirsty, "existem sete bilhões de pessoas no mundo. Não se vive o suficiente pra procurar por entre todas elas".

"Você está se esquecendo do destino", disse Tess.

"Destino?"

"O destino junta as pessoas."

"Como duas pessoas se inscrevendo na mesma universidade."

"Bom, é", disse Tess. Soava um pouco banal quando você reduzia a procura pelo Sahara, do Himalaia e do Polo Norte a dar um encontrão em alguém num café em Manchester.

"Acho que isso só prova que as pessoas fazem escolhas conservadoras. Você se apaixona pela pessoa que está à sua frente", disse Kirsty.

"E quanto aos seus pais?", perguntou Tess. "Que chance eles tinham de se encontrar?"

A mãe de Kirsty era irlandesa e passara a infância em Cork. Seu pai chegara em Birmingham aos três anos, vindo da Somália. Eles tinham se encontrado em um Bar Mitzvah em Finchley.

"A maioria das pessoas", disse Kirsty, "não é como meus pais. A maioria delas acaba com parceiros nascidos num raio de cinquenta quilômetros. Isso não me parece destino. Parece mais apatia."

Tess abriu a boca para discordar, mas, então, lembrou-se de que Dominic havia nascido em Croydon, e ela, perto de Tonbridge, o que, *grosso modo*, parecia a distância correta. Assim, não disse nada e mudou de assunto.

Dominic estava à sua espera do lado de fora do enorme multiplex na Leicester Square, recostado contra a parede, mãos no bolso, naturalmente despreocupado. Ao vê-lo, seu coração bateu apressado como sempre acontecia, como se desse uma salva de palmas.

"Estou atrasada?", ela perguntou sem fôlego.

"Só um minuto", ele respondeu.

Enquanto entravam na fila para comprar as entradas, Tess ficou pensando, pensamento recorrente, quando é que morariam juntos. Dominic tinha voltado a morar com os pais depois de formado — em parte para economizar dinheiro, em parte para ajudar numa situação complicada que envolvia sua irmã e um marido da Catalunha com problemas de saúde mental. A crise familiar parecia ter terminado, mas Dominic continuava no quarto que fora seu desde criança, seus livros de contabilidade na escrivaninha, em frente à janela.

Tess não conseguia imaginar Dominic morando com ela no apartamento de Brixton. Os finais de semana transcorriam bem porque geralmente Kirsty estava fora, mas desconfiava que ela teria um ataque se achasse que passaria a contar com a presença de Dominic em tempo integral. Dessa maneira, se ela e Dominic quisessem ficar juntos, precisariam encontrar um lugar próprio. Conforme as luzes foram se apagando e os anúncios tiveram início, Tess passou a se imaginar em um apartamento moderno, com assoalho de madeira e móveis brancos e elegantes — o tipo de coisa à mostra nas lojas da IKEA. *Eu poderia comprar alguma coisa capaz de guardar todas as minhas roupas* vintage, pensou.

Depois do filme, no qual muitas pessoas eram baleadas, e com uma trama sobre traição que Tess mal conseguiu acompanhar, os dois foram até Chinatown e vagaram por lá até que começou a escurecer e a fome os levou a um restaurante que parecia barato. Sentaram-se a uma mesa junto à janela, de costas para um grupo grande de homens que gritavam uns com os outros. Enquanto consultavam o cardápio, Tess pensou: *É tão bom que Dominic e eu não precisemos conversar o tempo todo! Podemos nos sentar aqui, em silêncio, e é confortável e relaxante. Li em algum lugar que, sempre que comiam em lugares públicos, Wallis Simpson ficava tão determinada a ser vista conversando com o duque na maior animação que, às vezes, quando realmente não tinha nada pra dizer, enumerava as letras do alfabeto.* Tess sorriu em segredo. *Tenho tanta sorte de podermos ser nós mesmos!*

Sentiu um cutucão vindo de trás. Uma jaqueta de couro marrom caiu no chão.

"Deixe que eu pego", disse uma voz com sotaque galês. A jaqueta foi apanhada e colocada ao redor da cadeira. "Foi meu amigo, sabe? Ele se levantou e derrubou-a no chão."

"Ah, tudo bem", disse Tess, apenas olhando de esguelha.

"Não está atrapalhando você, está?"

"Não", disse Tess.

"Não tem muito espaço, não é mesmo?"

Tess não respondeu, apenas puxou sua cadeira para a frente para que os homens que gritavam tivessem mais espaço. "O que você vai querer?", perguntou a Dominic.

"O de sempre", ele respondeu, fechando o cardápio.

"Cerveja?"

"Só água."

Dominic era cauteloso com estimulantes. Ficava sempre aquém de duas doses semanais e nunca tomava café depois das nove da noite. Seu único vício eram as embalagens em miniatura de chocolates Maltesers.

"Você está se referindo a carisma", disse a voz alta galesa.

Eu realmente admiro isso, pensou Tess, quando a sopa foi trazida e Dominic se inclinou sobre a tigela, *admiro mesmo sua autodisciplina. Eu mesma poderia ser um pouco mais assim. Tem horas em que a Kirsty e eu ficamos acordadas bebendo vinho tinto até que os passarinhos comecem a cantar, e a gente percebe que varou a noite. Quando isso acontece, nunca me atrevo a contar pro Dominic. Passo um corretivo extra debaixo dos olhos e torço pra ele não perguntar.*

Atrás dela, a gritaria aumentou.

E ele não pergunta, porque acha a ideia de uma bebedeira ilógica. Faz com que a pessoa passe mal. Então, por que alguém faria isso?

"Não vou responder", vociferou a voz galesa, "até que alguém me traga uma cerveja".

Às vezes, pensou Tess olhando para Dominic, cujo cabelo loiro havia caído para a frente, escondendo seu rosto, enquanto ele se inclinava sobre os wontons, *me sinto como uma criança em comparação a você. Você sabe o que está fazendo. Sabe aonde está indo. Mas eu, na verdade, não tenho a mínima certeza do que está acontecendo. Quando estou com você, não me preocupo. A gente se deita na cama, nos finais de semana, pele com pele, naquela satisfação úmida, e minha mente vagueia como uma pena. O sexo é doce e intenso, como creme de leite ou caramelo líquido. Ele encobre a nossa ansiedade. Mas, a certa altura, é preciso se levantar, sair, e caminhar sozinha até o metrô, e daí começo a pensar, à medida que a excitação vai baixando, o que exatamente eu estou fazendo? Aonde estou indo? Será que esta é a direção certa ou eu deveria estar indo por outra direção?*

"Estou preparado pra Paris", gritou a voz galesa, "mas estará Paris preparada pra mim?", e a mesa toda aplaudiu.

Tess olhou pela janela. Agora estava escuro. As pessoas lá fora estavam falando e rindo, seus rostos iluminados pela luz das ruas. *Eu não me incomodaria se conversássemos um pouco mais enquanto comemos*, ela pensou. *Só um pouquinho mais. Ele poderia me contar alguma coisa. Ele gosta de me manter em dia sobre coisas que desconheço. Como eventos mundiais. Eleições. Guerras que podem ter me passado despercebidas. Ele tem todos os fatos e os números. Vai ver que é por isso que eu me cerco de pessoas que podem ser lógicas. Sei que quando a conta chegar, Dominic vai ser capaz de conferi-la e acrescentar*

15% de caixinha sem nem mesmo parar pra pensar. Ele é simplesmente brilhante com números. Ele é brilhante em uma porção de coisas.

E, então, a garçonete chegou, espremendo-se na pequena passagem entre as mesas e a janela, provavelmente porque era mais fácil do que tentar passar por aquela mesa enorme de homens aos berros atrás deles, trazendo os pratos de talharim chinês e de verduras, e Tess se pegou lembrando-se da primeira vez em que viu Dominic, no café ao lado da biblioteca, no segundo dia do primeiro semestre em Manchester. *Ele não conseguiu passar pela minha mesa; havia tanta gente que foi empurrado para o canto, pela multidão. Então, fiquei ali, cada vez mais excitada, olhando sua bunda naquele jeans apertado. Estava com uma camisa xadrez, como um* cowboy *no campo. Quando olhei pra ele naquela primeira tarde, vi luz, céu azul e vastos espaços abertos.*

Ainda vejo, ela pensou, sem muita certeza.

No entanto, agora, mesmo tendo alga, de que ela gostava, e *shimeji* preto, de que ela também gostava, mesmo sentada em um restaurante chinês vermelho e dourado, num sábado à noite, com o homem mais lindo de Londres ou, quem sabe, provavelmente, de todo o Reino Unido, ela percebeu, para sua surpresa, conforme a risada atrás dela concluiu-se numa espécie de urro, que seus olhos tinham se enchido de lágrimas.

Organizando umas extensões de fio na loja de música perto da rua Wardour, George ouvia dentro de sua cabeça uma gravação de 1946 de *Lady Be Good*, de Gershwin. Ela trazia Lester Young no sax tenor, Willie Smith e Charlie Parker tocando sax alto e Arnold Ross no piano. George tinha memorizado o solo de piano no dia anterior, quando a loja estava calma e ele ficara sentado no escritório, com os fones de ouvido, fingindo checar faturas. Agora, em sua cabeça, ouvia outro tipo de ritmo correndo sob aquilo tudo e se perguntava se seria uma versão diferente, outra maneira de tocar ou alguma coisa tecnicamente impossível, que ninguém em sã consciência nem mesmo tentaria.

Deu um pulo. Ali à sua frente, assomando como um poste em nevoeiro, estava uma mulher alta que se inclinava para a frente. Ao lado dela, um menino de cerca de dez anos. *Clientes*, pensou consigo mesmo, furioso. *Clientes, clientes. Concentre-se.* Recolheu o solo de piano, à força, para os fundos da mente.

"Posso ajudá-la?"

"Queremos um teclado", ela disse.

"Ok", respondeu George. "Já pensou no tipo de teclado que precisa?"

"Com notas pretas", ela disse, "e brancas".

George riu. Ela o encarou sem piscar. Rapidamente, ele se recompôs. "Algo mais?"

Ela olhou para o menino. O menino devolveu-lhe o olhar.

"Bom", disse George, perdido, desesperado, tentando se concentrar, "por que não damos uma olhada em alguns dos que estão expostos para ver o que vocês acham?"

"São aqueles ali?", perguntou a mulher.

"São", respondeu George.

"Já olhamos."

Fez-se um breve silêncio.

"E não gostou deles?"

"Não", disse a mulher.

Ela olhava para ele esperançosa.

George sentiu um desconforto crescente. Disse: "Podemos olhar em alguns catálogos", mas, então, percebeu que não tinha ideia de onde estavam os catálogos. Respirou fundo e disse: "É para alguém que está apenas começando ou para alguém que já tem experiência?"

"Não entendo", ela disse, "como é que eles poderiam ser dobrados. Nunca caberiam em uma mochila. E ele já tem o material de Educação Física e a lancheira".

George olhou para ela confuso.

"Queremos um pedal", disse o menino.

"Um pedal?", perguntou George.

"É. Para os pés."

George agarrou-se nessa dica: "Então, esse teclado é pra você?"

"Não", disse o menino. "Quero uma flauta doce."

“Por que eu?”, perguntou Tess.

Glenda franziu o cenho: “Você não quer ir?”

Seus brincos de argola, balançando, captaram a luz. Era sexta-feira de manhã. Do lado de fora, vinha uma percussão de metal, como de alguém jogando canos de um andaime.

“Quero”, respondeu Tess. “Claro que quero.”

“É por causa do namorado? Ele não gosta que você viaje?”

Tess piscou. “Não, não tem nada a ver com ele”.

“Não sei”, disse Glenda, dando uma estremecida. “Pra mim parece perfeito.”

Tess, desesperada, disse: “Eu quero ir. De verdade.”

“Paris, também”, disse Glenda.

“Bom, claro”, disse Tess. “É tão linda!”

“Então, o que está pegando?”

“Não tenho certeza de ser a pessoa certa. E você? Por que ele não manda você?”

Glenda olhou para ela, como se tivesse dito alguma coisa absurdamente estúpida. “Bom, eu não falo francês, falo?”

“Eu não falo muito”, disse Tess.

“Se eu fosse você”, disse Glenda, inclinando-se para a frente e baixando o tom de voz para um sussurro teatral, “não pensaria duas vezes. Agarraria isso com as duas mãos”.

“Mas o que eu teria que fazer”, disse Tess, cochichando de volta, “ao chegar lá?”

“Estender pontes.”

Tess ficou com o olhar fixo nela.

“São os blocos”, disse Glenda.

Tess esperou de olhar arregalado.

“Não estão dentro dos padrões.”

“É mesmo?”, perguntou Tess.

“Não era pra eu estar dizendo isto”, disse Glenda, mexendo a boca com movimentos exagerados, mas produzindo muito pouco som, como se Tess tivesse problemas de audição e precisasse ler os lábios, "mas tivemos um número recorde de queixas. Exagerados, choramingas e autênticos. E já é a segunda vez. Na primeira foi com o roxo. Agora é com o rosa".

"Ah", disse Tess, soltando o ar.

"E agora ele não vai pagar", disse Glenda. Ela se inclinou tanto que ficou praticamente na horizontal sobre a escrivaninha. "E eles estão ameaçando acionar judicialmente. Dizem que o trabalho artesanal pressupõe uma variação natural. Oliver diz que entende, mas dentro dos limites. Portanto, criou-se um impasse, um beco sem saída."

"Mas o que eu posso fazer a respeito?", perguntou Tess em pânico.

"Ser simpática", disse Glenda, quase sibilando de urgência, "explicar que somos uma empresa pequena. Não podemos nos dar ao luxo de perder clientes. As pessoas do Reino Unido sabem como é o artesanato, não esperam uniformidade, mas exigem parâmetros razoáveis".

"E vou ter que explicar tudo isso em francês?", perguntou Tess.

"Tanto quando puder", disse Glenda.

Merde, pensou Tess.

"Você vai ser uma diplomata", disse Glenda se recompondo, a voz voltando a ser alta, "representando a empresa. Relações anglo-francesas. *Entente cordiale*".

"Bom", disse Tess, "é melhor eu pesquisar as passagens".

"Não precisa. A Nadine vai cuidar disso."

"É mesmo?"

"Ah, vai", disse Glenda, balançando os cachos tingidos de loiro. "Hospedagem, viagem, tudo acertado. É um trabalho oficial."

"E quando eu vou?"

"Logo depois do final de semana", respondeu Glenda. "Segunda, de manhã bem cedo."

"Deixei que elas fossem levadas pelo ralo da pia", disse Tess.

"Então, o que você vai fazer?", perguntou Ellie.

"Acho que pôr os óculos", disse Tess, arrasada.

"Eu nem sabia que você tinha óculos. Nunca a vi com eles."

"Eles têm uns cinco anos", disse Tess, "e são muito, muito feios. São redondos e brilhantes, e engordam meu rosto. Pareço um *donut* com faróis. Minha mãe me fez comprá-los quando eu comecei o colegial. Ela disse que não queria que eu usasse lentes de contato o tempo todo. Pros meus olhos não ressecarem."

"E onde eles estão?"

"Onde estão o quê?"

"Seus óculos."

"Sei lá. Em algum lugar no meu quarto."

"Então, até que ponto você enxerga?", perguntou Ellie. "Consegue ver isto?" Ela levantou a mão. "Quantos dedos tem aqui?"

"Não sou cega", disse Tess. "Só sou míope."

"Você consegue ver a cerca?"

Era a festa de Lauren. Elas estavam sentadas no muro de pedra junto à cozinha, no jardim minúsculo dos fundos. Tess levantou os olhos. Viu flores rosa no vaso de barro, e o arbusto de lilases ao lado dele. Entretanto, além disso, estava tudo embaçado.

"Na verdade, não", disse Tess.

"Dá pra ver a Lauren?"

Tess apertou os olhos. "Não."

"Não dá pra ver a Lauren?"

"Não."

"Sabe de uma coisa?", disse Ellie. "Eu diria que você é cega."

"Mas a intenção é que eu os conquiste", gemeu Tess. "Estou indo a Paris pra fazer charme para eles."

"Você pode fazer isso com óculos."

"Não com os meus", disse Tess, deprimida.

"Não dá pra você arrumar umas lentes de contato novas?"

"Até segunda de manhã, não."

"E você não tem nenhum par reserva?"

"Nunca precisei", disse Tess. "Uso lentes desde os dezesseis anos, e nunca perdi uma. Nunca."

Ellie — tão linda com seu jeito de garoto que poderia, se lhe desse na telha, colocar uns óculos com aros de tartaruga e vidro comum, só pela vontade de mudar — contemplou-a com simpatia. "Acho que você está se preocupando demais. Vá com um dos seus conjuntos da época da guerra, com chapéu e luvas, e eles vão pensar que faz parte do estilo."

"Eles são franceses", disse Tess, imaginando um escritório repleto de alta-costura.

"Exatamente", disse Ellie. "Vão pensar que é uma excentricidade inglesa."

Tess continuou ali, um retrato da infelicidade.

"Você está precisando de um drinque", disse Ellie. "Espere aqui."

Tess acompanhou sua imagem enevoada e pensou, enquanto um mar de cores vívidas movia-se à sua volta, se deveria ter vindo. Pelo caminho, tinha grudado em Kirsty como filme plástico. Agora, sentada sozinha, sentia-se terrivelmente vulnerável.

"Oi", disse Lauren sentando-se no muro, ao lado dela. "A Ellie disse que você estava precisando de uma força pra se animar."

Lauren, que trazia cabelos *platinum blond* cortados na linha do pescoço com uma longa franja assimétrica, tinha a pele extremamente branca e sobrancelhas muito escuras. Tess frequentemente a associava a uma boneca assustada. Tinha um forte sotaque de Liverpool, e uma mente aguçada — fazia parte do programa intensivo de graduação de uma das maiores empresas de consultoria de Londres. Ganhava muito mais do que qualquer uma delas, razão pela qual podia alugar uma casa em Clapham e sustentar Ellie, que ainda estava atrelada a trabalhos não remunerados. Por causa de sua aparência, porém, muitos não percebiam quanto era inteligente até ser tarde demais. As observações de Lauren ardiam como o estalo de um chicote.

Hoje, no seu aniversário, usava um vestido preto justo. Era o tipo de pessoa que podia usar um vestido preto justo. Tinha a disciplina de frequentar a academia diariamente.

"Ah, esqueça", disse Tess. "Deixei minhas lentes de contato escorregarem pela pia. Não consigo enxergar nada."

"Por quê?", perguntou Lauren.

"Sou míope."

"Não, estou perguntando por que você jogou suas lentes na pia?"

"Não era minha intenção", respondeu Tess, angustiada.

"Cadê o Dominic?"

Tess parecia triste. "Teve que ir pra casa. Sua irmã está um caco."

"A que é casada com o espanhol que bate em mulher?"

Tess assentiu. "Ela descobriu que ele está tendo um caso."

Lauren sacudiu a cabeça. "Assim são os homens."

"Nem todos."

"Não?", perguntou Lauren. "Não acho que os homens sejam capazes de fidelidade."

"As mulheres também são infiéis", observou Tess.

"Não quando estão com outra mulher." Lauren levantou os olhos e sorriu; lá estava Ellie, trazendo duas taças de vinho branco. Ao ver a troca de olhares entre elas, o amor flutuando no ar, Tess sentiu-se abandonada. Engoliu um gole tão grande de vinho que começou a tossir e tiveram que bater em suas costas.

A festa de Lauren — porque tinha sido Lauren quem organizara tudo — transcorreu extremamente bem. Havia mais mulheres do que homens, talvez, mas isso não pareceu fazer muita diferença, a não ser pelo fato de que a cerveja ficou intocada e o ar carregado de perfumes suaves e exóticos como uma floricultura bem abastecida. A notícia da incapacidade temporária de Tess espalhou-se e as pessoas começaram a aparecer perto dela, no muro. *Então, é assim que se aproveita uma festa*, Tess pensou. *Você chega sem seu namorado, senta-se em um canto e as pessoas vêm e te contam seus segredos.*

Depois de quase uma hora, sua cabeça estava tão cheia de histórias de casos de uma noite, cocaína roubada, punhalada pelas costas no trabalho e um primo com câncer, que começou a se sentir bem zonza. O vinho não ajudou. As pessoas continuavam enchendo sua taça, e ela percebeu, lentamente, que estava ficando muito bêbada.

"Está aproveitando?", perguntou Lauren.

"Estou", disse Tess. "Sabe de uma coisa? É bem bom não poder ver as expressões das pessoas. Você reage ao que elas dizem, e não ao que você acha que elas poderiam estar pensando, o que facilita muito as coisas."

"Por aí você vê que estava certa em jogar fora as lentes", disse Lauren. "O que você ganhou da Ellie de aniversário?"

Lauren riu: "Trabalho em casa", respondeu.

Alguma coisa na maneira como foi dito aquilo fez Tess engolir o final do vinho num repente de constrangimento. "Ah, que graça!", disse com delicadeza, tentando se livrar das imagens grandes e coloridas que surgiram repentinamente em sua cabeça, como um filme pornô em uma TV de alta definição.

"Ela me conhece muito bem", disse Lauren.

É, pensou Tess. "Vocês são almas gêmeas."

"Almas gêmeas?"

"Eu estava comentando com a Kirsty", disse Tess, levemente grogue, o vinho subitamente vindo à tona e tornando sua língua grande e flácida, "sobre almas gêmeas. Você passa a vida procurando sua outra metade e aí, quando você encontra, se sente completa".

"O amor da sua vida."

"É", disse Tess, "a pessoa que faz com que você se sinta inteira".

Lauren inclinou a cabeça para o lado. "Não tenho certeza disso. Acho que dá pra se apaixonar por um número variado de pessoas."

Tess quase voltou a ficar sóbria com o choque. "Mas, e você e a Ellie?"

"Eu amo a Ellie", disse Lauren, "e espero que a gente fique junta por um bom tempo, mas não acho que isso tenha acontecido por causa de alguma ligação mística."

"Não?"

"Por quê? Você acha?", perguntou Lauren. "Em sua opinião, é por isso que você e o Dominic estão juntos?"

"É", disse Tess, pensando, ao dizê-lo, se achava isso.

"Acho que a coisa toda é bem mais pragmática", disse Lauren. "Você conhece alguém e gosta dele o suficiente pra querer conhecê-lo. Vocês se respeitam, fazem rir um ao outro. Aí, vocês conhecem os amigos um do outro, saem, são convidados pra casamentos, festas e enterros, e ficam com todas essas lembranças, e você sabe quem você é porque está com a pessoa que sempre esteve ao seu lado, fazendo tudo com você. No fim, vocês ficam juntos por causa de toda a bagagem que compartilham."

"Mas tem que ser a pessoa certa", disse Tess.

"Uma das pessoas certas", disse Lauren. "Se eu não tivesse conhecido a Ellie, se tivesse conhecido outra pessoa alguns anos antes, e a gente se desse bem, gostasse uma da outra, e construísse um relacionamento, eu estaria com ela agora, e não com a Ellie. Uma grande parte disso é acaso. Quem acontece de você conhecer."

"Não posso acreditar que você pense assim."

"Por quê? Amo a Ellie. Só estou dizendo que se ela não existisse, ou se tivesse nascido na China e não em Liverpool, se tivesse escolhido ir para Cardiff e não para Manchester, eu teria conhecido outra pessoa. E agora eu estaria sentada aqui falando sobre... essa outra pessoa, e não sobre ela."

"Mas isto é tão frio!", disse Tess.

"Não", disse Lauren, "só é realista. Olhe pra isso por este prisma. O que seria muito, muito pior é se você estivesse certa e todos tivessem apenas um único amor verdadeiro. Então, o problema seria se você morasse aqui e ela ou ele em Moscou ou Sydney, ou Hong Kong, e vocês nunca, jamais se encontrassem. Então, você passaria os dias se sentindo solitária e miserável, e morreria sozinha com o coração partido."

"Mas você não percebe?", disse Tess. "O destino juntou vocês."

"Pode ser que você tenha razão", disse Lauren num tom carinhoso, como se Tess estivesse exausta e precisasse ser posta na cama com seu ursinho de pelúcia.

"Tess", disse Kirsty, surgindo em meio a uma névoa, "venha conhecer o George".

"Ele não pode vir até aqui?", perguntou Tess, que tinha a impressão de estar grudada no muro.

"Quem é você? A Rainha?", perguntou Kirsty.

Tess levantou-se, oscilando pra lá e pra cá. Disse: "Pode ser que eu tenha que me segurar em você".

Contudo, Kirsty não lhe deu ouvidos e saiu andando. Tess foi atrás dela, subindo os degraus rasos até o pequeno gramado desigual do jardim suspenso, e, por pouco, não caiu no arbusto de lilases.

"Lá está ele", disse Kirsty, enquanto Tess se endireitava, "conversando com o Rhys. O que você acha? Gosta do jeito dele?"

Os saltos dos preciosos sapatinhos *vintage* de Tess se enterraram na grama.

"Qual deles é o Rhys?", perguntou Tess, mas, na verdade, estava só livrando a cara porque não conseguia enxergar ninguém.

"Ele está acenando pra gente. O galês alto e magro de cabelo preto e camisa branca. O George é o que está de costas pra gente. Ao lado do George está o Walter, o cara grandão, preto. E ao lado dele está o Mo."

"Kirsty", disse Tess.

"O que?"

"Quanto tempo a gente vai ficar?"

"Por quê?"

"Acho que preciso ir pra casa", disse Tess. "Estou me sentindo muito, muito mal."

O domingo é uma espécie de dia da ressaca. Você acorda tarde, come torrada, toma café (e desejaria não ter tomado porque faz com que se sinta pior), e leva os lençóis até a lavandeira *self-service*. Quando já se deprimiu totalmente com os jornais de domingo — cheios de pessoas ambiciosas e impetuosas sendo malevolentes com outras pessoas ambiciosas e impetuosas — você volta para casa, arruma a cama, toma uma xícara de chá, torna a vestir o pijama e se enrola no sofá com um Kit Kat para assistir a algum filme de terceira.

Todo mundo sabe disso, pensou Tess. *Todo mundo sabe disso menos o Dominic. Pra ele, domingo é um dia em que você acorda cedo e vai dar uma corrida. Pro Dominic, o domingo é um assado complexo, com beldroega e barba-de-bode, engolido com uma limonada feita com limões frescos, e hortelã.* Ficou exausta só de pensar.

Era um alívio que ele tivesse decidido passar o fim de semana na casa de seus pais, em Croydon. Sentia-se livre. Contudo, em seu estado sebento, paranoico, pós-festa, esse alívio fez com que se sentisse incrivelmente culpada. *Eu deveria estar com saudade dele*, pensou. *E não estou. Estou gostando da solidão. Me sinto como se tivesse tirado uns sapatos apertados, e os músculos dos meus pés estivessem gritando de alegria. Mas, provavelmente, é porque estou preocupada. Preciso ficar sozinha pra pensar em Paris. É uma responsabilidade enorme. Glenda disse que sou uma diplomata a serviço da empresa. Eu? Uma diplomata! Já estendi na cama (com os lençóis limpos) tudo o que vou usar. Minha bolsa está pronta com o passaporte, os euros e as passagens. Um voo no meio da tarde (por quê? era mais barato?), e um hotel perto do escritório francês. Está tudo preparado. Entretanto, ainda assim, meu coração fica pulando, em pânico.*

"Você se preocupa demais", disse Kirsty, quando finalmente apareceu às quatro da tarde. "É só um trabalho."

"Mas eu estou representando a Daisy Greenleaf Designs", disse Tess, olhando para ela ansiosa, através de seus óculos redondos e pretos.

"Vai dar certo. Aproveite. Faça algum *tour*."

"O Dominic diz que isso mostra que o Oliver está confiando em mim. Diz que posso ser promovida quando a Glenda se aposentar."

"É isso que você quer?", perguntou Kirsty, curiosa.

"Claro", disse Tess. "É importante fazer uma boa carreira."

"Acho que é mais importante encontrar alguém que a faça feliz", disse Kirsty.

"Você não está falando sério."

"Estou sim."

"O amor é mais importante do que uma carreira?"

"Isso serve também para os homens", disse Kirsty. "Encontre alguém que a faça sentir-se bem, e tudo o mais se encaixa."

"Sabe de uma coisa? Nunca sei o que você vai dizer em seguida."

"É isso que me torna tão interessante." Ela foi até a lareira. "O que é isto?"

"Chegou ontem. É um convite para o casamento da Lily e do Tom. Pra nós duas."

"Ah, bom", disse Kirsty. "O Rhys estava falando sobre isso ontem à noite. Vai ser em Dorset. A banda vai tocar." Ela se virou para Tess com um ar levemente sarcástico: "Se você usar as lentes e não beber demais, vai conhecer o George".

"Talvez eu não queira conhecer o George", disse Tess.

"Claro que quer. É sua alma gêmea."

Quando as turbinas reverberaram como dragões e o avião partiu desabalando pela pista, jogando-a contra seu assento, Tess ficou tão excitada que teve que fechar os olhos. Estava mesmo a caminho de Paris, a trabalho, com uma maleta de mão no compartimento acima? Tinha telefonado para sua mãe na noite anterior, tentando parecer fria e casual.

"Tenho serviço de quarto no hotel", disse. "Está tudo incluído."

"Se eu fosse você, desceria pra jantar", disse a mãe. "Pode ser que encontre um francês simpático."

"Já tenho um inglês simpático", disse Tess, lacônica. *O que havia de errado com todo mundo?*

"Ah, eu sei", disse sua mãe. "Mas nunca é demais alargar seus horizontes."

O problema é, pensou Tess, olhando o Heathrow em miniatura logo abaixo, *que nunca acredito realmente que estou voando. Penso: será que um ônibus pesado de metal, cheio de gente, pode decolar para o céu? E a resposta é claramente não. Então, simplesmente assumo que é uma espécie de truque de mágica, em que alguém faz rodar um círculo de nuvens permanente do lado de fora da minha janela.* Lembrou-se de quando era pequena e foi ver Papai Noel na loja de departamentos local. Todas as crianças tinham que entrar em uma cabine minúscula. Pelas janelas, elas podiam ver um cenário branco de neve, com pinheiros verdes. Alguém trancava as portas e balançava a cabine num giro, abrindo as portas do outro lado, e era para você acreditar que tinha viajado para o Polo Norte. Aquilo, porém, acabava não dando certo, porque quando você saía, o lugar era exatamente o mesmo, mas Papai Noel estava sentado ali, num banco, com uma barba branca enorme e botas pretas lustrosas.

Tess achou que deveria abrir a mala e dar uma olhada em suas anotações, mas não conseguia se concentrar. Em vez disso, tentou repassar intimamente um pouco de francês. *Ai*, pensou em pânico, *sei que a palavra para rosa é rose, mas não tenho ideia de como dizer roxo.*

Estavam chegando perto de Paris quando aconteceu. Houve um ruído súbito, como se fosse um latido. Todos olharam para cima, disfarçadamente, fingindo que não olhavam. Então, alguém gritou: "Cuidado!" e três fileiras à frente, uma mulher levantou-se. Dava para ouvir todos pensando "*sequestro por terroristas armados*". Tess engoliu em seco.

Fez-se um enorme buraco na boca do seu estômago. Agora, ela podia ver uma comissária correndo na direção deles, vinda da frente do avião. Perguntou ao homem ao lado dela, no assento do corredor: "O que houve?"

Ele respondeu: "Alguém está passando mal".

Ah, pensou Tess, voltando a respirar.

Uma mulher de cabelos pretos estava sendo atendida pela comissária. *Que coisa horrível ser identificada como alguém que acabou de vomitar*, pensou Tess. Olhou, enquanto a mulher passava insegura por ela, em direção aos banheiros no fundo do avião. Então, de uma hora para outra, o cheiro envolveu todos eles. A comissária estava atarefada com toalhas de papel e um saco plástico preto, enquanto todos os passageiros tentavam manter uma aparência serena, madura e compreensível, o que era impossível, já que estavam todos nauseados. Uma mulher de meia-idade do outro lado do corredor tentava vomitar em silêncio em um saquinho próprio. *Este é um dos perigos de entulhar de gente uma pequena charuteira de metal*, pensou Tess. *Dá certo quando todos se comportam como um manequim de loja*, *mas os seres humanos de verdade reagem de maneira imprevisível.*

No corredor, logo atrás da comissária, em pé, estava um homem escondido dentro de um grande agasalho com capuz. Lutava para se livrar dele. E então, ela percebeu o que tinha acontecido. *Ai*, *não*, pensou. *Você está sentado ali*, *lendo calmamente sua revista de avião*, *quando de repente a mulher atrás de você se levanta e vomita em cima do seu ombro.*

A comissária voltou correndo com um gigantesco *spray*. O ar encheu-se de uma doçura química que tornou tudo pior. As pessoas começaram a se engasgar.

"Podemos emprestar algo para o senhor usar?", perguntou a comissária. "Ou o senhor tem alguma coisa em sua bagagem de mão?"

Pobre homem, pensou Tess. Olhou para fora da janela e agora, por entre fragmentos de nuvens, teve a impressão de ver uma rede de prédios lá embaixo. *Paris*, pensou. *Paris.*

Ao voltar o olhar para cima, a comissária estava fechando o compartimento acima dela. Tinha nas mãos uma jaqueta de couro marrom.

"Ai", disse George.

"O que foi?", perguntou Rhys.

"Não consigo achar o mapa."

"Que mapa?"

"O mapa das ruas de Paris, pra gente saber para onde estamos indo."

"Aonde estamos indo?", perguntou Mo.

"Sem o mapa eu não sei", disse George.

Estavam sentados tão perto um do outro que podiam estar em um metrô no horário de pico. O apartamento de Paris — emprestado a Rhys por sua prima Megan, que estava passando três meses na Carolina do Norte — acabou se revelando mais como um armário. Era perfeito para uma pessoa: um cômodo no sótão, com um sofá-cama azul-marinho, uma mesinha com duas cadeiras, uma área de cozinha ao longo de uma parede e um banheiro minúsculo com espaço só para a ducha e o vaso sanitário. No entanto, como acomodação temporária para quatro músicos com bagagem, saxofone, contrabaixo, teclado e um *kit* completo de instrumentos de percussão, estava se revelando uma espécie de desafio. O clima ficou tenso.

"O que eu não entendo", disse Walter, "é por que você está tão espantado. Você vive perdendo coisas"

George abriu a boca para discordar.

"Deve ter uma namorada em algum lugar", continuou Walter. "Se pelo menos você conseguisse se lembrar de onde a deixou!"

Para começo de conversa, já tinha sido bem difícil levar aquela tralha toda pelos cinco andares de escada. Contudo, depois que estavam lá dentro, sem fôlego, as coisas tinham piorado progressivamente. Walter, que media 1,90 m e pesava cem quilos, não cabia no banheiro. Rhys tinha tropeçado em um cabo estendido e batido a cabeça em um armário, que agora tinha o vidro da porta trincado. Mo deixava cair cinzas de cigarro por todo o tapete branco. George teve uma sensação desconfortável de que o apartamento-estúdio não ia parecer tão bem cuidado depois que eles fossem embora.

"Então, onde vamos tocar?", perguntou Mo.

"Quando eu encontrar o mapa, eu mostro", respondeu George.

"Basta você me dizer o nome do lugar, se conseguir se lembrar", disse Mo.

"E quando a gente chegar lá", disse Walter, "vamos tocar o quê?"

George, desencostando-se do sofá, virou uma sacola e jogou seu conteúdo no chão. "Você sabe o que vamos tocar. Vamos tocar nosso próprio repertório."

"É só pra conferir."

"Olhe", disse George, "não tem problema, certo? Está tudo sob controle".

"Está vindo um cheiro horroroso de dentro dessa sacola", disse Rhys.

George, que tinha se esquecido de onde tinha guardado o agasalho azul-marinho, enfiou tudo de volta.

"Dê uma olhada no bolso da sua jaqueta."

"Já dei", disse George, remexendo nos bolsos de sua jaqueta de couro marrom.

"O que você precisa fazer", disse Rhys, "é refazer seus passos".

"Ou sair e comprar outro mapa", disse Mo.

"Não falo francês", disse George. Era bem comum ele ter uma expressão de pânico no rosto. Isso acontecia quando percebia que os detalhes da vida que vinha sucessivamente ignorando estavam se preparando para lhe dar um bote.

"O que me faz lembrar...", disse Mo.

"Ai, lá vamos nós", disse Rhys.

Mo apagou o cigarro em uma xícara de café. "Então, um inglês arrumou um trabalho no País de Gales."

"Eu sabia. Eu sabia que ele não ia perder a oportunidade."

"E esse cara diz a seu amigo galês, como é que eu vou fazer? Não sei uma palavra da língua!"

"De que parte do País de Gales se trata?", perguntou Rhys. Ele era de Swansea. "Você não trocaria esse lugar por nada", dizia. Em Londres, sentia-se como James Joyce na Croácia — criativo, mas exilado.

"Então o amigo responde, é fácil. Só diga pra todo mundo que você encontrar: *bore da*."

"Isso quer dizer bom dia", disse Rhys, pronunciando com cuidado, como um professor entusiasmado.

"Então, ele vai pra Gales, e, na primeira manhã, acorda e sai pra comprar jornal. E diz pra primeira pessoa que encontra *bore da*! A pessoa sorri de volta e diz *bore da*! E ele pensa consigo mesmo, genial! Com a segunda pessoa acontece a mesma coisa, *bore da*! *Bore da*, vem a resposta. Assim, segue pela rua, recebendo todos esses acenos e sorrisos e vai se sentindo muito confiante. Vê um carro e um par de pernas saindo por debaixo. Ele se inclina e diz *bore da*! Ninguém responde. Se inclina um pouco mais, *bore da*, ele diz. Finalmente, se abaixa para olhar dentro do carro e grita *bore da*! E uma voz grita de volta: 'Dá o fora, seu cretino galês'."

Walter riu.

"Toda vez a mesma piadinha", observa Rhys. "Pra você, é como uma obsessão, não é?"

"Igual a você falando sem parar das barras de Mars mergulhadas em fritura*", disse Mo.

"De Kevin Bacon a Morgan Freeman", disse George.

Todos olharam para ele. Às vezes ele fazia isso — surgia repentinamente das sombras, como um mensageiro shakespeariano soltando uma frase fundamental.

"Não sei se gosto desse jogo", disse Rhys, "Nunca fui, na verdade, tão fanático por filmes. Prefiro ler um livro, deixar minha imaginação à solta."

"Alguma vez você já pensou em procurar ajuda?", perguntou Mo.

"Não entendo", disse Walter, inclinando-se para o lado tão de repente que Mo quase perdeu o equilíbrio e caiu do sofá, "por que você sempre tem que começar com o Kevin Bacon".

"Seis graus de Kevin Bacon", disse George.

* Referência a um doce típico escocês, em cujo preparo mergulha-se em óleo quente uma barra de chocolate Mars envolvida numa massa; a mesma com que os escoceses envolvem salsichas e peixes antes de serem fritos. (N. T.)

"Não, estou por fora."

"Como seis graus de separação. A ideia de que todo mundo está ligado a todo mundo através de apenas cinco pessoas."

"Nem pensar", disse Walter.

"Tente."

"Eu e Tony Blair."

"Aposto que alguém na sua faculdade de Direito conhece o Tony Blair", disse George.

"Claro que conhecem", disse Mo. "São, todos, uma coisa só. Um grande clube. A conspiração dos ricos."

"É isso aí", disse Walter, deprimido. Estava cansado. Na maioria das noites, dirigia um táxi na parte sudeste de Londres. Sua namorada, Sonya, tinha tido um bebê quando ele estava no segundo ano, em Manchester. Walter tinha se formado, trabalhado por dois anos num abatedouro para juntar economias, e agora estava na faculdade de Direito. O próprio pai desaparecera quando ele tinha meses, e estava determinado a manter a família unida. Contudo, ainda encontrava tempo para a banda. Walter parecia uma versão ampliada de Charlie Parker. Também tocava como ele, ficando quase imóvel, o olhar vazio, como se o saxofone estivesse por acaso entre seus dedos, enquanto ele respirava.

"Alguém?"

"Refresque a minha memória", disse Rhys.

"Vá de Kevin Bacon a Morgan Freeman no mínimo de movimentos possível", disse George. "Kevin Bacon estava num filme com X, e X estava num filme com Y, e Y estava num filme com Morgan Freeman."

"É fácil", disse Mo.

"Então vá em frente", disse Rhys.

"Bom, dá um tempo", disse Mo. Às vezes, quando se sentia encurralado, seu sotaque de Glasgow soava ainda mais acentuado do que o normal. "Não dá pra eu já sair falando, tenho que me concentrar."

"Pense nos filmes em que o Morgan Freeman atuou", disse George.

"*Um Sonho de Liberdade*", disse Walter.

"E *Seven*", disse Rhys, todo empolgado pela lembrança. Depois, deu uma estremecida. "Pesado aquele filme, bem pesado."

Esticou as pernas. Rhys era muito magro e tinha pernas bem compridas. Como normalmente usava jeans preto, parecia um desenho feito por criança, com o cabelo de qualquer jeito e uma boca tremida. Confundido por sua aparência acabada — pele branca, olheiras escuras, ombros caídos — daria pra pensar que Rhys era um drogado. Às vezes, no palco, parecia que era o contrabaixo que o mantinha em pé. Na verdade, desde que se lembrasse de comer, Rhys era bem saudável. Seu problema (e esse era um problema de saúde incomum) era a leitura. Depois que se concentrava num livro, não conseguia largá-lo. Ficava normalmente acordado até três ou quatro da madrugada, ignorando o ardor dos olhos e a dor no pescoço. "São as palavras, percebe? Sou viciado", ele dizia. Para sua sorte, Rhys trabalhava em um sebo.

Mo tocava percussão. Produzia uma batida padrão, caso você precisasse, mas quando lhe davam um solo, era um delírio de energia, como um cachorro latindo, as orelhas abanando, perseguindo um esquilo até o alto de uma árvore. Produzia um som como tiros de metralhadora, uma descarga rápida quase tão ensurdecedora quanto os aplausos que se seguiam. Mo também era inflamado em sua aparência: cabelos ruivos curtos, pele parda, e uma barba rente que brilhava ao Sol. Tinha sido criado em Glasgow por pais designados pelo Estado, o que não fora uma experiência particularmente feliz para nenhum dos envolvidos. Mo tinha posto fogo no quartinho de jardinagem quando tinha dez anos. Dentro do quartinho havia um cortador de grama a gasolina. Quando ele explodiu, os vizinhos acharam que Bearsden estava sob ataque terrorista.

Mo apertou os olhos: "Gwyneth Paltrow".

"O que tem ela?", perguntou Walter.

"Atuou em *Seven*."

"Então, continue", disse Rhys. "Como é que isso nos leva até Kevin Bacon?"

Mo olhou-o com um olhar fixo.

"Tinha o Brad Pitt, é claro", disse Rhys.

George estava começando a se arrepender de ter começado a brincadeira. "Só mais um ano, e você ficará mais tranquilo... ", disse para Walter, esperando mudar de assunto.

"Não acho que funcione assim. Acho que ser advogado significa trabalhar vinte e quatro horas por dia, sete dias por semana. Pra sempre."

"Pense no dinheiro", disse George.

"Isso basta?"

"Pelo jeito que você fala, parece que vai ser um montão", disse Mo.

"E você?", perguntou Walter. "Quais são os planos agora?"

"Não tenho plano nenhum", respondeu Mo.

Com Mo, nunca se sabia muito bem. Ou estava mantendo uma aparência cuidadosamente preservada para esconder um trabalho cotidiano normal — entregando pizzas, pintando molduras de janelas —, ou envolvido em alguma coisa ilegal. Fosse o que fosse, George não queria saber. Parecia mais seguro manter Mo a certa distância, principalmente tendo em vista suas tendências piromaníacas.

"O que nos leva à pergunta", disse Rhys, "o que trouxe ao Brad Pitt?"

"Ainda estamos jogando?", perguntou Walter, recostando a cabeça na parede. "Preciso de uma cerveja."

"A gente sempre deve terminar o que começou", disse Rhys. "Não tem sentido largar alguma coisa na metade do caminho." Inclinou o corpo para a frente, no sofá, olhando desconfiado para Mo. "Pensei que você tivesse dito que sabia a resposta."

"Eu sei", disse Mo, "*A Vingança Adormecida*".

"Nunca ouvi falar nisso."

"Brad Pitt estava em *A Vingança Adormecida*", disse Mo. "Pergunte ao Robert de Niro. Então, é isso. Kevin Bacon está em *A Vingança Adormecida* com Brad Pitt, Brad Pitt está em *Seven* com Morgan Freeman. Esqueça os seis graus de separação; fiz em um."

Tess estava sentada na recepção bege de um prédio de escritórios, perto de uma rotatória, em algum lugar nos arredores de Paris. Estava cansada e infeliz. Nem seu vestido favorito (um estampado vermelho, em crepe *rayon*, com a etiqueta assinada "Bijou", cerca de 1942), e os sapatos (couro de cobra marrom, salto 5 cm, cerca de 1942), não estavam levantando seu astral. Até então, aquela não estava sendo a experiência parisiense que esperava. O hotel da noite anterior, também no subúrbio industrial, era pequeno, vagabundo e feio. O jantar, incluído nas despesas, tinha sido um bife fino com batatas fritas duras e engorduradas. Até o pão era amanhecido. De volta ao quarto, Tess tinha aberto a janela, mas o hotel — parte de uma cadeia moderna — ficava numa estrada, e o som de centenas de carros que passavam por ela na maior velocidade possível fez com que se sentisse tão solitária e com tanta saudade de casa, que tornou a fechá-la às pressas.

Passara a noite deitada, rígida na cama estreita, ansiando pela manhã. A manhã, entretanto, não tinha trazido nada além de uma batalha contra um chuveiro morno e um *croissant* empapado, flácido de exaustão.

Agora, sentada em uma cadeira de plástico, esperando para criar uma ponte com os fornecedores franceses do papel feito a mão, Tess não conseguia pensar em mais nada, senão num chá — Tetley. *Se eu tivesse uma xícara de chá decente*, pensou, *ficaria bem*. A necessidade de um chá era tanta, que quase podia sentir seu aroma. Franziu o nariz, imaginando o vapor em sua pele. Infelizmente, isso a fez lembrar-se de que estava usando óculos. *Não deveria ter importância*, pensou. Claro que não deveria. Contudo, quando a pessoa é pequena, rechonchuda e curvilínea, e está desesperada para causar uma boa primeira impressão, cobrir metade do rosto com um velho plástico preto não é a melhor maneira de agir.

A recepcionista, no canto oposto da sala, estava ignorando-a. Tess ficou imaginando quanto tempo duraria a reunião. *Depende*, pensou nervosa, agarrando sua bolsa *vintage* de couro marrom (suficientemente grande para uma máscara de gás), *de eles saberem um pouco de inglês. Se estivermos contando com o que eu sei dizer em francês, tudo vai acabar em minutos.* O suor estava fazendo seu vestido grudar nas costas. *Sinto tamanha responsabilidade! Todo mundo na Daisy Greenleaf está confiando em mim para resolver isto. Daria pra dizer que o emprego das pessoas está dependendo da maneira como eu conduzir esta reunião.* Isso a encheu de um terror tão agudo que seu coração disparou.

Num impulso, empurrou os óculos para o alto da cabeça. Imediatamente, a sala ficou reconfortantemente enevoada. As cores perderam a intensidade, objetos desapareceram, ela nem mesmo conseguia ver a recepcionista. *Às vezes*, pensou Tess, *a realidade é muito assustadora*.

Houve uma agitação repentina. Em um minuto ela estava sentada em sua cadeira dura de plástico, em devaneio; no outro, todas aquelas pessoas estavam na sua frente em um borrão corporativo. Perplexa, ficou de pé num pulo. Hora do vamos ver. Hora de estender a ponte.

"*Bonjour*", disse Tess, estendendo a mão.

O presidente da companhia francesa de papel era um homem muito pequeno — só um pouquinho mais alto do que ela. Isso Tess conseguia ver. No entanto, ela era míope demais para conseguir vislumbrar muita coisa além de cabelos escuros e curtos, camisa branca, paletó preto. Jacques Marceau. Era este o seu nome. Jacques Marceau.

Ela ainda estava segurando sua mão. Apertou com mais força.

"*Je suis très contente de vous rencontrer*", disse. "Rencontrer"*? Isso queria dizer "conhecer"? Poderia significar alguma coisa completamente diferente, como "detestar", ou "matar"*. O coração de Tess golpeava de maneira desconfortável. Um momento antes, todas as palavras que ela conhecia em francês estavam alinhadas à sua frente como passarinhos em um fio. Agora, num repente, elas tinham voado exatamente como passarinhos. *Não, não*, ela chamou. *Voltem! Como é que eu posso conduzir uma negociação de alto nível se vocês desaparecem? Não acho que "rencontrer" esteja certo. Tente de novo. Tente de novo*. Respirou fundo. "*Je suis très contente de faire votre connaissance*", ela disse. E então, rapidamente, sabendo que os franceses eram maníacos por etiqueta, "*Monsieur*". Para completar, acrescentou: "*Bonjour*", e depois, ainda sacudindo a mão dele, "*Bonjour, Monsieur*".

O suor escorreu por sua espinha. Havia tantas pessoas em pé à sua frente! No mínimo cinco, mas nenhuma delas disse nada. Confusa, relaxou o aperto de mão, que foi rapidamente desfeito.

Tess puxou os óculos do topo da cabeça. Piscou. A sala voltou a entrar em foco.

Em pé, à sua frente, achava-se uma mulher baixa, de camisa branca e blazer preto. Atrás dela, esforçando-se para não rir, a recepcionista.

"Bom dia", disse a mulherzinha. "Meu nome é Dominique Borel. Sou a advogada da empresa. Vamos recapitular os termos do nosso contrato?"

“Então, vamos começar?”, perguntou Mo.

George não respondeu.

“George?”

Estavam sentados sob um arco de tijolos, na penumbra de um pequeno clube de jazz. As paredes recendiam a umidade. Tinham garantido a George que aquele clube, em particular, tinha fama de oferecer uma recepção calorosa a músicos visitantes. Infelizmente, ninguém havia dito isso aos clientes. Ou talvez os parisienses não gostassem de jazz às terças-feiras. Talvez fosse tarde demais; cedo demais. Um homem idoso lia jornal num canto. Se não fosse por ele, estaria completamente deserto.

Mo parecia furioso. *O proprietário do clube tinha chamado seu conjunto de percussão, “la batterie”*, George pensou. *Isso combina. Assalto e agressão**.

“O que a gente poderia fazer”, disse Rhys, “é agir como se fosse um ensaio. Não se preocupar com quem está escutando. Tocar pra nós mesmos”.

“A gente poderia ter feito isso em Londres”, disse Mo.

Baixou um silêncio pesado. Por um momento, cansado de lutar contra o sentimento de desânimo que ameaçava esmagá-lo, George teve a fantasia de se levantar e ir embora. Tinha pisado na bola. Aquilo era culpa sua.

“Não sei o que vocês acham”, disse Rhys, “mas estou louco pra contar pra eles quando voltar pra casa”.

“Contar pra eles o quê?”

“Que toquei no mesmo clube que Charlie Parker, quando ele fez sua estreia em Paris, em 1949.”

“Este era o clube de Charlie Parker?”, perguntou Mo, impressionado.

“Não faço ideia, mas quem é que vai saber?”

Al Haig, pensou George. *Ele era o pianista em 1949.*

“George?”, disse Walter.

* Jogo de palavras com o sentido de *battery* em inglês, que quer dizer assalto e agressão. (N. T.)

George se recompôs. Com grande força de vontade, livrou-se dos demônios sombrios do fracasso. Aquela era a sua banda. Ele era responsável. Então, tocou as sete primeiras notas de *Lady Be Good.* Rhys juntou-se a ele no contrabaixo. Mo pegou o ritmo. Então, Walter, no sax, achou a melodia.

Quando George os levou em outra direção, seguindo o novo ritmo que, propositalmente, chegou de maneira furtiva, como um gato em um beco escuro, não houve hesitação.

O velho no canto largou o jornal e levantou os olhos. Escutou.

"Você não parece muito feliz", disse Colin, enquanto pegava o copinho de plástico do *cappuccino.*

Era uma manhã de quarta-feira, cheia de promessas de primavera. Contudo, Tess era o retrato da desgraça.

"Sinto muito por não ter trazido seu café por uns dias", disse Tess. "Eu estava fora."

"Em algum lugar agradável?"

Ela mordeu o lábio.

"Pode se abrir comigo", disse Colin, apertando os olhos por causa da luz do início da manhã. "Vou contar pra quem?" Parecia especialmente cansado naquela manhã.

"Eles me mandaram pra Paris pra resolver um negócio", disse Tess. "Mas eu piorei muito as coisas. Então, acho que, hoje, vou ser demitida."

Colin puxou seu casaco preto sujo para mais junto do corpo. "Quantos anos você tem?"

"Vinte e três."

Colin balançou a cabeça.

"Me desculpe", disse Tess. "Eu não devia estar lhe incomodando com tudo isso."

"O que é que você pode resolver aos vinte e três anos? Você mal acabou de nascer!"

"Eles confiaram em mim, e eu estraguei tudo."

“O que está me parecendo”, disse Colin, “é que eles mandaram alguém bem jovem pra fazer o trabalho sujo deles”.

Quando você tem sessenta, setenta, ou seja qual for a idade de Colin, pensou Tess, enquanto subia a escada para o escritório, *pessoas como eu devem parecer muito jovens.* Parou no banheirinho, no primeiro patamar. Queria pentear o cabelo e se fazer apresentável, como se um cabelo mais bem dividido pudesse impedir a descida do machado. Seu rosto no espelho devolveu uma imagem calma. *Ai, graças a Deus as novas lentes de contato chegaram pelo correio,* pensou. *Eu não suportaria ser demitida usando óculos.*

“Bom dia”, disse Glenda, vibrando de expectativa. “Então, como é que foi?”

“Ele disse alguma coisa?”

“Quem?”

“O senhor Bankes.”

“Não o vi”, disse Glenda. “Ele trabalhou em casa ontem. Então, vamos lá. O que aconteceu?”

“Ai, Glenda”, disse Tess, com os olhos se enchendo de lágrimas.

“O que foi?”, perguntou Glenda chocada.

“Tess?”

Tess deu meia volta. Ali, preenchendo a passagem da porta com sua corpulência saudável, estava Oliver Bankes, fundador e diretor administrativo da Daisy Greenleaf Designs.

“Ah”, disse Tess debilmente.

“Tem um tempinho?”

“Mas o que aconteceu?”, sibilou Glenda, quando Oliver deu as costas e foi para o escritório. “Você estendeu pontes?”

Não, pensou Tess, apressando-se a segui-lo. *Eu explodi todas elas.*

“Feche a porta, por favor”, disse Oliver.

O clique do trinco pareceu decisivo. Os dois sentaram-se, um encarando o outro sobre a enorme escrivaninha de Oliver.

“Então, como é que você acha que as coisas correram?”, perguntou Oliver.

“Poderiam ter sido melhores”, respondeu Tess acabada.

"Projeção e avaliação", disse Oliver. "Este é o segredo do negócio. Planeje aonde quer chegar, e, uma vez lá, tire um tempo para olhar em volta e ver se atingiu seus objetivos."

"Sei", disse Tess.

"Como um alpinista no topo do Everest. Senhor de tudo o que vê."

Tess abaixou a cabeça como um cachorro surrado.

"Então", disse Oliver. "Vamos fazer isso como um exercício. O que você queria conseguir quando foi pra Paris?"

"Senhor Bankes..."

Ele levantou a mão. "É um exercício. Um exercício útil."

Tess disse, com grande desânimo: "Queria estender pontes".

"Excelente", disse Oliver, "excelente. Havia uma disputa. Nenhum lado cedia. Precisávamos fazer um esforço e estabelecer um diálogo. Você acha que conseguiu fazer isto?"

"Não consegui descobrir...", disse Tess, desesperada.

"... como fazer isso?" completou Oliver. "Mas mesmo assim você fez."

Tess ficou olhando para ele.

"Agora, é claro que ainda temos que resolver os detalhes. Contudo, o que você conseguiu, Tess, foi estabelecer um relacionamento. Um *rapprochement*."

"Um *rapprochement*? Foi isso que eles disseram?"

"Conversei com a advogada da empresa ontem."

"Ah", disse Tess, fervendo de constrangimento.

"Você obviamente estabeleceu uma boa relação com ela. Ela me contou tudo. Rindo. Disse que você tem uma maneira incomum de ver as coisas."

Tess passou por uma aguda lembrança de estar ali, trocando um aperto de mão, chamando a diminuta Dominique Borel de *Monsieur*.

"Então, no geral, eu diria que foi um bom trabalho." Ele estreitou os olhos, avaliando-a pensativamente, como se ela tivesse se transformado em um grande artista. "Continue assim, Tess, e acho que seu futuro na Daisy Greenleaf Designs vai ser particularmente feliz."

Tess ficou confusa. Eles tinham se safado do contrato, ou Oliver teria que arcar integralmente com o papel feito a mão que eles não conseguiam vender?

"Está me entendendo?", perguntou Oliver, inclinando-se sobre sua enorme escrivaninha.

"Estou", respondeu Tess, que não estava.

"O céu é o limite, Tess. O céu é o limite."

"Para uma segunda apresentação", disse Rhys, "acho que foi muito bem".

A banda estava de volta ao *flat*. Walter ocupava todo o sofá-cama — que preenchia quase que todo o espaço disponível —, dormindo. Mo fumava um cigarro do lado de fora da janela, derrubando cinzas no tapete branco. Rhys e George, recostados na parede, tomavam vinho tinto em pequenas xicarazinhas brancas de café. Era a segunda garrafa. A primeira tinha desaparecido na maior rapidez.

"Não foi fácil", disse George.

"Com isso estou de acordo", disse Rhys.

"Na verdade, parecia mais um clube de *strip*."

"Era isso? Bem que imaginei."

"Não tive certeza de que estivessem ouvindo", disse George.

"Bom, é um pouco dispersivo, não é?", disse Rhys. "Quando se tem um monte de meninas bonitas com os seios de fora."

"Fazendo *pole dance*", disse George.

Recolheram-se num silêncio pensativo.

"Bom, estamos escalados pra outra noite, não estamos?", perguntou Rhys. "Na quinta."

"Espero que o lugar seja melhor."

"Bom, veja por este lado", disse Rhys, "não daria pra ser pior".

George tentou focalizar o rosto de Rhys, através de uma bruma de álcool.

"O que eu quero dizer é que não tem sentido ser negativo, tem?", disse Rhys. "Só serve pra deixá-lo infeliz. É isso que sempre falo pro Gareth. Não adianta se acabar de chorar todas as noites. Kirsty é uma ótima moça, mas não é a única no mundo."

"Kirsty?", perguntou George.

"Cabelos pretos, compridos", disse Rhys. "Mora em Brixton. Com a Tess."

"Quem é a Tess?"

"Você conhece a Tess. Ela estava na festa da Lauren."

"Estava?", perguntou George.

"Ai, dá um tempo", disse Mo.

George se esforçou para olhar em sua direção.

"Esta noite foi uma merda", disse Mo, com o cabelo laranja todo espetado. Parecia um fósforo aceso. "A gente poderia ter ganhado mais dinheiro tocando na rua."

George sentiu uma onda de desconforto passar por ele. Tinha tido tanta certeza de que aquele era o passo certo a ser dado! Algumas noites em Paris, a capital do jazz na Europa. Isso lhes traria fama, faria com que fossem conhecidos como uma banda que merecia ser vista. Em vez disso, até então, eles tinham tocado, primeiro, em um clube vazio, e depois para um grupo de empresários de meia-idade, que babavam em cima de umas *strippers* francesas. George se viu afundando numa depressão alcoólica. Talvez tivesse entendido tudo errado. Talvez eles não fossem bons o bastante. Talvez tocassem o tipo errado de música.

Não sei como é que uma pessoa continua se reerguendo, quando todo mundo a coloca pra baixo, pensou. *Ninguém está ouvindo, mas você vai em frente, tocando. Você tem que ser louco — otimista a ponto do delírio. Ou você tem que ter alguma coisa por dentro que diz "estou pouco ligando, estou pouco ligando pro que os outros pensam. Vou fazer de qualquer jeito"*.

Alguém pediu um conselho a Thelonious Monk, uma vez. Ele disse: "Toque, toque do seu jeito. Não toque o que o público quer. Toque o que você quer, e deixe o público perceber o que você está fazendo. Mesmo que isso leve quinze ou vinte anos".

Mo bateu a cinza na direção da janela. "A gente podia fazer isso agora."

"Fazer o quê?", perguntou George.

"Estamos no meio da noite", disse Rhys. "Não dá pra ir tocar na rua no meio da noite."

"Por que não?", perguntou Mo. "Tem gente por aí."

"Walter está dormindo", disse George.

Mo soltou uma baforada de fumaça. Parecia um dragão.

"Pensei que poderia acordar cedo amanhã", disse Rhys, "e ir ao Café de Flore. Era lá que Sartre escrevia seus romances. Caneta numa mão, uma xícara de café na outra."

"Cigarro na outra...", disse George.

"O grande existencialista", disse Rhys.

Mo apanhou seu casaco. "Pra mim, chega."

"Chega o quê?"

"Dessa conversa geriátrica. No coração de Paris, e tudo que vocês conseguem fazer é dormir."

George tentou ver o rosto de Mo, mas não conseguiu.

"Não esperem acordados", disse Mo.

"Aonde você vai?"

Para surpresa de George, Mo começou a pular para cima e para baixo na frente da janela.

"Não faça isso", disse Rhys. "Vai acordar quem estiver no andar de baixo."

Mo olhou para seus pés.

"O que foi?", perguntou George, o coração apertado.

"Ela não vai se incomodar com um pequeno rasgo no tapete, vai?", perguntou Mo.

"Porque, de repente, pela primeira vez estou percebendo que, na verdade, eu poderia ser boa nisso. Por efeito contrário. Não achava que tinha nascido pra negócios. Não achava que podia fazer negociações e acordos. Pensei que tivesse que ser como o Dominic, você sabe, brilhante com números e planilhas. E formada em Administração. Talvez você só precise ter talento para a coisa. Como pra música. A pessoa nasce com isso. Porque ele ficou tão satisfeito comigo! Satisfeito pra valer. Já até me renomeou. Não sou mais Assistente do Supervisor de Atendimento ao Cliente. Sou Supervisora-Assistente de Atendimento ao Cliente. E ele está dando a entender, embora não possa dizê-lo às claras, que existe uma grande chance de que isso possa levar a uma promoção, depois que a Glenda sair. O que, pensando bem, seria mesmo incrível. Dá pra imaginar? Esse tipo de proposta não aparece com muita frequência."

Kirsty, que estava de ponta-cabeça, voltou ao chão com um gracioso esticar das duas pernas. "Pensei que você odiasse seu trabalho", disse.

Tess olhou para ela.

"Pensei que você quisesse jogar tudo pros ares e abrir uma loja de roupas *vintage* em Brixton."

"Aquilo era só um sonho."

"Um sonho?"

"Bom, não é muito realista, é?"

"Por quê?"

"Não conheço nada de varejo."

"Você está vendendo produtos de papelaria", disse Kirsty.

"Trabalho no atendimento ao cliente."

"Exatamente."

"Não sei nada sobre abrir uma loja."

"Pode aprender."

"Você não entende", disse Tess, "porque nunca teve um emprego por mais de cinco minutos. Estou fazendo carreira. Seria estúpido jogar tudo pros ares."

"Você está parecendo o Dominic."

"Acho que a gente devia parar de falar nisso agora", disse Tess.

"Por quê? Porque estou me aproximando demais da verdade?"

"Não."

"Então por quê?"

Tess levantou o queixo, como se preferisse morrer a dizer mais alguma coisa.

"Só estou dizendo", Kirsty falou, "que o fato de ser boa em alguma coisa não significa que você tenha que passar a vida toda fazendo aquilo. Shakespeare podia ser bom no cultivo de batatas, sabe-se lá. Mas acho que estamos bem felizes por ele ter se concentrado em *Romeu e Julieta*."

"Às vezes você é muito dura", disse Tess baixinho.

"Dura?", repetiu Kirsty, curvando-se sobre si mesma para segurar os tornozelos. "Não sou dura, só estou dizendo o óbvio."

George não conseguia parar de sorrir. Porque eles continuavam aplaudindo. O clube — uma caverna escura — era bastante grande para abrigar umas duzentas pessoas, e estavam todas de pé, assobiando e aplaudindo. Por fim, quando sentiu que deveria fazer alguma coisa, levantou-se e disse: "Obrigado, obrigado", o que tornou os aplausos ainda mais calorosos. Emocionado, sentou-se novamente, o barulho ecoando em seus ouvidos. Então, o proprietário do clube, um homem pequeno e escuro, com um bigode fininho, veio ao palco e pegou o microfone. Falou em francês, gesticulando em direção a cada um dos músicos, parando para mais aplausos. Depois, pôs o microfone de volta no suporte, e ele mesmo começou a aplaudir, virando-se em direção a eles, e todos na plateia festejavam e gritavam, como se não fossem parar nunca mais.

George olhou para os colegas. Rhys e Walter pareciam confusos, como se fossem passantes subitamente pegos em um violento protesto de rua. Contudo, Mo, com o cabelo incandescente sob as luzes do palco, estava se deleitando com aquilo. Com um sorriso de orelha a orelha, levantou o polegar para George.

"Então, tudo bem?", perguntou o dono, colocando a mão no ombro de George.

O público tinha voltado a se sentar às mesas, rindo e conversando.

"Tudo", disse George. Tinha vontade de sair correndo pelo clube, gritando e rindo, abanando os braços no ar.

"Você sabe que tem um jornalista aqui?", disse o dono.

"Um crítico?", perguntou Mo.

"Ele gostou da banda. Está satisfeito."

"Viu?", disse Mo. "Eu sempre disse que ia dar certo."

"Então, vocês vão ficar em Paris?", perguntou o dono.

"Temos que voltar. Vamos tocar em Londres no sábado", respondeu George.

"Mas vocês vão voltar."

George concordou feliz.

"E vão ficar para um drinque?", perguntou o dono.

No bar, Walter estava ao lado de uma menina muito bonita, com cabelo trançado e pulseiras prateadas. Tinha a mão no seu braço.

"Elas sempre vão atrás do saxofonista", disse Mo. "Não têm gosto, nenhuma delas."

"Você já teve uma namorada?", perguntou Rhys.

"Muito engraçado", disse Mo.

"Estou falando sério. Porque nunca o vi com ninguém."

"Eu tenho uma vida fora da banda", disse Mo. "Não fico o tempo todo colado no pé de vocês." Bateu a mão no bar, tentando atrair a atenção do *barman*.

George olhou para a parede atrás do bar. Estava coberta de fotos em branco e preto de jazzistas famosos. *Estaremos lá, um dia?*, pensou. Seus pensamentos divagaram até seu pai, imaginando-o na casa empoeirada em Surrey, tomando seu invariável malte. *Preciso ligar pra ele. Preciso ligar pra ele e dizer que Paris amou a gente.*

"Eu estava tendo uma conversa interessante com a Kirsty na outra noite", disse Rhys. "Sobre amor verdadeiro. Tess acha que todo mundo nasce pela metade. Meia alma. E passa o resto da vida procurando a outra metade, pra se tornar inteiro. Muito romântica."

"Oi, grandão!" gritou Mo para Walter. "Diga para o *barman* vir até aqui."

"Ela é uma gracinha", disse Rhys, "como você sabe...".

"Não acredito numa porra disso", disse Mo.

Walter estava vindo até eles. Atrás dele, a menina de tranças olhava fixamente, com uma expressão vidrada e chocada, como se ele tivesse lhe dado um tapa.

"Você deu um fora nela?", perguntou Mo.

Walter deu uma leve balançada de cabeça, como se não quisesse tocar no assunto.

"Você deu um fora nela?", repetiu Mo.

Walter olhou para ele. "Sou casado."

"E?"

Walter virou o rosto, irritado.

"O quê?"

"Deixa pra lá", disse Rhys em tom baixo.

"Deixa pra lá o quê?", perguntou Mo.

"Você nunca saca nada, né?", disse Walter. "Sinto falta deles. Sinto falta dos dois. Faz três dias que não vejo meu filho."

"Ele não vai sumir", disse Mo. "Vai estar lá quando você voltar."

Walter encarou Mo com uma fúria tão intensa que George pôs a mão no seu braço. Walter sacudiu-a para longe.

"Não dá bola pra ele", disse Rhys.

"Qual é o seu problema?", disse Walter, olhando para Mo como se quisesse avançar nele.

"Nenhum."

"Você acha que tudo isso é uma piada", disse Walter, ainda encarando Mo. "Uma grande piada. Bom, não é. Isto aqui não é uma coisa que eu faço só pra passar umas horas. Não tenho esse tempo. Trabalho o tempo todo. E quando não estou trabalhando, quero estar com a minha família. Então, isto é sério. Não estou aqui pra ficar doidão. Pra transar com alguém. Se é isso o que você quer, tudo bem, vá em frente. Paris está aí. Mas me deixe em paz. Porque não estou aqui pra isso."

Mo, dessa vez, ficou quieto.

"Acho que, pra falar a verdade, estamos todos um pouco cansados", disse Rhys. "Talvez esteja na hora de voltar pro *flat*. O que você acha, George?"

No entanto, George não estava ouvindo.

Walter está certo, pensou. *Isto é sério. Esta noite foi boa, mas as outras duas foram uma perda de tempo. A única maneira de a banda dar certo é conseguir as pessoas certas pra ouvir a gente. Tenho que descobrir onde elas estão. Tenho que levar a gente pros lugares onde entendam o que estamos fazendo.*

Porque, no fundo, tinha a sensação opressiva de que Walter tinha acabado de dar um ultimato.

"Ela está grávida", disse Kirsty.

"Como é que você sabe?"

"Perguntei pra ela."

Tess olhou para Kirsty horrorizada. "Quando?"

"Agorinha mesmo."

"Não posso acreditar que você fez isso", disse Tess.

Elas estavam numa fila na festa de casamento em Dorset, esperando pra pegar a primeira taça de champanhe. Atrás delas, estava o grupo de anfitriões — os pais de Lily, os pais de Tim, um Tim com ar ligeiramente confuso, e uma Lily radiante, mas sem mostras de gravidez.

"Que outro motivo alguém teria pra se casar aos vinte e três anos?" perguntou Kirsty.

"Estar apaixonada?"

Kirsty franziu a testa. "Pessoas apaixonadas não se casam. Quem se casa é quem quer ter filhos. Ou pessoas que estão juntas há tanto tempo que acham que precisam fazer isso."

"Como é que você sabe?"

"Observação."

"Foi você quem disse que o segredo da felicidade é encontrar a pessoa que faz com que você se sinta bem", disse Tess.

"Não disse que você tinha que se casar com ela."

Kirsty usava um vestido fúcsia e sapatos pretos de salto. Tinha colocado os cabelos sob um chapéu preto, feito de penas e com uma redinha, e dava para ver cada ângulo do seu rosto — as maçãs do rosto salientes, a testa delicada, o nariz lindamente reto. Ali, de pé, supervisionando friamente a multidão, daria para imaginá-la sendo captada por fotógrafos mundialmente famosos, ou em pé na passarela, parando para a ovação da fila do gargarejo. Contudo, a própria Kirsty não parecia notar que todos a olhavam de boca aberta. Não estava muito interessada em quem era atraído por ela pelo seu visual. Ignorava-os. Tess amava isso nela.

"George vai tocar hoje", disse Kirsty.

"Eu sei", disse Tess. "Você já me disse isso três vezes." Deu uma olhada para trás, na fila, onde Dominic cumprimentava o pai de Lily.

Tess não estava se divertindo tanto quanto pensou que estaria. Lauren tinha dado uma carona para todos eles, desde Londres, em seu Ford Fiesta tinindo de novo — Ellie na frente, Tess atrás, espremida entre Dominic e Kirsty — e o tempo todo o clima estava estranho, como se alguém tivesse sido diagnosticado com uma doença horrorosa, e ninguém fosse autorizado a tocar no assunto. Chegaram bem em cima da hora — resultado de uma combinação entre o tráfego de uma manhã de sábado, e um desvio em Dorset — e entraram com cuidado na velha igreja de pedra, exatamente com a chegada da noiva. Ellie, normalmente muito sossegada, parecia tensa e distraída. Quando Tess passou para ela os ritos da cerimônia, olhou para aquilo com alguma surpresa, como se fosse um conjunto de instruções para a montagem de um armário, ou um impresso de propaganda de um amolador de facas.

A cerimônia foi adoravelmente simples. Os bancos de madeira, que cheiravam a cera de vela e missais velhos, estavam decorados com mariazinhas e barba-de-bode, e o empoeirado chão de pedra espelhava o vermelho e o azul dos vitrais refletidos pelo Sol. O vestido de noiva de Lily, feito de seda e renda antiga (como disse Kirsty, mais tarde, "sem glacê à vista"), fazia com que ela parecesse delicada e muito jovem. Depois dos votos, o vigário, sorrindo de orelha a orelha, disse: "Vamos aplaudi-los?", e todos bateram palmas. Dava para sentir o alívio — dever cumprido, promessas feitas, os amantes estavam unidos. Uma pequena dama de honra, quase em frangalhos pelo alívio da tensão, sentou-se repentinamente no corredor, com o vestido, um sopro de organza, armado à sua volta como um paraquedas.

A festa foi celebrada nas dependências de uma luxuosa casa de campo local. De volta ao novo carro de Lauren, eles se embrenharam em um caminho de cascalhos ladeado por olmos e freixos, com jardins e campos que se estendiam para todos os lados até onde a vista alcançava; e lá, à frente, com a fachada ocre acolhendo todo o Sol da tarde, uma mansão georgiana, tão imensa que, por um momento, chocados com sua beleza, ninguém disse uma palavra.

Kirsty olhou pela janela do carro. "Às vezes, fico imaginando", ela disse, "como deve ser morar em um lugar como este".

"Bem frustrante, eu diria, se a única maneira de fechar as contas for alugá-la para casamentos", disse Tess.

"Talvez eu tenha que me casar com o dono dela", disse Kirsty. "Não vou receber de herança e nunca vou conseguir comprar uma, então, acho que seria a única opção."

"Kirsty!", disse Tess, chocada. Kirsty riu.

"Ela voltou no tempo", disse Lauren. "Para um romance da Jane Austen."

Ellie, olhando firmemente à frente, não disse nada.

Um rapaz de terno preto conduziu-os até um campo nos fundos da casa, onde trinta ou quarenta carros já estavam estacionados em fileiras organizadas, ocupando apenas um canto minúsculo, como iniciais em um lenço.

Tess deu uma olhada em seu belo vestido estampado (feito à mão a partir de um modelo Butterwick, aproximadamente 1944), e se perguntou, com uma súbita sensação de vergonha, se se parecia muito malvestida.

Dentro da grande tenda branca havia enormes arranjos de flores em azul e verde, dispostas como caudas abertas de pavões. Tess, segurando seu champanhe, estava na ponta dos pés tentando encontrar seu nome no enorme esquema de distribuição de assentos, quando Dominic apareceu ao seu lado.

"Estamos na mesa dezesseis", ele disse. "Vamos."

"Estamos sentados com alguém que conhecemos?"

Entretanto, Dominic, pegando-a pela mão, já estava mostrando o caminho. Atrás dele, Tess, passinhos apressados, sentiu-se com seis anos.

Havia um quarteto de cordas tocando. Quando Tess tropeçou ao passar pelo violoncelista, que tinha a expressão triste de um sabujo abandonado, pensou por um momento em quando é que entraria a banda. *Mas talvez eles não toquem*, pensou. *Talvez Kirsty tenha entendido errado.* Sentiu um leve baque de decepção.

A mesa dezesseis ficava do outro lado da tenda, bem longe da pista de dança. Já sentado, estava um homem de cinquenta anos, obeso, cabelos ralos, e uma tez afogueada. Tinha um guardanapo enfiado no colarinho, e estava na metade de um pãozinho com uma grossa camada de manteiga.

"Acho que somos nós", disse Tess, sorrindo para ele.

O homem corado olhou de mal humor. "Quem mais poderia ser?"

A mesa foi se enchendo. Tess achou o cartão com seu nome e se sentou ao lado de uma mulher idosa, de cabelos grisalhos, vestida com chiffon roxo.

"Olá", ela disse. "Sou a Tess."

"Já tive uma cachorra chamada Tess", disse a mulher. "No final, ficou bem louca, mas nunca gostou de Basingstoke."

Tess tentou captar o olhar de Dominic, mas ele estava sentado do outro lado da mesa, olhando para o vasto domo da tenda, como um astrônomo amador estudando o céu noturno.

"Então", disse Tess, respirando fundo, "a senhora está vindo de longe?"

Tess não fora a muitas festas de casamento. Sua família não era grande, e até agora poucos amigos tinham mergulhado de cabeça. Entretanto, decidiu, em algum momento entre a galantine fria de galinha e o zabaione, que festas de casamento eram exaustivas. Poderia ter sido diferente, se tivesse se sentado perto de Kirsty, Ellie ou Lauren. Contudo, parecia que ela tinha sido colocada em uma mesa de pessoas surdas, ou incapacitadas socialmente.

"*Tours* de caminhadas planejadas proporcionam o melhor de dois mundos", disse o homem alto, magro, de óculos, sentado à sua esquerda. "Você mantém sua forma física enquanto tira vantagem de pontos locais de interesse. É claro que é preciso estar com o calçado certo. E, no Reino Unido, você deve contar com a chuva. Não tem sentido ser pouco realista."

O rosto de Tess doía com o esforço de sorrir. Estava começando a fantasiar sobre desaparecer debaixo da mesa quando ninguém estivesse olhando, quando os discursos começaram.

O padrinho começou com uma brincadeira sobre a paixão de Tim por *donuts* com geleia, e uma história beirando o impróprio sobre sua bomba de bicicleta. O convite para que os antigos alunos da Universidade de Manchester lembrassem o que tinha acontecido com a cueca de Tim, na corrida beneficente no Lake District, foi seguido por aplausos e batidas na mesa.

Então, sem aviso, o padrinho mudou o clima. As risadas foram diminuindo. Contou sobre o encontro de Tim com Lily em seu segundo ano em Manchester, e como ambos souberam, em semanas, que não poderiam viver um sem o outro. "Eles são claramente feitos um pro outro", ele disse. "Dão força um pro outro, se apoiam, fazem o outro rir. A felicidade que sentem contagia todos os que estão em volta. Eles fazem a gente entender que o importante é o amor, que é o amor que nos torna aqueles que queremos ser."

A tenda toda ficou em silêncio. Os olhos de Tess encheram-se de lágrimas. E então, o padrinho levantou sua taça e disse: "Aos noivos", e todos se levantaram e brindaram a Tim e Lily, que ficaram constrangidos e tímidos, sob os refletores de uma aprovação pública.

As pessoas sempre dizem, pensou Tess, *você é jovem demais, ainda não se conhece. Mas não dá pra controlar quando é que você vai encontrar sua alma gêmea. Se tiverem sorte, vocês se descobrem cedo. E se isso acontecer, vocês têm mais tempo pra passar juntos. Vocês têm a vida toda para poder se conhecer.*

Olhou para Dominic do outro lado da mesa.

Os discursos continuaram, houve mais aplausos, gritos e algumas lágrimas. E então, quando todos acharam que havia terminado, o irmão mais novo de Tim levantou-se. Ficou ali, oscilando de um lado pro outro. Seu cabelo havia caído sobre a testa e a gravata estava desfeita. "O que eu quero dizer", falou de maneira enrolada, a boca frouxa como se as palavras fossem balas duras que ele tivesse dificuldade em chupar, "o que eu quero dizer é que a Lily é a garota certa".

Alguém gritou: "Eba, eba!", e todos riram.

"Porque nenhuma das outras era a certa", ele continuou.

Tim ficou com ar de pânico.

"E foram muitas delas", disse o irmão.

Fez-se um silêncio aturdido.

"Mas não se trata apenas de sexo." Ele franziu o cenho. "Não estou dizendo que a Lily não é boa de cama. Provavelmente é. Quero dizer, parece que ela é. Provavelmente eles estão tendo um ótimo sexo."

Lily ficou bem corada.

Daria para ouvir um alfinete caindo.

Ao lado de Tess, a senhora de cabelos grisalhos em chiffon roxo endireitou os ombros. "No meu tempo", disse, "não se falava em sexo de jeito nenhum".

Tess acenou com a cabeça, incapaz de falar. Pelo que dava para ela ver da mesa principal, o irmão de Tim estava sendo levado ao chão numa espécie de gravata.

"Eu cedia", disse a senhora, "só quando era absolutamente necessário, com o propósito de procriação". Ela alisou uma de suas mangas roxas. "É claro que deve ser por isso que sou famosa pelos meus bordados. Você pode produzir muito mais se não estiver fazendo sexo o tempo todo."

"Quer uma cerveja?", perguntou Walter. "Não me incomodo de dirigir na volta."

Eles estavam sentados nos *cases* pretos dos instrumentos, na entrada dos fundos da tenda, esperando para começar sua primeira entrada.

George olhou para ele.

"Eu levo a gente de volta", disse Walter.

George moveu-se de um lado para o outro, como se estivesse relaxando a tensão do pescoço. "Nós dissemos que íamos passar a noite, voltar amanhã de manhã."

"Pode ser que seja bom", disse Rhys, "pegar um pouco da festa".

"Quero voltar", disse Walter. "Disse pra Sonya que ia tentar voltar."

Não vinha muito barulho de dentro da tenda. Parecia que os discursos tinham terminado.

"Cadê o Mo, então?", perguntou Rhys. "Ele devia estar aqui. Começamos daqui a pouco."

"Pode ser bom para o trabalho", disse George, "ficar aqui".

"Não faz muita diferença, faz? Se a gente voltar para o café da manhã ou para o almoço?"

"Faz, se você tiver seis anos", disse Walter.

George olhou para os pés.

"Domingo é o único dia que a gente tem", disse Walter. "É o único dia pra gente ficar junto, como uma família."

O silêncio se estendeu.

Walter levantou-se tão de repente que um dos *cases* caiu. Agigantou--se, bloqueando a luz. “Vocês acham que eu não estou empenhado porque quero voltar pra ver o meu filho.”

“Eu não disse isso.”

“Mas pensou.”

“São só algumas horas”, disse George, “só algumas horas depois que a gente terminar. Você sabe como essas coisas funcionam. Todo mundo está de bom humor. A gente conversa com eles, eles ficam gostando da gente, se lembram da gente, passam mais trabalho.”

“Quero voltar”, disse Walter.

Rhys olhou de um para o outro.

“Tudo bem”, disse George, “mas deixe a van com a gente”.

Por um momento, Walter olhou-o com raiva. Depois, virou-se e saiu em direção à casa.

“A gente entra daqui a dez minutos!”, gritou Rhys, mas se Walter ouviu, não deu sinal.

Eles ficaram ali, olhando para a grama aparada.

George esfregou a testa. “Ele disse que era sério. Em Paris, disse que a banda era importante pra ele. Mas desde que a gente voltou, fica dando desculpas. Na sexta à noite, em Shoreditch, não ia dar. No clube novo de Peckam, não ia dar. Não dava pra ensaiar no sábado passado. Na verdade, ele não queria tocar aqui, mas eu disse que a gente não podia deixá-los na mão.”

“Vai ver que é a Sonya”, disse Rhys.

“Ele vai largar a banda, eu sei disso”, disse George.

“Você não sabe.”

“Sei.”

“Então, não pressione.”

“Só quero que ele venha dizer isso.”

“Não, não quer”, disse Rhys. “Depois que ele disser, é o fim. Não tem volta.”

Fora da tenda, houve uma súbita comoção de mulheres e garotas enfeitadas para o casamento — com laços de seda, chapéus e fitas — e no meio delas, Lily num vestido curto rosa, segurando seu buquê de noiva. Ela deu as costas, segurando as flores no alto.

"Então vamos lá", disse Kirsty.

"Não vou pegá-lo", disse Tess.

"Deveria", disse Kirsty. "Você é a próxima da fila."

Tess, que normalmente poderia dar uma resposta cortante, abriu a boca e tornou a fechá-la.

Lily jogou o buquê. Foi pego por uma menininha de uns cinco anos. Lábios contraíram-se. Onde estava a mãe? Por que não estava controlando a criança?

"Ichi...", disse Kirsty.

Elas ouviram o ronco do motor antes de ver o carro — um Porsche cinza que foi diminuindo a marcha até parar de maneira magnífica. Tim saiu lá de dentro. Todos festejaram.

"Um Porsche?", exclamou Kirsty.

"Alugado", disse Tess. "Pra hoje."

"Sabe de uma coisa?", disse Kirsty. "Lily e Tim fazem com que o casamento pareça quase tentador."

Estava na hora de os noivos partirem. Ao ficarem sabendo, os convidados saíram da grande tenda branca, houve abraços, beijos e lágrimas, e os recém-casados subiram no carro. Todos gritaram tchau, o motor ronronou alto como um gato muito satisfeito e eles foram embora.

"Então é isso", disse Kirsty.

Ao lado delas, um homem baixo e rijo acendeu um cigarro.

"Você é o Mo", disse Kirsty.

Mo levantou os olhos, forçando a vista.

"Sou a Kirsty, amiga do Rhys."

"A Kirsty de Brixton?", perguntou Mo.

"Essa mesma."

"Ouvi falar muito de você."

A maioria das pessoas diz: "Falar bem, espero", ou "Não acredite numa palavra do que ouviu", mas Kirsty não deu a mínima.

"Então, cadê o George?"

O coração de Tess ficou descompassado.

Mo deu de ombros: "Por aí. A gente entra em dez minutos".

"Vou procurá-lo", disse Kirsty.

"Faça isso", disse Mo.

Mo olhou enquanto ela caminhava sem pressa de volta para a tenda. Era difícil não olhar. Kirsty tinha uma maneira de andar que deixava todos à volta hipnotizados.

"Então, quem é você?", perguntou Mo.

"Sou a Tess."

Mo franziu a testa: "Também ouvi falar de você". Seu rosto desanuviou. "Você é aquela que acredita em almas gêmeas."

Tess ficou mortificada. "Você não?", perguntou, para disfarçar a confusão.

Mo riu e soprou uma nuvem de fumaça. "É um monte de besteira."

Tess sabia, mesmo quando abriu a boca, que seria muito mais sensato ficar quieta. "Por que você acha que é besteira?"

"Você sabe de onde vem isso?"

"É uma velha lenda indiana", disse Tess.

"Vem do Platão", disse Mo. "*O Banquete*. Os velhos gregos sentados em roda, contando histórias. Um deles diz: 'nós éramos redondos, como bolhas, com quatro pernas, quatro braços e dois rostos. Três sexos diferentes. Flutuando por aí como patos num lago. Mas aí, ficamos muito onipotentes e tentamos entrar no céu. Então, Zeus puniu a gente. Cortou a gente em dois. Puxou bem a pele para a gente não vazar. O que explica o umbigo. E, desde então, ficamos vagando por aí, procurando a outra metade. Mulheres procurando mulheres, homens procurando homens, uma metade macho procurando uma metade fêmea'. É só uma brincadeira."

"Uma brincadeira?", perguntou Tess debilmente.

"Só isso. Uma conversa de homens contando histórias."

Mo soltou a fumaça, enquanto jogava seu cigarro no chão e pisava para apagá-lo.

"Você estudou na Manchester?", perguntou Tess, como uma maneira de preencher o silêncio.

"Estudei."

"Literatura Clássica?"

"Não", respondeu Mo, "Física Teórica".

Quando Tess abriu seu caminho de volta para a tenda, a pista de dança estava cheia. Não dava para ver a banda, mas podia-se ouvi-la. Seu coração deu um salto. Era jazz dos anos 1940 — o tipo de música tocada por Charlie Parker, Dizzie Gillespie e Max Roach. Não era *swing*, mas *bebop*. Ficou ali, encantada. *Não tinha ideia de que a banda tocasse esse tipo de música*, pensou. E então, em sua mente, transferiu-se para imagens em branco e preto de *nightclubs* de Nova York, com homens vestidos a rigor e mulheres em gloriosos vestidos compridos, que colavam na cintura e nos quadris, e faziam com que parecessem inacessíveis e, ao mesmo tempo, lascivamente desejáveis. E, pensou: *Às vezes, gostaria de voltar no tempo. Queria viver dentro dos filmes da década de 1940, usar aquelas roupas, beber aqueles drinques, e empoar meu nariz num estojo com espelho. Minha avó dizia: "Você está se esquecendo da guerra. Sem comida, sem água quente, todo mundo cansado e cheirando a suor e repolho cozido".*

Mas ouça a música, ouça.

Dominic estava sentado à mesa dezesseis, com sua água mineral gasosa.

"Vamos dançar?"

Dominic franziu o cenho.

Ah, pensou Tess, *me esqueci. Ele detesta dançar. Nunca o vi dançando. Nas festas, ele só fica recostado nas paredes, parecendo intoleravelmente indiferente.* Então, ela se sentou ao lado dele, ouvindo a banda que começara um *swing*, e devaneou com a dança e as garotas sendo puxadas entre as pernas, ao redor das costelas, e sobre os ombros, de maneira que suas saias rodadas e curtas subiam, e suas sensatas calcinhas, que chegavam à cintura, ficavam à mostra. Pensou: *Daria pra pensar que o Dominic, na verdade, gostasse de dançar, porque só são duas pessoas se movendo juntas, o que é a mesma coisa que o sexo (no que ele é muito bom), mas no sexo a gente não fica vestido.* E ela ficou tão ressentida por perder a oportunidade (da dança, não do sexo), e tão brava que alguma coisa que ela amava tivesse sido desconsiderada de uma maneira tão banal, com um mero franzir de testa, que disse, sem pensar: "Sabe o que eu quero fazer, de verdade?"

"O quê?", perguntou Dominic, inclinando-se para a frente, para poder ouvir acima da música.

"Quero abrir uma loja de roupas *vintage*."

"Uma loja de roupas *vintage*?"

"Em Brixton", disse Tess.

"Não tem nada de errado em ter um sonho", ele disse.

"Mas não é só um sonho. Daria pra eu fazer isso. Eu poderia abrir uma loja."

Ele ficou com a mesma expressão que ficava quando ela sugeria anéis de espaguete na torrada — incredulidade, misturada com certa dose de dó.

"É uma coisa em que eu realmente estou interessada. Adoro roupas *vintage*. Acho que uma pessoa deveria passar a vida fazendo alguma coisa pela qual ela realmente é apaixonada."

Dominic sorriu. "Você também deveria pensar muito bem sobre jogar fora uma carreira muito boa."

"Mas não é o que eu quero fazer", ela disse, louca para que ele entendesse.

"Glenda logo vai se aposentar."

"E?", disse Tess desesperada.

"Você já pensou nisso?", perguntou Dominic. "Em poucos anos você poder ser a chefe do atendimento ao cliente."

"Mas e se eu não quiser ser a chefe do atendimento ao cliente?"

"Por que você não quereria?", perguntou Dominic, desconcertado.

Tess sentiu-se quase zonza de tão perturbada. Ao levantar a cabeça, a senhora mais velha do chiffon roxo estava acenando para ela do outro lado da mesa. Tess levantou-se e deu a volta até onde ela estava sentada.

"Aquele rapaz com quem você está conversando", disse a senhora.

"Hã?", disse Tess.

"É seu?"

"É", disse Tess com tristeza.

"Só queria dizer que, se meu marido fosse parecido com ele, eu poderia ter feito sexo com mais frequência."

Tess agarrou a taça mais próxima e estava prestes a enchê-la até a boca com vinho branco morno quando Kirsty apareceu a seu lado. O coração de Tess deu um pulo. Só foi preciso um olhar para o rosto de Kirsty para ver que alguma coisa estava muito errada.

"O que houve?"

"Precisamos ir embora", disse Kirsty.

"Ir?"

"Consegui carona com alguém. Temos que levar a Ellie pra casa."

"Por quê? Ela está doente?"

Os olhos de Kirsty estavam sombrios. "Ela perguntou pra Lauren se ela estava tendo um caso, e a idiota, idiota, idiota, disse que sim."

2003

"PAI?"

"Alô?"

"Pai?"

"Quem é?"

"Pai, é o George." Não quis acrescentar "seu filho".

"George? Está tudo bem?"

George se viu agarrando com força o celular, como se ele fosse escorregar pelos dedos, cair no chão e se estilhaçar em minúsculos pedaços prateados. "Está. Está tudo bem com você?"

"Como está seu irmão?"

"Não sei. Não tenho falado com ele."

"A Cardiologia..."

"É."

"O trabalho em primeiro lugar. Me lembro bem disso."

Eu também, pensou George. Ele tinha uma nítida lembrança de ter dez ou onze anos, e estar sentado sozinho na *bergère* de couro marrom lustroso, o relógio do vestíbulo da casa vazia batendo hora, após hora, após hora, após hora.

"Estão dizendo que vai haver ataques em Londres", disse o pai. "Al--Qaeda."

"É mesmo?", disse George, esforçando-se para manter o foco.

"Homens-bomba", disse o pai.

"Eu não sabia. Não ouvi isso."

"No noticiário. No noticiário desta noite."

É claro que não dava para reclamar, sendo filho de cirurgião, de não ver nunca seu pai. Mesmo que só restasse ele. Teria sido egoísmo.

"E como você está, pai? Tudo bem no trabalho?"

"Agora, a maior parte é de consultas particulares", o pai respondeu.

Você apenas ficava ali, na *bergère*, esperando que ele voltasse para casa.

"Nós tocamos em Paris", disse George.

Houve um silêncio do outro lado da linha.

"Foi bem, eu acho", disse George. "Principalmente no último lugar em que tocamos."

"Uma onda de calor em Paris, é claro", disse o pai. "Uma porção de gente morrendo. Principalmente os idosos. Ou aqueles com o sistema imunológico comprometido."

George fechou os olhos. A raiva lhe subiu ensandecida, e depois — tão depressa quanto — desapareceu. Ele disse: "Vou tentar ir logo pr'aí".

"Bom, você sabe onde me encontrar", disse o pai.

Por um bom tempo depois que a ligação terminou, George ficou sentado, com o olhar perdido no espaço. Sempre acontecia isso. Ele pensava em seu pai e sentia pena. Telefonava para ele. E depois, desejava não tê-lo feito. Restava-lhe um sentimento de insignificância, de não existência, como se seu corpo fosse uma casca em que a pessoa de dentro tivesse sido sugada. Seu pai encobria sua realidade. Suprimia-o. Eliminava-o.

"Saiu?", disse Tess.

Kirsty deu de ombros.

"Não acredito", disse Tess, "você só ficou lá uma semana!"

"Vai por mim", disse Kirsty, "foi tempo demais".

"O que aconteceu?"

"Hum", disse Kirsty, fingindo que estava pensando, "será que foi a mão dentro do meu sutiã ou a pergunta se eu gostava de dar a bunda..."

"Ai, Kirsty", disse Tess, chocada.

"Tudo bem. Fiz com que ele me pagasse uma semana a mais. Disse que tinha feito umas gravações secretas de tudo que ele havia dito e que elas seriam mandadas pra sua mulher."

"Sinto muito. Pensei que homens assim não existissem mais."

"Homens assim vão existir sempre", disse Kirsty. "Eles estão sempre por perto, como sapinhos ou frieiras."

"E aí, o que você vai fazer agora?"

"Achar alguma outra coisa. Sempre tem outro bar."

Tess, que estava picando uma cebola, parou para enxugar os olhos. "E se você procurar alguma outra coisa?"

"Como o quê?"

"Bom, alguma coisa que tenha mais a sua cara."

Kirsty pegou um pedaço de salsão, e roçou a mão com suas folhas. "Sou toda ouvidos."

"Que tal uma galeria de arte?"

Kirsty franziu o cenho: "Por quê?"

"Porque você está sempre indo nas exposições, e é um assunto do qual você entende." Tess olhou para sua linda amiga, apoiando-se no balcão da cozinha como uma borboleta em um depósito de lixo. "E porque você mesma se parece um pouco com uma obra de arte."

"Bom, obrigada, mas não acho que eles empreguem assistentes por essa razão."

"Não?"

"Não tenho certeza de estar pronta pra um trabalho de verdade. Como é que dá pra trabalhar a sério durante o dia, quando se passou a noite fora?"

"Não acho que você estaria disposta a cortar algumas batatas, estaria?", disse Tess.

Kirsty endireitou o corpo e procurou vagamente por uma faca à sua volta. "A Ellie vai vir mesmo?"

"Não sei. Ontem à noite ela disse que não vinha. Mas hoje à tarde ela me telefonou e disse que vinha. Então, não faço ideia."

"Não parece que ela esteja melhorando."

"Era amor de verdade", disse Tess.

"Mulheres, cuidado com as mulheres", disse Kirsty. Tinha encontrado uma faca, e agora vagava pela cozinha. "E quem mais, além do Rhys?"

"Gosto muito do Rhys. Não acredito que passei tanto tempo até conhecê-lo. "

"Você tem que confiar em mim", disse Kirsty, abrindo um armário, "pra lhe apresentar pras pessoas certas. E aí, quem vem?"

"Akash, e o seu amigo novo."

"Ah, é", disse Kirsty. Tinha me esquecido que chamamos o Rudolf Nureyev. E o Dominic, não?"

"Você sabe que não. Ele está na sua semana de treino." Tess levantou os olhos. "O que você está procurando?"

"As batatas."

"Estão sempre na cesta."

"Como é que eu iria saber?", disse Kirsty. "Nunca cozinho nada." Depois, casualmente, disse: "Esta comida daria pra mais uma pessoa?"

"Acho que sim", disse Tess. "Se a gente der um pouquinho menos pra cada um. E puser um monte de queijo em cima. Por quê? Você convidou alguém?"

"Convidei", disse Kirsty. "Achei que estava na hora de você conhecer o George."

"George?"

"Sua alma gêmea."

"Gostaria que você parasse de dizer isso." Tess deu uma olhada no relógio. "Dá tempo de eu tomar uma chuveirada rápida?"

Kirsty riu. A campainha tocou. Tess olhou para Kirsty em pânico.

"Vá em frente. Vá se arrumar. Eu faço sala pro Akash. Ou para o dançarino. Ou pra sua alma gêmea, caso seja ele."

Isto é ridículo, pensou Tess, enquanto subia a escada correndo para seu quarto no sótão. *É patético. É infantil. Por que eu me importo com a vinda do George? É porque a Kirsty fez dele um ideal místico, um retrato de perfeição ro-*

mântica. Provavelmente, eu vou detestá-lo. Ele vai arrotar alto, beber demais ou ter cheiro de meia velha. Vai ter ideias exageradas sobre educação, reciclagem ou cachorros perigosos. Pode ser até que goste do Tom Cruise. Até onde eu sei, ele é uma enorme piada que a Kirsty vem construindo há meses, porque sabe que vou detestá-lo, ela sabe que ele é alguém com quem eu não teria nada, e vai ficar ali, rindo a noite toda, vendo minha expressão de horror. O que vai ser bom, Tess pensou rapidamente, *porque eu nem quero gostar dele, porque amo o Dominic, e isso há anos, e não posso pensar em ninguém com quem eu tenha mais vontade de estar.*

Parou em frente ao espelho, ofegante. Estava corada. *Ai, olha o meu cabelo*, pensou arrasada. *Está todo crespo porque não sequei direito hoje de manhã.* Esfregou uma mancha de rímel sob o olho esquerdo. *Vou me trocar. Vou pôr meu vestido preto (crepe* rayon *com cintura marcada, etiqueta Lo Roco, por volta de 1944), e batom vermelho. Batom sempre faz parecer que você se esforçou. Não que isso importe*, lembrou a si mesma, enquanto fechava o cinto fininho e alisava a saia. *Não preciso impressionar ninguém.*

Contudo, quando calçava as meias lindas e bem transparentes, estava tão alterada de nervoso que desfiou um fio do tornozelo até o joelho.

"Você está bonita", disse Kirsty, quando Tess entrou na cozinha, o coração prestes a explodir. "Este é o Tom. Está começando a dançar com o English National Ballet."

"Ah", disse Tess, tentando fazer uma expressão de grande interesse, mas percebendo que a extrema emoção de não encontrar George tinha produzido, em vez disso, uma espécie de careta de agonia.

"Você está bem?", perguntou Kirsty. "Está parecendo um pouco preocupada."

"Estou bem", disse Tess. "Só estou um pouco preocupada com o jantar."

"Eu ajudaria", disse Tom, "mas quebrei um osso do pé. Não posso ficar em pé muito tempo."

"Ah, não", disse Tess. "E você é um bailarino!"

"Foi assim que aconteceu", disse Kirsty. "Descendo de um *grand jeté*."

"Fui a três prontos-socorros diferentes antes que fizessem o diagnóstico certo. Nem mesmo fizeram um Raio-X até eu dizer que morria de dor o tempo todo."

"Vou lhe dizer uma coisa, Tom", disse Kirsty. "Acho que a gente deve servir um copo de vinho pra Tess e deixar ela se virar."

"Hospitais-escola também", disse Tom. "Os hospitais-escola mais importantes de Londres. Dá pra imaginar o que está acontecendo com o Sistema Nacional de Saúde."

"Tinto ou branco?", perguntou Kirsty.

Tess tinha acabado de tomar um bem-vindo gole de vinho quando a campainha tornou a tocar. Deu um pulo tão violento que a maioria do que havia na taça foi para o chão.

"Tem certeza de que está bem?"

"Os vizinhos", disse Tess. "Eles vão ficar tão incomodados com todas essas idas e vindas!"

"Vai fazer com que se lembrem da juventude deles", disse Kirsty, "antes de terem todas aquelas crianças".

Não é o ideal, pensou Tess, esquentando rapidamente óleo numa panela, *ter que conhecer pessoas cheirando a cebolas fritas. Mas vamos acabar sem nada pra comer esta noite, se eu não fizer isto.*

"Tess!", disse Akash. "Amor da minha vida! A mulher que eu adoro! Como vai você?" E Tess se viu agarrada e levantada, em um grande abraço de urso.

Akash, que tinha conhecido Tess em uma das primeiras aulas de História em Manchester (tinha se inclinado com uma expressão de pânico, dizendo num sussurro audível: "Mas quem, diabos, é Carlos Magno?"), era baixo e corpulento, com um físico que conseguia parecer, ao mesmo tempo, musculoso e gordo. Era famoso por fazer tudo em excesso; sexo, álcool, frutos do mar, festas, chocolates, dívidas, adulações e cocaína. Aparentemente, havia um pai bilionário em Munique que não fazia perguntas e quitava seu cartão de crédito ao final de cada semestre. No entanto, Tess cismava sobre quanto disso seria verdade. Afinal de contas, era o único dos seus amigos a se formar com todas as honras, o que devia ter exigido horas de estudo até tarde da noite, uma cabeça limpa e um conhecimento aprofundado das bibliotecas universitárias. E uma vez, anos atrás, ela tinha ido visitá-lo de surpresa, e o encontrara com um camisolão xadrez e meias de dormir, ouvindo *Nimrod*, de Elgar.

"Huuum", ele disse, debruçando-se sobre a panela. "Então, o que você está fazendo para o jantar hoje?"

"Shepherd's pie*", ela disse. "A versão vegetariana, em sua honra."

Tinha sido um alívio, com Dominic fora o fim de semana, preparar alguma coisa simples.

"Shepherd's pie!", exclamou Akash. "Comida dos deuses!"

"Aceita um vinho?", perguntou Kirsty, entrando na cozinha.

"Bom, você sabe", disse Akash, "acho que sim. Só uma taça".

"Você é uma fraude completa", disse Kirsty. "Venha conhecer o Tom. É um bailarino, sabe?"

"Que máximo! Onde você o encontrou?"

"Ah, foi nas coxias do *Quebra-Nozes*."

"Todo coxas e torso?", perguntou Akash.

"Chegue pra lá", disse Kirsty, "Ele é meu."

A campainha voltou a tocar.

"Quer que eu atenda?", perguntou Akash.

"Será que vocês têm gelo?", perguntou Tom, aparecendo na porta da cozinha.

"Você está bebendo vinho, não é gim", disse Kirsty.

"É pro meu pé. Acho que está um pouco inchado."

Kirsty saiu para abrir a porta da entrada.

Tess, transtornada, disse em desespero: "Por que você não se senta e eu levo um pouco?"

"E um banquinho", disse Tom, "pra eu poder levantar a perna. É o que o fisio diz: 'Sempre deixe a perna pra cima quando estiver sentado.'"

Tess estava se esforçando para ouvir quem tinha chegado ao *hall* abaixo.

"É tão difícil", disse Tom. "Você precisa ficar se movimentando, mas, ao mesmo tempo, tem que deixar o corpo se recuperar. É uma questão de encontrar o equilíbrio exato entre descanso e exercício."

* Prato tradicional inglês, feito com carneiro e vegetais, à semelhança do nosso "Escondidinho". (N. T.)

"Sei o que você está dizendo", disse Akash. "Tem dias em que estou completamente dividido."

Ouviram-se passos na escada.

"Ah, Ellie!", disse Tess, dando meia-volta com a colher de pau na mão. "Você veio!"

Se Ellie, normalmente, parecia um garoto passeando pelos campos ingleses salpicados de Sol, agora era um órfão de um romance de Dickens. Sua pele estava acinzentada, havia círculos escuros sob seus olhos.

"Ellie!", exclamou Akash, envolvendo-a num abraço. "Amor da minha vida! A mulher que eu adoro!"

Ellie ficou com os olhos cheios de lágrimas.

"Ponha ela no chão", disse Kirsty. "Ela precisa de um drinque. Tinto ou branco?"

"Acho que não vou conseguir um pouco de gelo, vou?", insistiu Tom.

"Você está bem?", Tess perguntou a Ellie.

"Mais ou menos", disse Ellie, trêmula.

"Que tal o apartamento novo?"

"É bem bom, de um jeito estranho. Não conheço ninguém, então eles me deixam em paz."

"Ela está alugando um quarto em Stockwell", disse Kirsty a Akash.

"St. Ockwell, como a gente prefere chamar", disse Akash. "Dá pra fazer a maioria dos lugares no sul de Londres soar bem melhor só com um pouquinho de esforço. Como Penge", ele disse, enfatizando um sotaque francês.

"O Dominic gosta de Penge", disse Tess. "Ele disse que está prosperando."

"Bom, pode ser que esteja, mas algum de nós pode esperar tanto tempo?", disse Akash.

"Estou me sentindo um pouco tonto", disse Tom. "Acho que vou me sentar."

"Faça isso", disse Kirsty.

"Acho que seria bom", disse Tess bravamente, "se todos vocês fossem se sentar. Na verdade, não tem espaço suficiente pra cozinhar com todo mundo na cozinha."

"Bom, de fato", disse Akash. "Como fazer seus convidados se sentirem bem-vindos."

"Afinal de contas", disse Kirsty, "eu dei mesmo uma arrumada na sala de visitas hoje. Uma espécie de arrumada..."

"Mas Ellie", disse Tess, "daria pra você ficar e me dar uma mão?"

Akash deu um tapinha cúmplice no nariz. "Conversa de mulher. Vamos, Tom, elas mal podem esperar que a gente saia da cozinha pra poderem falar da gente."

"Eu sou uma mulher. Eu não conto?", disse Kirsty.

"Claro que conta", disse Akash, como se falasse com uma criança. "Mas você se formou em Matemática..."

Depois que ela e Ellie ficaram sozinhas, Tess despejou com cuidado o salsão e as cenouras na panela, e disse: "E aí, como é que você está, de verdade?"

"Sei lá", disse Ellie. "Não acho que consiga sentir qualquer coisa nunca mais."

"Você teve notícias dela?"

Ellie assentiu com tristeza: "Ela fica me deixando mensagens. Dizendo que precisamos conversar. Mas pra quê?"

Tess olhou para ela. "Você não consegue perdoá-la? "

"Não", disse Ellie, e aquilo era tão definitivo que Tess podia ver a palavra fim, escrita no ar. Tirou a panela do fogo, veio e se sentou ao lado de Ellie, junto à mesa da cozinha.

"Sinto muito, Ellie. Sinto mesmo."

Ellie levantou os olhos, a boca trêmula. "Pensei que fosse pra sempre. Eu disse pra ela: 'Você sabe que eu amo você de corpo e alma, não sabe? Você não pode me deixar nunca, porque se me deixar, eu desmorono'." Lágrimas corriam-lhe pelo rosto. "E ela disse: 'Por que eu a deixaria? Você é tudo que eu sempre quis'. E eu pensei que ela estivesse falando a sério. Achei que estivesse dizendo a verdade."

"Ela estava", disse Tess.

"Então, qual foi o problema? Por que ela encontrou outra pessoa?"

"Não sei", disse Tess. Ela se inclinou e pegou na mão de Ellie. "A única pessoa que pode lhe dizer isto é a Lauren."

"Não", disse Ellie.

"Talvez não agora", disse Tess, "mas daqui a pouco. Algum dia vocês vão ter que conversar."

"Não posso", disse Ellie.

"E todas as suas coisas? Ainda estão no apartamento?"

"Isso não tem importância."

Tess concordou. Parte dela queria dizer: *talvez seja só um caso. Um lapso momentâneo. Talvez essa outra mulher não signifique absolutamente nada e a Lauren ainda a ame de corpo e alma*. Contudo, ela não tinha muita certeza de acreditar nisso. Nunca tinha se esquecido da conversa com Lauren, na festa, sobre almas gêmeas. Tinha pensado nisso repetidas vezes, meio fascinada, meio horrorizada com a análise fria de Lauren. "Se eu não tivesse conhecido a Ellie", Lauren dissera, "conheceria alguma outra pessoa. Não existe essa coisa de almas gêmeas. O amor tem a ver com hábito e lembranças compartilhadas." *Se você acredita nisso*, pensou Tess, *talvez não seja tão difícil terminar um relacionamento e começar outro.*

Ela perguntou: "Quer que eu vá até lá? Eu poderia pegar suas roupas, pelo menos. Não dá pra você ir levando com roupas que os outros não querem mais".

Ellie sorriu de maneira frouxa. "Você faz isso."

"É diferente", disse Tess. "É *vintage*."

"Não quero que você tenha que escolher um lado. Não seria justo."

"A Lauren entenderia", disse Tess. "Conheci você muito antes de conhecê-la. Ela saberia que ia me dar vontade de cuidar de você."

"Mas você não falaria com ela", disse Ellie.

"Não, se você não quiser."

"Não quero que ninguém fale com ela."

"Eu prometo."

Ellie disse, com a voz entrecortada pelas lágrimas: "O pior é que eu fico repassando sem parar tudo o que aconteceu. Fico pensando, o que fiz de errado? É, a gente andava brigando, mas não mais do que todo mundo. Só por coisas idiotas como aonde ir no final de semana, o abajur rosa no patamar e se era pra comprar tamboril. Nada sério. Não acho que ela estivesse infeliz. Eu teria visto, se ela estivesse infeliz. Então, vai ver que ela deixou de me amar. Ou pode ser que eu tenha mudado. Pode ser que ela tenha começado a me ver como sou de verdade. E não tenha gostado do que viu".

Tess disse: "Não é culpa sua. Você fica tentando se culpar, e não tem nada para você se culpar".

"Mas eu a amo", disse Ellie, chorando.

"Precisam de ajuda?", perguntou Kirsty, entrando na cozinha.

Tess levantou os olhos cheios de lágrimas.

"Ellie, meu amor", disse Kirsty, "vamos dar uma refrescada. Depois, vou lhe fazer uma xícara de café puro. Não sei por que, mas uma pessoa não consegue chorar quando está tomando café puro."

"Tenho que cozinhar um pouco", disse Tess, percebendo, de repente, que tudo o que tinha feito até então fora fritar alguns vegetais e colocar as batatas descascadas na água.

"Ou eu podia preparar a comida e você conversar com o Tom", disse Kirsty.

"Ruim assim?", disse Tess.

"Chato, chato, chato."

"Então, nada de deixá-lo morar aqui?"

"Se ele vier, eu saio", disse Kirsty.

Depois que voltou a ficar sozinha, Tess se virou pela cozinha como se tivesse rodas e conseguiu pôr tudo no forno em tempo recorde. Tostou mais queijo, fez um molho para a salada, e reabasteceu o moedor de pimentas. Acendeu a chaleira para o café de Ellie, e estava prestes a ir até a sala de visitas para perguntar se alguém queria mais vinho (*ai*, ela pensou, *esqueci completamente do gelo para o pé do Tom*), quando a campainha tocou.

George.

"Akash!", ela gritou.

Ninguém respondeu. E Kirsty ainda estava em função de Ellie, no banheiro.

Tess respirou fundo. Abriu a feia porta da entrada do *flat* (compensado branco, com a pintura descascando) e desceu bem devagar a escada, segurando firme no corrimão. Ao chegar lá embaixo, um pequeno triciclo de plástico vermelho deu uma derrapada e parou. Olhos castanhos viraram em sua direção.

"Oi!", ela disse.

O garotinho ficou com o olhar fixo. Pelo vidro colorido da porta da entrada, ela pôde ver o esboço de uma pessoa.

"Vou abrir a porta", ela disse para o menininho. Ou, talvez, para ela mesma.

Quando o ar frio da noite a atingiu, ela se viu diante de um maço de cravos cor-de-rosa.

"Tess!", disse Rhys. "Você parece chocada! Não estava me esperando?"

"Claro que estava", ela respondeu numa voz aguda. "Entre."

"Acho que tenho más notícias. George não vem."

"Hum?"

"Ele está muito doente. Nem pensar em vir."

"Ai, nossa", disse Tess, fechando a porta da entrada.

"Acho que é intoxicação", disse Rhys. "Desde a hora do almoço que ele não sai do banheiro."

Ao virar para a escada, Tess se viu caindo de cabeça em direção aos azulejos marrom e laranja. Ficou ali, sem fôlego. Tombado, com as rodas girando, estava o pequeno triciclo de plástico vermelho. Por um terrível momento, Tess pensou que tinha caído em cima do menino e o esmagado. Sentou-se. Seu pulso doía. Uma de suas meias novinhas tinha um buraco.

"Você está bem?", perguntou Rhys.

"Acho que sim", ela disse.

"Vamos, eu a ajudo", ele disse, colocando as mãos sob seus dois cotovelos e puxando-a para que ficasse em pé. "Então, de quem é isto?"

"Do garotinho que vive no térreo", disse Tess, que agora se sentia ligeiramente abalada com o choque.

"Você consegue subir a escada?", perguntou Rhys, como se ela fosse sua avó.

"Falando sério, estou bem", disse Tess.

Kirsty surgiu na entrada do apartamento e olhou para os dois.

"Rhys!", ela disse. Houve uma pequena pausa. "Cadê o George?"

"Caindo de podre", disse Rhys. "Não consegue levantar nem pra vomitar."

"Ah", disse Kirsty. "Que coisa chata!"

"Ele teria vindo, lógico", disse Rhys, "mas achou que não seria uma boa ideia, considerando as circunstâncias".

Tess, cujo pulso agora estava doendo bastante, pensou se tudo isso não passava de uma boa desculpa. Talvez George estivesse cansado de ser empurrado em sua direção. Talvez ele, assim como ela, tivesse se sentido constrangido com essa armação.

"Flores!", disse Kirsty. "Que delicado!"

Na cozinha, Rhys, parado sob a dura luz do trilho de LED, parecia ainda mais branco e mais magro do que o normal. Seus cabelos espetados em todas as direções davam a impressão de uma charge que representava alguém que tivesse sido eletrocutado. Olhando ao redor, com prazer, ele disse: "Uma delícia. Não sei como é que vocês, garotas, conseguem. Aqui é sempre muito aconchegante. A nossa casa nunca é assim".

"Porque ela nunca está limpa", disse Kirsty.

"É muito provável", disse Rhys. Percebeu Ellie sentada, angustiada, em uma das cadeiras da cozinha. "Ellie, gracinha, como vai você?"

"Bem."

"Soube o que houve. Sinto muito. Chocante!"

"E aí? O que você anda fazendo?", perguntou Tess, que tinha dado uma olhada em Ellie e visto que seus olhos tinham se enchido de lágrimas. "Como vai a banda?"

Rhys hesitou.

"Vamos lá", disse Kirsty.

"Bom, pra falar a verdade, não tão bem como poderia."

"É?"

"Um pouco tensa."

"Tensa?", perguntou Kirsty interessada.

"Nem todos pensam do mesmo jeito."

"Conte tudo", disse Kirsty, entregando-lhe uma taça de vinho.

"Ah, vocês não vão querer me ouvir falar sobre a banda", disse Rhys.

"Vamos, sim."

Rhys não esperou que pedissem uma segunda vez. Estava claramente louco para falar: "O problema é que o George está nos pressionando, o que eu entendo, é claro." Sentou-se à mesa da cozinha e cruzou uma longa perna preta sobre a outra. Estava usando Doc Martens, o que fazia seus pés parecerem ridiculamente grandes, como se tivesse pisado em porções de asfalto. "Mas está indo longe demais. Diz que é agora ou nunca. Ou fazemos um esforço ou desistimos. Diz que não tem lógica fazer disso uma brincadeira. Quer compromisso." Rhys parou e sacudiu a cabeça. "Mas Walter tem uma família, está estudando Direito, e quando não está em casa ou na biblioteca, está dirigindo um táxi. Então não tem tempo. E quanto mais o George pressiona, pior fica. E aí o Mo some, sabe-se lá pra onde, de dia e de noite, e não conta pra gente o que anda fazendo. O George acha que ele está trabalhando disfarçado para o serviço secreto."

Tess arregalou os olhos.

"Não a sério", disse Rhys.

"E quanto a você?", perguntou Kirsty.

"Estou no meio de tudo isso, tentando manter a paz."

Tess perguntou: "Mas você quer que a banda dê certo?"

Rhys olhou para todas elas, de Tess para Kirsty, para Ellie. Não respondeu de imediato. *Ai, pobre George*, pensou Tess, *pobre George*.

"Pra falar a verdade, não tenho certeza. Pensei que quisesse. Eu adoro tocar e acho que somos bons."

"Vocês são", disse Kirsty.

"Mas ultimamente...", ele parou.

"O quê?", perguntou Tess.

"Quero ser poeta", disse Rhys às pressas, abaixando a cabeça em seguida, como se tivesse acabado de admitir um amor secreto por sardinha em lata.

"Mas isso é uma coisa boa!"

"Não, não é", rebateu Rhys, parecendo miserável. "Porque não dá pra fazer as duas coisas. Não da maneira como George quer. Antes tudo dava certo. Eu conseguia escrever poesia, trabalhar na livraria e tocar na banda. Mas agora, um dia sim, um dia não, temos compromisso. E não é que dê pra gente só levantar e tocar. Temos que ensaiar."

"Converse com ele", disse Tess.

"Pra quê?", perguntou Rhys. "Do jeito que ele anda, não acho que vá querer ouvir. Já é bem ruim ter que se preocupar com o Walter e o Mo. Não acho que ele gostaria de me ouvir também."

Tess olhou para ele com muita simpatia.

"Então o que você vai fazer?", perguntou Kirsty.

"Não tenho ideia", disse Rhys. Respirou fundo e levantou a taça. "Mas digo uma coisa: isso está dando voltas na minha cabeça e estou chegando num ponto onde nada faz sentido. Quanto mais eu me preocupo, pior me sinto. Então, não vou mais pensar nisso. Hoje à noite, vou me esquecer do assunto."

"Saúde", disse Kirsty. Eles brindaram com as taças.

"Ah", disse Tess, lembrando-se subitamente de seus deveres de anfitriã. "Vou dar uma olhada na comida. Alguém pode arrumar a mesa na sala da frente? E ver se Akash e Tom querem mais alguma coisa pra beber?"

"Você conhece o Akash?", perguntou Kirsty a Rhys, enquanto eles saíam da cozinha.

"Não tenho certeza."

"Prepare-se", disse Kirsty.

Novamente sozinha, Tess certificou-se de que a torta não havia queimado, rasgou folhas de alface em uma grande vasilha branca e descobriu alguns guardanapos de papel estropiados numa gaveta da cozinha. Seu pulso ainda doía, mas ela conseguiu ignorá-lo. Viu-se pensando em George, que ela não conhecia, tentando encaixar a nova informação que acabara de receber na impressão que já tinha formado. Não conseguia juntar tudo. Kirsty havia dito que ele era interessado em arte, e antiquado. Ellie, que era gentil e cuidadoso. Lauren, que era um pouco sonhador. E agora Rhys o descrevia como uma espécie de empresário da pesada, que empurrava a banda para que ficassem famosos e ricos. Quem era o verdadeiro George?

"E eu estava morrendo de agonia", Tom dizia a Rhys, quando ela se juntou a todos na sala de visitas. "Apertando os dentes para não gritar. Você sabe quando eles perguntam, numa escala de um a dez, qual é o nível da sua dor? Bom, eu disse: dez, dez, dez."

"Tess, meu anjo, onde você estava?"", perguntou Akash. "Fiquei tão preocupado que caí na bebida."

"Mais uns cinco minutos", disse Tess, colocando um guardanapo em cada lugar da mesa e percebendo, um pouco tarde, que todos eles já diziam "Feliz Natal." "Alguém quer água?"

"Água?", perguntou Akash. "O que é isso?"

"Precisamos de mais uma cadeira?", perguntou Tess.

"Eu ajudo", disse Rhys, seguindo-a até a cozinha, onde ela lhe entregou a vasilha da salada, enquanto enchia uma jarra de água na pia.

"Acho que a Kirsty está achando o Tom um pouco pé no saco", ela disse. "Quando ela o viu no *Quebra-Nozes*, achou que era um cara cheio de paixão recolhida. Agora ela acha que provavelmente era prisão de ventre."

Rhys franziu o cenho. "Você tem um namorado, não tem?"

"Tenho", disse Tess, se sentindo culpada por não ter pensado em Dominic a noite toda.

"Então, cadê ele?"

"Está em semana de treinamento."

"Treinamento do quê?"

"Contabilidade...", disse Tess.

Fez-se uma pequena pausa. "Bom, olhe por este lado, "disse Rhys, "é como desentupir ralos. Alguém tem que fazer isso."

Ao tirar a torta do forno, Tess ficou aliviada por ela parecer muito profissional, com seus pontos tostados de batata e queijo. A essa altura, estavam todos sentados ao redor da mesa, com seus guardanapos festivos, pão francês e salada, e ela sentiu um súbito alívio da responsabilidade, porque a noite tinha ganhado vida própria e decidido enveredar por um clima de idiotice coletiva.

Rhys, que parecia menos enfermiço sob a generosidade da luz das velas, testava Tom em seu conhecimento sobre os ossos e tendões do pé humano, o que liberou Kirsty para argumentar com Akash sobre a responsabilidade dos pais em *Procurando Nemo*, enquanto Tess e Ellie discutiam a glória de McQueen no encontro com a Rainha. Ao acabarem a torta de limão com merengue, que Tess havia feito de manhã, as garrafas de vinho vazias estavam todas agrupadas, como adolescentes que passam o tempo numa esquina.

"Alguém quer queijo?", perguntou Tess, voltando para a sala com o melhor que havia no Tesco.

"Seu pulso está bem?", perguntou Kirsty. "Está parecendo um pouco inchado."

"Está mesmo, não é?", disse Tess, que tinha bebido vinho o suficiente para olhar para o próprio corpo mais com uma espécie de curiosidade do que de pertencimento.

"Arroz", disse Tom.

"Arroz?"

"Pra parar o inchaço."

"Cru ou cozido?", perguntou Tess, imaginando se seria preciso ingeri-lo ou passá-lo como cola de papel de parede.

"Descanso, gelo, compressão, elevação"*, disse Tom. "É isso que eles deveriam ter dito, é claro, quando fui pela primeira vez ao pronto-socorro."

"A gente tem gelo?", perguntou Tess.

"Temos um monte de gelo", disse Kirsty.

"Mas pensei que você tivesse dito...", interveio Tom.

"Eu poderia lhe fazer uma tipoia", disse Ellie.

"Ou enfaixar", disse Rhys. "Você poderia pôr uma faixa em volta pra dar um pouco de apoio."

Akash estava com a cabeça sobre a mesa. Parecia estar dormindo.

"Só vou usar uma tipoia se for feita de seda. Uma echarpe vermelha de seda, com estampa Paisley."

Kirsty riu. "Quer que eu busque pra você?"

"Quero, por favor", disse Tess rindo. "Está num cabide atrás da porta no quartinho."

Tom disse: "Pensei que não tivesse gelo".

* No original: *Rest, Ice, Compression, Elevation*, cujas primeiras letras formam a palavra *Rice*, arroz em inglês. (N. T.)

"Sabe de uma coisa? Você e o George são muito parecidos", disse Rhys.

Tess corou. "Em que sentido?"

"Bom, vocês dois são bem excêntricos, não são?"

"Sou?", perguntou Tess, sem ter certeza se deveria ficar satisfeita ou ofendida.

"Acho que, provavelmente, o George é a melhor pessoa que eu já conheci", disse Rhys. "O que eu quero dizer é que pra ele não existem lados, vamos dizer assim. Ele não está sempre tentando passar por cima de você. Ele até preferiria que outra pessoa ficasse com a glória. É por isso que eu sinto tanto em relação à banda. Se tem alguém que mereça sucesso, é o George. Ele tem trabalhado feito um louco. E é bom. Vocês sabem disso, é claro."

Tess abriu a boca pra dizer: "Esta noite a gente iria se ver pela primeira vez", mas Rhys disse: "Pra ser honesto, nunca entendi muito bem porque ele ainda não emplacou. Não é muito fácil uma pessoa ter o talento dele, mas ele não gosta de aparecer. Não gosta de fazer estardalhaço. Mas a gente tem que fazer isso, não tem? No trabalho dele? Se você só ficar ali sentado, quietinho, eles passam por cima de você".

Tess pensou a respeito.

"Andei pensando se não seria melhor o George seguir por conta própria", continuou Rhys. "A gente vê isso acontecendo, não vê? Músicos que começam com bandas e depois continuam em carreira solo. Sei que é difícil, porque você tem que fazer tudo sozinho, não tem nenhuma retaguarda, mas pode ser a solução. Ele não pode desistir. Seria uma tragédia se ele desistisse. Ele tem que tocar. É a vida dele."

"Tome", disse Kirsty, voltando para a sala com a echarpe *vintage*.

"Kirsty", disse Tom, da outra ponta da mesa, "estou me sentindo muito cansado. Acho que preciso ir pra cama".

"Quer que eu chame um táxi?", perguntou Kirsty, passando a echarpe por baixo do braço de Tess e amarrando-a em torno do pescoço com um gesto de conhecedora. "Você pode dividir com o Akash. Vocês vão pro mesmo lado."

"Alguém me chamou?", perguntou Akash, entreabrindo os olhos, ainda com a cabeça na mesa.

"Eu também tenho que me mexer ou perco o último metrô", disse Rhys.

"Você fica", disse Kirsty para Ellie.

"Fico?", perguntou Ellie.

"Trata-se de uma conspiração feminina", disse Akash.

"Sempre é", disse Rhys.

Depois que Tom, fazendo beiço, desceu a escada com ajuda e desapareceu com Akash em um táxi, Rhys passou o cachecol em volta do pescoço e deu um abraço de despedida em Kirsty e Tess.

"Uma noite memorável." Suspirou. "Se, pelo menos, eu conseguisse convencer o Gareth a não chorar cada vez que ouve o seu nome, você poderia vir em casa!"

"Não parece que isso vá acontecer por agora", disse Kirsty.

"Vou continuar batalhando com ele", disse Rhys.

De volta à sala de visitas, encontraram Ellie debruçada sobre a mesa, chorando. "Detesto aquela mulher", disse, com o rosto contorcido em uma careta grotesca de dor. "Detesto ela por me fazer passar por isso. Eu a amo demais. Como é que ela pôde fazer isso comigo?"

Tess envolveu-a nos braços.

"Vamos, mocinha", disse Kirsty, "hora de ir pra cama. Você pode ficar do lado da parede".

Enquanto Kirsty acomodava Ellie em sua enorme cama de casal, Tess começou a juntar alguns copos. Com uma só mão, porém, isso era quase impossível.

"Tom não me pareceu muito feliz", disse para Kirsty, quando ela entrou na sala.

Kirsty riu e serviu mais uma taça de vinho para as duas. *Ai, meu Deus*, pensou Tess animada, *vai ser daquelas noites esticadas. Vamos pra cama ao amanhecer. Mas o Dominic não precisa saber.* Pensou nele em sua gloriosa nudez, dormindo tranquilo em algum hotel de Berkshire. Por um instante, quase sentiu saudade. Olhou ao redor para o caos em que estava a mesa: "Vou acordar com uma dor de cabeça terrível".

"Não dá pra você passar a vida se preocupando com o dia seguinte", disse Kirsty.

"Tenho certeza de que você tem razão, mas sempre faço isso."

"Como John Lennon disse uma vez, a vida é o que acontece enquanto você está ocupada fazendo outros planos."

"Mas se você não faz planos, você acaba à deriva", disse Tess.

"O que tem de errado em estar à deriva?"

"Você pode acabar a quilômetros de onde queria estar."

Tess imaginou-se como uma garrafa de vinho vazia, verde, flutuando pra cá e pra lá em um mar espelhado.

"Esta é a questão", disse Kirsty. "Vá pra algum lugar novo. Dê uma olhada e veja se gosta."

Tess roçou o pé da sua taça, para cima e para baixo. "Mas e se você não gostar?"

"Daí, você se solta para algum outro lugar", disse Kirsty.

Tess fez um olhar cético.

"Planos são coisa de gente que tem medo de mudança", disse Kirsty.

"Eu não tenho medo de mudança."

Kirsty sorriu. Tess baixou os olhos.

"Se você acha que planejar é uma ideia tão ruim", disse Tess na defensiva, "por que fica tentando juntar o George e eu? Talvez a gente só devesse ficar à deriva e ver o que acontece".

"Deixar por conta do destino?"

"É." Tess voltou a levantar os olhos.

"Bom, de agora em diante, você está por conta própria."

Ai, pensou Tess, *não acho que era isso que eu queria que acontecesse.*

2004

A TARDE ESTAVA cinza quando George chegou ao escritório de advocacia. Como de costume, estava atrasado. Apressou-se pela porta giratória, olhou, agitado, a lista dos nomes dos escritórios, e esperou ofegante, enquanto o elevador de vidro o conduzia velozmente para cima, cortando o espaço e a luz. Aquele era um edifício padrão de Holborn, totalmente refeito por dentro. Parecia, agora, um cenário de filme futurista. George sentiu-se cada vez mais inquieto. O colarinho da sua camisa branca estava apertado demais, a gravata borboleta o estava estrangulando.

"Sou o pianista", disse para a recepcionista no 16º andar.

"Por aqui", ela disse. Tinha sotaque polonês.

Desceram alguns degraus rasos até um enorme saguão preto e prateado. Acima, no *mezanino*, havia uma galeria de vidro e aço cromado, com escritórios envidraçados ao fundo. Não havia um advogado à vista. Dois garçons de camisa preta arrumavam copos no bar central. O piano de cauda reluzia. Fora isso, o local estava deserto.

George, que estava imaginando uma sala cheia de advogados irritados, olhando para seus relógios, respirou fundo.

"Posso dar uma esquentada?"

"O senhor está com frio?"

George fez o gesto de quem toca um teclado.

Ela olhou para ele sem expressão.

Ele desistiu. Disse: "A que horas as pessoas chegam?"

"Começa às seis."

George descobrira que o truque para tocar em recepções formais arrumadas por seu agente era ignorar a recepção. Você toca para você mesmo. Se as pessoas aplaudem, você desencava aquele estilo de música do seu repertório e continua até o próximo intervalo. Contudo, em geral, você finge que a plateia não existe. E eles fazem o mesmo com você.

Ele se sentou e ajustou o banquinho do piano. Esticou as mãos para as duas pontas do teclado. Era um instrumento esplêndido.

Começou a tocar. Um homem de cabelos grisalhos pôs a mão no seu ombro: "Posso lhe oferecer uma bebida?"

George levantou os olhos. Piscou. O local estava cheio de pessoas que falavam alto e riam. Estava acontecendo uma festa.

"Thelonious Monk", disse o homem grisalho. "Lembra *Brilliant Corners*, mas diferente. É sua?"

George sorriu.

"Há muito tempo não ouço um jazz como este." Ele analisou o rosto de George. Depois, olhou para uma jovem parada na curva do piano. Tinha ombros angulosos, cabelo escuro e sedoso, olhos brilhantes como os de um pardal. "O que você acha, Stephanie?"

"Ele veio recomendado", ela disse. Falava num tom alto e claro.

"Está tocando há uma hora. Acho que merece dar uma parada."

"Se você estiver com fome, tem comida", disse Stephanie.

O estômago vazio de George deu um solavanco.

"Vamos", disse Stephanie.

George atravessou o saguão atrás dela, cortando a multidão, roçando em vestidos pretos sociais e ternos caros que cheiravam a roupa nova. As pernas de Stephanie eram muito finas. Usava sapatos pretos com salto agulha.

"Aquele era o sócio sênior. E ele gostou de você. O que pra mim é bom", ela disse, ao chegarem a uma longa mesa cheia de tortinhas minúsculas.

Ela o estava avaliando. Aquele olhar às claras poderia ser desconfortável, mas tinha algo de afetivo. Fazia-o lembrar de uma criança rápida e inteligente, a quem tivesse sido permitido passar da hora de dormir. Esperou para ver aonde ela ia chegar. Tinha sardas no nariz. Ela disse: "Você tem um rosto simpático".

Ele sorriu.

"Eu sempre me decido sobre as pessoas de imediato", ela disse. "Descubro que, em longo prazo, isso me faz ganhar tempo."

Na segunda entrada, George achou mais difícil se concentrar. Ficava olhando além do teclado. Em uma das vezes, analisou-a de costas por vários minutos. Estava com um vestido preto, com cintilações azuis e verdes quando se mexia. Imaginou-se segurando a curva do seu quadril. Queria ver seu rosto mais uma vez, e seu coração bateu forte quando ela voltou para o piano. Entretanto, não estava sozinha. Recostou-se casualmente em um homem alto, de pele escura, com sobrancelhas pretas, como se o conhecesse muito bem. George viu-se mergulhando em passagens virtuosas que nem sabia que podia fazer. Tocou *Round Midnight.* Correu tantos riscos com o ritmo que foi como se estivesse se equilibrando na beirada de uma ponte de corda sobre um abismo. Quando parou havia uma multidão ao redor do piano, ovacionando-o. Assobiavam e aplaudiam.

George olhou para Stephanie. Ela sorriu.

Ao final da segunda entrada, ele foi até o bar. Ela apareceu ao seu lado. Parecia exótica e frágil, como um pássaro de plumagem requintada.

"Você não me perguntou, como foi que cheguei até você", ela disse.

Ele perguntou: "O que você vai fazer depois?"

"Minha irmã o ouviu tocar. Em um clube. E eu pensei: bom, tem a festa do sócio sênior. O que poderia haver de melhor? Isso poderia me trazer prestígio. Então, eu disse que a gente tinha que contratá-lo. Se bem que fosse um tanto arriscado, já que eu mesma não o havia ouvido."

Ele olhou para ela.

"Fusões e aquisições", ela disse. "Muito competitivo. Vamos sair pra jantar quando a festa acabar. Todos nós. Os associados juniores estão dando duro há meses."

Ele analisou sua cerveja.

"Você desiste fácil", ela disse. "O jantar não vai durar a noite toda."

George, que não costumava fazer esse tipo de jogo, ficou perdido.

Ela perguntou: "Quantos anos você tem?"

"Vinte e sete."

"Bem que eu achei", ela disse. "Sou a mulher mais velha. Por dois anos. Isso o incomoda?"

Ao final da última entrada, a festa já estava se esvaziando. George levantou-se. Quando as pessoas perceberam que ele tinha terminado, houve outra salva de palmas. Ele inclinou a cabeça. Depois, olhou em torno procurando Stephanie, porém, ela não estava à vista. O homem de cabelos grisalhos também já havia ido embora.

George fechou a tampa do piano.

Ao passar pela mesa da recepção, a garota polonesa disse: "Por favor, espere". Entregou a ele um envelope branco. Dentro havia um cartão de visitas. Stephanie tinha riscado todos os dados para contato, e anotado um número de telefone celular. Ao lado dele, tinha acrescentado em letra cursiva preta e encorpada: "Em torno da meia-noite?"

George ficou deslumbrado desde aquela primeira noite. Stephanie era como uma tiara de diamantes que resplandecia com a segurança de um bem valioso. Tinha um raciocínio rápido. Não tinha paciência com quem não estava à sua altura. Quando se deitou em sua cama, observando-a enquanto vestia uma lingerie de seda rendada — permitindo que ele visse cada junta de sua coluna —, George pensou que ele poderia ser uma curiosidade, um brinquedinho para diverti-la. Por que outra razão ela estaria com ele? Não possuía nada, não tinha conquistado nada. O único valor que ele poderia representar para ela seria o de uma fábula moral — do tipo: olhe que vida estúpida você terá, sem uma ambição implacável.

No entanto, à medida que as semanas se passavam e ela não demonstrava estar se cansando dele, ficou desconcertado. Não fazia sentido.

"Você é o projeto dela", disse Rhys. "As mulheres gostam de homens que são casos perdidos; gostam de treiná-los."

"Você trabalha num horário maluco", disse Walter. "Ela também. É perfeito."

"Não vejo problema", disse Mo. "Ela paga o seu jantar, deixa você transar com ela. Você está preocupado com o quê?"

Seis semanas depois que eles tinham se conhecido, Stephanie convidou uns amigos do trabalho. Era sexta-feira à noite. George, que estivera tocando em um dos seus clubes favoritos no Soho, chegou à meia-noite. Estavam todos bêbados. Garrafas vazias de vinho estavam enfileiradas.

"Então, você é o músico", disse um homem avermelhado, de bigode loiro.

Todos se voltaram para George.

"Isso é um meio de vida, hoje em dia?", perguntou uma das mulheres em tom superior, numa fala arrastada.

O homem avermelhado riu.

Houve uma pausa breve, de gozação.

"Ele ganha muito mais do que nós", disse Stephanie.

Você não ia querer estar num campo contrário ao dela, pensou George, olhando para seu rosto tenso, furioso.

Mais tarde, na cama, enquanto ela se sentava em cima dele, prendendo suas mãos no colchão, ela disse: "Quero vê-lo mais vezes".

"Não acho que seja possível", disse George.

Ela se inclinou e o beijou lentamente na boca. Disse: "Venha morar comigo".

"Ter vinte e cinco anos é isso?", comentou Tess.

Dominic franziu o cenho.

"Parece uma idade tão importante", disse Tess. "Meio caminho andado dos meus vinte, metade de cinquenta."

"É claro que não vai ser nada diferente de ter vinte e quatro. Nada mudou", disse Dominic.

"É, eu sei", disse Tess, "mas parece tão significativo!"

Suas palavras vagaram no ar como sempre acontecia quando ela tentava, inutilmente, envolver Dominic em uma reflexão importante.

Eram dez horas da manhã. Eles estavam deitados na cama de Tess com uma confusão de papéis de embrulho reluzentes e cartões de aniversário que, até então, ela tinha conseguido convencer Dominic a deixar daquele jeito. Havia um de sua mãe em Leigh, e outro de sua avó em Poole. Em sua mesa de cabeceira, já havia um enorme cartão de "Todos da Daisy Greenleaf Designs", num tom de roxo bem assustador. Kirsty havia saído, o que não era de surpreender, portanto, tinham o apartamento só para eles. Dominic havia lhe dado um enorme buquê de rosas vermelhas, café na cama e uma lânguida exploração física que a tinha deixado ligeiramente zonza. Era comum que o sexo se prolongasse lentamente por várias horas em um sábado. Tess imaginou que poderiam tomar banho juntos, depois de lerem os jornais. *Podemos andar nus pra lá e pra cá, se quisermos*, pensou. *Não tem ninguém aqui. Podemos transar no chão da sala de visitas.* Começou a divagar numa maratona sexual que percorria todos os cômodos do apartamento, e estava exatamente avaliando se a mesa da cozinha suportaria o peso deles quando Dominic disse: "Esta é a hora certa de tomar decisões financeiras".

Ela voltou, às cegas, atravessando um nevoeiro de imagens eróticas. "O quê?"

"Na metade da faixa dos vinte. Com certeza, planos de aposentadoria. Talvez até mesmo uma hipoteca."

Com tristeza, Tess sentiu seu ímpeto de desejo sexual se reduzir a uma lembrança agradável.

"Este é um erro que as pessoas cometem", disse Dominic. "Deixam seu planejamento financeiro para tarde demais. Se pelo menos olhassem os gráficos, perceberiam isso."

Tess reprimiu um bocejo.

"Meus pais estão reduzindo..."

Tess teve uma imagem mental dos pais dele como bonecos em miniatura, completos, com cabelos pintados e pés grandes.

"No mês que vem, vão pôr a casa à venda."

Muito lentamente, Tess começou a juntar esses comunicados feitos a esmo. Olhou para Dominic, encostado em uma parede, com o olhar perdido a meia distância, como um homem num anúncio de desodorante.

"Então, o que você vai fazer?", ela perguntou.

Ele não respondeu. Ela se levantou dos travesseiros para poder ver sua expressão. "Você vai ficar sem casa?"

"Vai levar alguns meses até isto se concretizar. Se bem que os preços em Croydon estão se mantendo bem no momento, o que leva a crer que será uma venda bem fácil."

"Mas pra onde você vai?", ela perguntou. Imaginou Dominic encolhido na entrada de algum prédio, como Colin. "Você pode ficar aqui", ela disse, acrescentando depois, por lealdade a Kirsty, "por um tempo".

Ele disse: "Ou a gente poderia procurar um lugar juntos."

Ela ficou com o olhar parado. Por um momento, não teve certeza de ter ouvido direito. Ele parecia tão inseguro! Depois percebeu, com uma repentina explosão de clareza, que ele tinha medo que ela recusasse.

"É mesmo?" Ela disse, balançando de um lado para o outro na cama, animada. "Está falando sério? Morar juntos?"

Ele parecia quase satisfeito.

"Mas onde?", ela perguntou. "Onde iríamos procurar? Aqui por perto? Ou algum lugar mais pro meio? Tem Islington. Ou West London. Não sei nada sobre West London. Mas lá tem a Portobello Road e o carnaval de Notting Hill. Ou East London. Dá pra conseguir um armazém em East London. E lá tem galerias e lojas de roupas *vintage*. Ai, pra onde a gente vai? Pra onde a gente vai?"

"Se você está fazendo um investimento", disse Dominic, "escolhe uma área onde os preços estão prestes a subir. Como Penge".

Só um furinho minúsculo na bolha de alegria. "Mas se a pessoa só está alugando", disse Tess, "poderia ficar um pouco mais solta, escolher um lugar só por ser divertido".

Dominic franziu o cenho. "Mas deveria usar o período de aluguel pra dar uma pesquisada completa na área onde pretende comprar."

"É", disse Tess.

Fez-se uma pequena pausa.

"Você quer mesmo comprar comigo?", perguntou Tess.

Dominic disse: "Faz sentido, do ponto de vista financeiro".

"E do ponto de vista romântico?"

Ele fez uma expressão de quem de fato não entendia.

"Comprar alguma coisa juntos...", disse Tess. Ficou quieta, sem conseguir colocar em palavras. "É importante. É isso o que você quer?"

"Claro que não imediatamente", disse Dominic. "Teríamos que começar a economizar para dar uma entrada."

"Ah", disse Tess.

"O que poderia levar um ou dois anos. E teríamos que fazer um planejamento bem cuidadoso. Precisaríamos rever nossas saídas e fazer algumas economias."

"Mas é isso o que você quer", disse Tess.

"Ando pensando nisso há algum tempo", disse Dominic. "Fiz algumas planilhas."

Ele está falando sério, ela pensou. *Sério, de verdade.*

Dominic estendeu a mão e acariciou o braço dela. Disse: "Parece que você está com frio".

Ela estava nua, sentada sobre os lençóis. Na emoção do momento, não tinha reparado que sua pele estava azulando. Dominic puxou o edredom de volta. Ela olhou para baixo com certa surpresa. Do que eles estavam falando há pouco? Mas se rendeu feliz. Nunca recusava um convite.

O apartamento de Stephanie tinha um carpete branco. George precisava deixar os sapatos junto à porta.

"Quando você tirar os sapatos", ela disse, "deixe suas chaves na mesa da entrada".

Ele concordou em silêncio.

"George? Você está ouvindo? Quando tirar os sapatos, ponha suas chaves na mesa da entrada. Assim você não as perde, não entra em pânico sempre que estiver saindo."

Para sua profunda surpresa, George descobriu que o método de Stephanie funcionava. Mesmo de madrugada, quando ele se via entrando em casa, pousando o teclado em seu estojo preto de zíper, descobria-se tirando os sapatos e colocando as chaves na mesa da entrada.

Ele sempre ficava ali por um tempo, surpreso. Ali estavam suas chaves, rendidas, obedientes. O caos estava subjugado.

Stephanie planejava tudo nos mínimos detalhes — seu guarda-roupa, a lavagem das roupas, a faxineira, os compromissos profissionais, a vida social, o final de semana. Todos os domingos à tarde, eles ficavam na cozinha anotando os compromissos semanais em um grande quadro na parede. George, que antes de conhecer Stephanie nunca havia ido além de rabiscar, sem grande empenho, algumas anotações incompreensíveis em uma agenda preta fininha, observava atônito.

"Então, por enquanto", Stephanie diria, "temos terça à noite livre pros dois. Vamos ao novo restaurante indiano?"

A banda estava numa fase calma. George e Walter, sem dizerem uma palavra, tinham entrado num acordo. George, reconhecendo o esquema cotidiano impraticável de Walter, estava tentando suavizar a carga de trabalho da banda, concentrando-se em clubes e apresentações onde pudessem tocar o próprio repertório. Afinal, era isso que acabaria por deixá-los famosos. Entretanto, às vezes, eles se apresentavam só pelo dinheiro. Tinham que pagar o aluguel.

Num sábado à noite, a banda estava contratada para tocar em umas bodas de prata, em Hampstead. Combinaram de se encontrar na estação de metrô no alto da ladeira. Quando Mo saiu do elevador e viu George ali parado — cabelo arrumado, *smoking*, gravata-borboleta — apertou os olhos, chocado. "Qual é o problema?"

"Problema?"

"Você está adiantado."

"Estou?"

"Você nunca chega adiantado." Mo andou à sua volta, estudando-o de todos os ângulos, como se fosse uma escultura. "Roupa certa, lugar certo, hora certa. O que está acontecendo?"

"Nada", respondeu George, na defensiva.

"E aí? Ela está domando você, não está?"

George baixou os olhos para seus sapatos engraxados.

"Tome cuidado", disse Mo. "Você não vai ser dono da sua vida."

Isso seria tão ruim?, pensou George. *Quando era eu quem estava no comando, não era assim, uma maravilha.*

Num domingo à noite, enquanto eles estavam na cozinha preenchendo o quadro da parede, Stephanie dissera: "Você já pensou em largar seu trabalho na loja?"

Ela estava anotando uma consulta no dentista, o que o impediu de ver sua expressão.

"Porque me passou pela cabeça", continuou Stephanie, "que você poderia passar mais tempo administrando a banda se não passasse metade da vida vendendo cordas de violão".

"Preciso do dinheiro", disse George.

Ela deu meia-volta: "Não, não precisa".

George balançou a cabeça: "Não posso depender de você".

"Só por um tempo", ela disse, "até vocês se firmarem".

"Pode levar anos."

"Agora você está sendo bobo", disse Stephanie.

George olhou para ela, desanimado.

"Às vezes", disse Stephanie, "você precisa agarrar uma boa oferta. Ou ela pode sumir."

"Eu pago de volta."

"Claro que sim", disse Stephanie rapidamente. "Vamos tomar chá?"

Quando George pediu demissão, Rajesh disse com tristeza: "Você já está ganhando bastante com a banda? Todo mundo que trabalhou aqui sonhava em ganhar a vida se apresentando".

No último dia de George, Freya levou um bolo com cobertura branca. No alto, ela desenhou uma escala de notas confeitada em negro. Abraçando-o, disse: "Você vai se lembrar de todos nós, quando ficar famoso?"

"Famoso?"

"Você vai conseguir, George", disse Freya. "De todos nós, é você quem vai conseguir."

Quando George saiu da loja pela última vez, deu uma virada e olhou. Sentia-se livre.

"Você se lembra do Miles?", Stephanie perguntou uma noite. Estava no banheiro, vestindo uma camisola de renda preta, atarraxando um brinquinho de prata em sua orelha delicada.

George, que estava sempre despreparado para a visão de Stephanie quase despida, balançou a cabeça.

"O sócio sênior? Na noite em que a gente se conheceu?", Stephanie deu as costas para o espelho. "Ele tem uma filhinha de uns cinco anos. Segundo casamento. Ela quer aprender a tocar piano. Ele perguntou se você estaria interessado em dar aulas pra ela."

"Dar aulas pra ela?"

"Bom, você poderia, não poderia?"

George ficou em dúvida.

"Ela tem cinco anos. É quase só colocar os dedos nas notas."

Ele sempre dava marcha à ré quando ouvia aquele tom de irritação na voz dela. "Eu poderia tentar."

"Você sabe ler música, não sabe?"

George sabia. Tinha prestado todos os exames de graduação. Até tinha um diploma para lecionar. Depois, aos dezessete anos, com uma coragem desesperada que não sabia que tinha, disse a seu professor de piano que queria tocar jazz.

"Um desperdício de talento", disse o professor, apertando os lábios.

Seu pai, que estudara violino clássico desde os cinco anos, olhara para ele incrédulo. "Jazz?", disse, conseguindo injetar o desprezo de uma vida naquela única palavra.

"Só não tenho certeza de ter sido feito para ensinar", disse George.

Stephanie virou-se para encará-lo. Ele sempre ficava fascinado com a cor dos seus olhos — um castanho suave salpicado de verde. Ela deu um passo em direção ao lugar em que ele estava sentado, na beirada da banheira, e se encaixou entre suas pernas. Ele pôde ver a leve curva dos seus seios de encontro à renda negra. "Nunca se sabe até tentar", ela disse, o cabelo roçando seu rosto.

Miles, o sócio sênior, morava em St John's Wood, em uma casa eduardiana de fachada desdobrada e com um grande jardim na frente. Uma magnólia rosa exibia uma floração exuberante. George, que normalmente não se dava conta do seu entorno, olhou para as árvores e sentiu uma energia estranha e festiva. O passo de sua vida estava se acelerando. Stephanie tinha-o despertado para a mudança. Pensou nos anos que passara na loja de música no Soho, e sentiu pena da pessoa que já tinha sido —

oprimido, deprimido, anulado. *A banda vai dar certo*, pensou. *Vamos conseguir.* Por um momento, os aplausos deixaram-no surdo.

A porta se abriu. Miles disse: "George! Que bom vê-lo! Venha conhecer a Lucy."

A espessura do tapete era tão densa, que George se sentiu afundando em areia.

Lucy era uma criança séria, com os cabelos castanhos compridos e lisos, uma franja espessa na frente. Olhou para ele desconfiada. George abaixou-se e pegou na sua mãozinha. Examinou-a com cuidado. "Bom", ele disse, "isto é bom".

Lucy continuava olhando para ele, porém com mais interesse.

"Você tem exatamente o tipo de mão de um pianista", George disse. "Dá pra dizer isso de cara."

"Eu sei tocar", disse Lucy.

"Sabe? Pode me mostrar?"

Lucy subiu com esforço no banquinho de piano. George puxou uma das cadeiras da sala de jantar.

"Vou deixar vocês então, tudo bem?", perguntou Miles. Tinha o sorriso de um homem que tem sua intuição justificada.

No entanto, George nem ao menos notou isso. Observava os dedinhos de Lucy nas teclas largas do piano.

A notícia correu. Em pouco tempo, George tinha dez alunos.

"Você se dá bem com crianças", disse Stephanie.

"Gosto delas", ele disse. "Elas vêm as coisas com clareza."

Stephanie inclinou a cabeça para um lado e olhou para ele. "Acho que sim", ela disse.

Por causa dos contatos de Stephanie, também houve um súbito aumento nas ofertas de trabalho rentável para a banda — em casas *country*, nas faculdades de Oxford, no Inner Temple. Era dinheiro de verdade. Não sobrava tempo, porém, para a música deles, para uma experimentação, como haviam feito em Paris.

"Digam o que vocês querem que eu faça", disse George.

"É o velho problema", disse Mo. "Você morre de fome num sótão ou se torna comercial?"

"Acho que poderíamos tentar um equilíbrio", disse Rhys.

"Walter?"

Walter olhou friamente para ele. "Você é o responsável pela banda."

"Quero saber a sua opinião."

"Preciso do dinheiro", disse Walter.

"Ótimo", disse George. "Vamos aceitar os convites. Podemos rever isso daqui a uns meses."

Virou as costas. Sabia que Walter estava bravo. Contudo, era uma questão de sorte. Não tinha pedido que Stephanie o sustentasse, mas não ia abrir mão da ajuda dela.

"Você alguma vez pensou", disse Stephanie uma manhã, vestindo seu blazer, "em arrumar uma cantora? Vocês poderiam ficar mais versáteis. Como, se alguém quiser contratar a banda pra um casamento. Você sabe, Frank Sinatra, *Fly Me to the Moon*".

"A gente não toca esse tipo de música", disse George.

"Mas deveriam", disse Stephanie.

O silêncio cresceu.

"Ah, bom, foi só uma ideia", disse Stephanie baixinho.

No entanto, George achou que, ao sair, ela fechou a porta com mais força do que o normal.

"Você está parecendo muito pensativa esta manhã", disse Colin.

"Estou?", disse Tess. Piscou. "Ah, eu me esqueci, comprei uma torrada pra você."

"Pra mim?", perguntou Colin.

"Eu queria uma mesmo", disse Tess. Era mentira. Tinha comprado uma torrada para Colin porque estava começando a se preocupar com ele. Sua tosse tinha piorado. Parecia ainda mais magro. Entretanto, ela não sabia como ajudar. Uma vez, tinha perguntado se ele gostaria que ela pesquisasse alguns albergues, e ele tinha olhado através dela, como se ela não existisse.

"E aí, o que está passando pela sua cabeça?", perguntou Colin, abrindo o saquinho de papel fino com uma lentidão de doer.

"Ah, você sabe, trabalho."

Ele levantou os olhos. Até num rosto coberto de cabelo e barba daquele jeito, ela ainda conseguia ver o brilho de malícia em seus olhos. "Trabalho?"

"É."

"Nada a ver com aquele seu rapaz?"

"Que rapaz?"

Colin mordeu a torrada. Mastigou devagar. Disse: "Você está querendo me dizer que não existe um rapaz?"

Tess ruborizou.

"Hah, hah", disse Colin, dando outra mordida.

Mas eu não estava pensando no Dominic, pensou Tess. *Estava pensando em Kirsty. E na maneira como ficou quando eu disse que ia me mudar. É o fim de uma fase. Moro com ela desde os dezenove anos. Todo o tempo da universidade, depois três anos em Brixton. E agora acabou. Estou me sentindo triste e culpada porque tive que escolher entre os dois, e Dominic ganhou.*

Colin disse, mastigando com cuidado: "E aí, como é que ele é?"

Tess fez uma imagem mental de Dominic, cabelos loiros caindo para a frente, debruçado sobre as linhas e colunas de uma planilha cheia de números. "Ele é muito bonito."

Muito mais bonito do que eu mereço, pensou. *Ele deveria estar com alguém tamanho quarenta, quarenta e dois, com os cabelos até a cintura e olhos tão azuis quanto o céu da Califórnia.*

Colin não disse uma palavra.

"E é muito metódico", disse Tess. "E prático. Bom com dinheiro." Parou, olhando Colin comer o final da torrada. "Estamos indo morar juntos. Assim que encontrarmos algum lugar."

Colin chupou a manteiga da ponta dos dedos, um por um. Foi um gesto curiosamente elegante, como se fosse um crítico de restaurante apreciando o gosto delicado de trufas brancas. Ele disse, com o olhar perdido a meia distância: "Você não parece muito animada".

Ela não estava esperando um julgamento. Pensou que ele estivesse do seu lado. Disse: "É melhor eu ir andando. Não quero me atrasar".

Colin disse: "Não se precipite. Espere até ter certeza".

"Eu tenho certeza", disse Tess.

"Não existe uma segunda chance", disse Colin. Olhou para ela diretamente: "Eles dizem que existe, mas não é verdade".

Tess hesitou. Mais do que nunca, queria sentar-se ao lado dele, na calçada fria e suja, e perguntar como é que ele sabia.

Mas não o fez.

"Faz mais de dois anos", disse Ellie.

"Não faz", disse Tess.

"Faz, sim. Julho de 2002."

"E esse tempo todo você não falou com ela?"

Ellie balançou a cabeça.

"E aí, ela simplesmente mandou um e-mail. Do nada."

Ellie concordou.

Elas estavam em um barzinho apinhado, na rua Argyll, no West End. Do lado de fora, como um contrarregras exausto que jogava baldes de água no palco, em Rei Lear, a tempestade atirava chuva contra as janelas.

"E aí, o que você vai fazer?"

Ellie olhou para ela: "Não faço ideia".

"E o que foi que ela disse, mesmo?"

"Oi Ellie. Me passou pela cabeça se você gostaria de um encontro. Me diga. Lauren."

"Você sabe de cor, palavra por palavra", disse Tess.

"Acho que li umas cem vezes."

"Onde é que ela está?"

"Não faço ideia."

"Você não tem contato com ninguém que ainda a vê?"

Ellie balançou a cabeça. "Pensei que tivéssemos um monte de amigos em comum, mas a gente não tinha. Os amigos dela e os meus apenas acabavam nas mesmas festas."

Uma sequência de ternos bloqueou a luz. *Todos os estilos imagináveis*, pensou Tess. Olhando para as costas de um homem gordo em risca de giz, pensou: *o que deu nele pra comprar com abertura dupla?*

"Vai ver que aconteceu alguma coisa com ela", disse. "Às vezes, numa crise, você pensa em alguém com quem costumava ter intimidade."

"Mas será que eu quero isso?"

Tess não soube como responder.

Ellie parecia confusa. "O que estou querendo dizer é que por um lado eu penso, bem, já passou um montão de tempo, pode ser que agora eu consiga enfrentar um encontro com ela. Mas por outro lado penso: pra quê? Essa mulher destruiu a minha vida. Me privou de um ano inteiro, quando não conseguia fazer nada. Você se lembra de como foi. Então, por que eu ia querer vê-la?"

"Curiosidade?", perguntou Tess.

"Não estou certa de que seja uma razão suficientemente boa. Não tenho certeza de estar forte o bastante. Me sinto muito bem. Estou com um caso novo, adoro o meu trabalho, mas tenho medo. Tenho medo de arriscar tudo."

"Então não vá", disse Tess.

Ellie sorriu. "Eu sei. Parece tão simples, não é?"

"Com licença", disse um rapaz de rosto afogueado e brilhante, "este lugar é de alguém?"

"É", disse Tess com firmeza.

Enquanto ele dava as costas, rejeitado, Ellie disse: "Mentirosa".

"Não quero ninguém ouvindo nossa conversa", disse Tess. Deu um gole no seu drinque e disse: "Pra mim, parece que você quer se encontrar com ela".

Ellie ficou um bom tempo sem responder. Depois, disse lentamente: "Quero perguntar pra ela se eu inventei aquilo tudo. Uma grande ilusão. Se eu enganei a mim mesma, achando que havia alguma coisa que não havia. Talvez ela nunca tenha me amado. Talvez nada daquilo fosse verdade."

"Você não inventou", disse Tess.

"Como é que você sabe?"

"Porque vi vocês juntas. Vocês estavam muito felizes."

"Mas, se ela me amava, por que me machucou?"

Porque ela não a amava o bastante, pensou Tess. *Teve um caso porque não teve peito de dizer na cara que estava acabado. Já vi isso acontecer uma porção de vezes. Esqueça o que as pessoas dizem. O importante é o que elas fazem. Como dizia minha avó, os atos falam mais alto do que as palavras.*

Entretanto, não podia dizer nada disso a Ellie. Por alguma razão, mesmo depois de todo aquele tempo, Ellie precisava acreditar que Lauren a tinha amado com uma intensidade febril semelhante à sua. Era essa a história que Ellie havia feito do passado, e não queria desistir dela. *E lá estava eu*, pensou Tess, *imaginando que eu é que era a romântica.*

Tess debruçou-se sobre a mesa e segurou na mão de Ellie. "Não estou defendendo-a, mas não acho que ela teve intenção de machucá-la. Talvez até hoje, se você perguntar por que ela fez aquilo, ela não consiga responder."

Ellie não disse nada.

"Vocês se amavam muito", disse Tess. "Lauren sabe que o que ela fez foi errado. E vai ver que é por isso que quer se encontrar com você. Já passou todo esse tempo, e ela ainda quer pedir perdão."

"Não posso perdoar", disse Ellie.

"Eu sei", disse Tess. "E é por isso que eu não acho que você deveria ir se encontrar com ela. Esqueça. Passado é passado. Deixe pra lá."

Depois de um longo tempo, Ellie concordou.

"Você não precisa responder aos e-mails", disse Tess.

Ellie levantou os olhos cheios de lágrimas.

"Você pode simplesmente deletar", disse Tess.

"Você conhece a Kate, não conhece?", perguntou Oliver Bankes.

Hoje, Oliver estava usando uma camisa roxa e uma gravata lustrosa azul-escuro. George se viu pensando em chocolates embrulhados em papel de alumínio em cores brilhantes.

"Não", disse George, "acho que não".

"Katherine Bankes, minha prima."

George balançou a cabeça.

"Ah", disse Oliver, "que estranho. Pensei que você conhecesse a Kate". Franziu o cenho. "Então, como é que eu cheguei ao seu nome?"

“Não sei bem”, disse George.

“Vai ver que foi com alguém que a Kate conhece. Uma das amigas dela. Ela tem um montão de amigas.”

“Pode ser isso.”

Houve uma pausa um tanto lúgubre.

“Vai ver que ela conhece a minha namorada, Stephanie.”

“Stephanie! É isso!”, disse Oliver animado. “Elas foram colegas de escola.” Ele deu um suspiro exagerado, soltando o ar das bochechas. “É terrível quando você está com uma coisa na ponta da língua e não consegue se lembrar. De enlouquecer; mas no fim a gente chegou lá, não é?” Olhou para George, sorrindo como um pai orgulhoso. “Certo. Vamos ao que interessa. Minha mãe faz oitenta anos daqui a dois meses. Ela disse que não quer muito alarde, só um jantarzinho com a família. Então, vamos fazer uma coisa simples. No entanto, eu estava conversando com minha irmã no fim de semana.” Ele fez uma pausa. “Você conhece a Isobel?”

“Acho que não.”

“É uma pena. Você gostaria dela. Bem pé no chão. Mora numa daquelas casas enormes, de fachada dupla, em Peckham. Grade de ferro preta? Teixos?”

George balançou a cabeça.

“Se tivesse visto, você saberia. Em todo caso, Isobel disse: ‘Que tal um pianista?’ E eu pensei, que ideia fantástica. O que você acha?”

“Parece bom”, disse George.

“Mas daria pra você fazer isso?”

“Bom, daria”, disse George, “se eu já não tiver outro compromisso”.

Oliver ficou decepcionado. “Entendo.”

“Você tem uma data?”

“Bom, vai ser o aniversário dela”, disse Oliver.

George esperou. Oliver olhou para ele com expectativa.

“E quando é isso?”

“Ah”, disse Oliver. “Acho que está muito em cima da hora. Cinco de dezembro. Cai num domingo. Estávamos pensando durante o almoço ou o chá?”

"Ótimo", disse George. "Vou colocar na agenda."

"Vai dar pra você fazer?"

"Eu dei uma olhada na agenda hoje de manhã. Sei que estou livre nesse domingo."

"Ah, não é uma boa notícia?", disse Oliver, encantado. Depois fez um ar preocupado. "Um probleminha."

"Hã?"

"É em Essex."

"Posso ir pra Essex."

"Pode?", disse Oliver com gratidão.

"Talvez de trem?", perguntou George.

"Bom, então estamos combinados", disse Oliver. "Nenhum problema." De repente, seu rosto se repuxou em uma careta de contrariedade, como se estivesse sofrendo de forte indigestão. George olhou alarmado. "Não", disse Oliver, "assim não dá! Esqueci o nome dela..."

"Stephanie?"

"Stephanie! É isso!" Seu rosto era só sorrisos. "Ela disse que com certeza você poderia tocar qualquer coisa. É verdade?"

"Bom, é", disse George, "dentro do razoável. Toco principalmente jazz, mas qualquer coisa que sua mãe queira em particular..."

"Sinatra", disse Oliver.

"Sinatra", repetiu George.

"Você sabe, *Fly Me to the Moon*, *Strangers in the Night*, esse tipo de coisa. Stephanie disse que você poderia tocar isso."

Houve uma pequena pausa.

"Você pode tocar isso, não pode?"

"Posso", disse George lentamente, "posso tocar Sinatra".

"Esplêndido!", disse Oliver. "Está tudo certo. Vou lhe mandar um e-mail com todos os detalhes." Ele se levantou. "Eu o acompanho até a saída."

O escritório além do pequeno cubículo de vidro de Oliver Bankes estava completamente deserto. Sobre o encosto de uma das cadeiras, havia uma echarpe vermelha com estampa Paisley.

"Não é comum...", disse Oliver. "Ah", ele disse, quando Glenda apareceu na porta, com batom retocado, parecendo que tinha se encostado a uma tina de glacê rosa. "Por um minuto fiquei preocupado pensando em onde estaria todo mundo."

"Bom, cá estou eu", ela disse animada.

"Bom, então a gente se encontra daqui a algumas semanas." Oliver virou-se para George para se despedir.

"É", disse George.

"Vai ser bom se você conseguir."

George ficou com o olhar parado.

"*My Way*, esse tipo de coisa", disse Oliver.

"É muito dinheiro", disse Tess.

"Na verdade, não", disse Dominic. "Não se você pensar nelas como um investimento."

"Elas são?"

"Le Creuset?", disse Dominic. "Claro que são!"

Estavam parados numa loja de departamentos no West End. Um conjunto completo de panelas de ferro fundido Le Creuset estava com desconto especial. Uma pechincha. Uma oportunidade única.

"Mas a gente precisa delas?", perguntou Tess.

"Precisamos", disse Dominic. "Não podemos continuar por muito tempo com algumas panelas amassadas, emprestadas da sua mãe."

Reparei, pensou Tess com uma aspereza incomum, *que sua mãe não ofereceu nenhuma de suas velhas coisas pra gente, apesar da grande redução de custos em Croydon.* "Mas não era pra gente concentrar o dinheiro no depósito?"

"Acho que tudo bem uma pequena compra por impulso."

Tess olhou as panelas. Com seu estado de espírito à beira da irritação, elas pareciam abóboras escavadas para o Halloween, olhando-a de soslaio com uma intenção maldosa.

"Você gosta da cor?"

"Gosto", ela disse.

"E gosta do preço?"

"Gosto", ela disse.

"Não vamos ter outra chance como esta", disse Dominic.

"Não."

"Então vamos em frente."

Ela se sentiu extraordinariamente cansada.

Eles não poderiam ter sido mais acolhedores. George tocou por uma hora no belo Steinway da sala de visitas de uma mansão eduardiana na área rural de Essex, até que eles insistiram que parasse e comesse alguma coisa. Serviu-se de salmão escaldado, camarões passados na manteiga e batatas feitas com alho e creme, salpicadas de cebolinhas. Recusou, quando Kate Bankes tentou servir-lhe uma grande porção de *pavlova* de maracujá.

"Vou ficar pesado demais pra tocar", disse.

"Bom, então talvez mais tarde", ela disse. "Não quero que Stephanie pense que nós o deixamos morrer de fome."

Ele gostou de Kate. Parecia direta, sem subterfúgios.

"Posso lhe dar uma carona até em casa, se você quiser", ela disse. "Se puder esperar até todos irem embora."

"Obrigado, mas tenho que voltar. O trem está ótimo." De alguma maneira, lhe ocorreu que talvez Stephanie pudesse não gostar disso, ele e Kate Bankes sozinhos no carro.

George fez mais duas entradas — uma enquanto eles tomavam café, e depois mais tarde, quando já era hora do chá. Era uma família grande e esfuziante. Os netos pequenos corriam pelas escadas de mármore e por entre as pernas de cadeiras valiosas. Um labrador flatulento cochilava. Uma das primas, em avançado estado de gravidez, riu tanto que ficou tonta e teve que ser abanada com um exemplar do *The Times*.

"Foi uma delícia, querido", disse uma tia idosa, enquanto ele esperava o táxi que o levaria de volta à estação. "Perfeito. Mary adorou cada minuto."

"Foi um prazer", disse George.

"Tão bom ouvir todas as velhas canções!"

"Qual era a sua predileta?"

"Sempre adorei *Strangers in the Night*." Ela suspirou. "Amor à primeira vista. Tão romântico!"

Ele sorriu.

"E *For Once in My Life*. Com quem era mesmo? Era Tony Bennett, não era, antes de Sinatra?"

"E Stevie Wonder", disse George. "É dessa gravação que todos se lembram."

"Mas eu ainda gosto mais do Sinatra. Eu me lembro de que ela estava tocando no rádio quando tínhamos acabado de nos mudar para Haslemere. Fiquei ali parada na cozinha e pensei: é, é verdade. Se alguém precisa de você de verdade, isso o deixa mais forte, você fica feroz como um leão, pode fazer qualquer coisa." Parou de falar, rindo. "Espere até chegar à minha idade. Você também vai ficar bobo e sentimental."

George sentiu uma tristeza momentânea. Não achava que alguém de fato precisasse dele. Na verdade, sentia-se infinitamente substituível.

Ela se inclinou para a frente. "Então, conte-me mais sobre você. Você mora em Londres? Como a Kate?"

George assentiu, calado.

"Não acho que eu conseguiria fazer isso em hipótese nenhuma", ela disse. "Ultimamente ando muito 'bicho do mato'."

"Pra quem não está acostumado, é muita confusão", observou George. "Muita gente, muito trânsito."

"Com certeza. Ultimamente, o único som que ouço é o do despertar com os passarinhos." Inclinou a cabeça para um lado e olhou para ele: "E aí, você é casado, meu bem?"

George balançou a cabeça.

"Por que não?", perguntou com a franqueza permitida à sua geração.

"Não tenho certeza de ter encontrado a pessoa certa", ele respondeu.

E, então, percebeu o que tinha acabado de dizer.

"George?", chamou Kate. "Seu táxi chegou."

"Você está bem, querido?", perguntou a tia idosa. "Você ficou muito pálido."

Lá fora, no ar gelado de dezembro, George se arrastou até o carro como alguém que tivesse levado um chute na canela.

O teatro Southwark estava lotado. Atrasada, Tess chegou ao seu lugar segundos antes de as luzes se apagarem. No último minuto, Dominic tinha ficado impedido de vir. Alguma crise no trabalho. *Se bem que*, ela pensou, *Dominic nunca usaria essas palavras*. Ele não via o mundo nos mesmos termos que as outras pessoas. O pânico é contraproducente, dizia. Quando as pessoas ficam se debatendo como galinhas sem cabeça, é chegada a hora de diminuir a marcha, olhar os problemas com calma, usar a lógica fria e implacável. Tess, às vezes, se sentia como se tivesse chegado às cegas na ponte do Starship. *Embora ele esteja certo, é claro. Eu jamais negaria isso. Não dá para surfar pela vida numa onda de emoções. Os sentimentos extremados não levam a lugar nenhum.*

Na escuridão do teatro, um saxofonista solitário despejava som no espaço vazio.

Tess encolheu-se. O impacto foi tão contundente que ela sentiu a música fluindo dentro dela como gim puro. Lágrimas cutucaram o fundo dos seus olhos. *O que há de errado comigo?*, pensou. Tentou ser racional. Deve ter sido a pressa ridícula em terminar o trabalho, correr até o metrô, sem tempo para parar e dar boa noite pro Colin, encolhido na garoa gelada de dezembro. Deve ter sido por ter pulado o almoço, sem comer nada a não ser um saco de batatinhas no sal e vinagre. Deve ter sido por causa da noite anterior, quando discutiu com Dominic sobre Penge ("Não quero morar em Penge."), ou por causa da Glenda no trabalho, afogueada, trêmula, dizendo: "E aí, já posso mandar fazer o vestido?", ou por causa da sua mãe ao telefone, dizendo: "Mas você tem certeza de que quer morar junto? Certeza absoluta?"

Deve ter sido a concentração hormonal que vinha estrangulando seu raciocínio a semana toda, obstruindo seu pensamento, remetendo-a a uma pequena espiral de pânico. Devem ter sido todas essas coisas juntas. Deve ter sido tudo isso que a fez curvar a cabeça no escuro, enquanto o saxofonista tocava, e começar a chorar.

Ah, o alívio de chorar quando a racionalização das causas não lhe servia de nada! Contudo, quando as luzes se acenderam e a peça começou, ela rapidamente usou as mãos para enxugar a evidência em seu rosto.

Atrás dela, ligeiramente acima dela, George — cujo velho amigo Alex tinha entrado no último minuto para tocar o solo de saxofone — não conseguia se concentrar. Olhava os atores movimentando-se pelo palco, andando de um lado para o outro como miniaturas em uma maquete de arquiteto, mas não escutava o que diziam, nem pensava no que estavam fazendo. Pensava, com alguma ansiedade, por que ninguém da banda estava falando com ele. Tinha alguma coisa acontecendo, porém, ele não tinha ideia do que seria.

Tess estava perdida. Se aquele era o pavilhão certo, para onde deveria ir? Deu uma olhada dentro de um quarto à sua direita, mas não reconheceu o homem que estava na cama, careca e com tanta carne que parecia estar se derramando sobre a beira do colchão. Não tinha ninguém por perto a quem pudesse perguntar. Por alguns instantes, pensou se deveria estar ali. Enquanto hesitava, uma mulher de macacão azul, e rosto bondoso, saiu de um depósito à sua esquerda.

Tess disse: "Com licença, estou procurando uma pessoa".

"Pergunte às enfermeiras, meu bem", disse a mulher, indicando ao longo do corredor.

Então, Tess se aventurou mais além, sentindo-se culpada por trazer a sujeira lá de fora para um lugar que estava tão empenhado em tentar manter-se limpo. Encontrou um cubículo com ar de administração, com mesa e telefones, mas não havia ninguém dentro. Quando estava prestes a se virar e levar suas abundantes bactérias de volta lá para fora, uma mulher de túnica azul escura surgiu, como se fosse mágica, por detrás da mesa e disse: "Pois não?"

"Estou procurando o Colin", disse Tess.

Estava voltando da Dickins & Jones, na rua Regent, onde tinha passado a hora do almoço muito feliz escolhendo brincos de presente de Natal, para Kirsty. Era um dia de frio ensolarado, céu azul-claro. E então, quando estava chegando na Daisy Greenleaf, viu a ambulância. Correu. Ao chegar lá, o paramédico estava fechando as portas traseiras. Para começo de conversa, ele não ia lhe dizer nada. Ela teve que implorar. Então, finalmente, disse que ela deveria tentar o hospital Guy. Ela telefonou todos os dias até que lhe disseram que ele poderia receber visitas.

"Ah, Colin", disse a enfermeira. "Ele está ali, à sua direita, na enfermaria no final do corredor."

Ela estava ocupada. Virou as costas.

Mas eu queria perguntar, pensou Tess, *como ele está. Porque estou com medo do que vou encontrar.*

A enfermaria estava inundada da luz clara e luminosa do inverno. O olhar ansioso de Tess abrangeu quatro camas, todas ocupadas por homens em vários estados de nudez. Olhou na primeira cama, mas não era Colin. O homem estava reclinado sobre travesseiros brancos, os olhos fechados, emaciado, mas com a barba feita. Era apenas de meia-idade. Tess caminhou até o fundo da enfermaria. À sua esquerda, havia um asiático rodeado por criancinhas e uma mulher sorridente num casaco roxo, que acenou para ela de maneira amigável, como se as duas já se conhecessem. À sua direita, um homem negro, magro, estava deitado de bruços, com uma jovem branca segurando sua mão. Tess voltou para olhar na entrada da enfermaria. Só havia outra cama vazia, com alguém de camisola verde — jovem, de cabelo loiro — sentado em uma cadeira ao lado.

Ai, pensou Tess, confusa e constrangida. *Estou no lugar errado.* Estava caminhando de volta para o lugar de onde tinha vindo quando o homem da primeira cama abriu os olhos. Ela olhou fixo. Ele tossiu. Um som horrível que a deixou chocada e fez com que corresse para a ponta da cama onde, sem saber o que fazer, ficou parada numa confusão desesperada. Depois de um tempo, a tosse parou. Os olhos tornaram a se fechar.

Tess disse: "Quer um pouco de água?"

O homem assentiu lentamente, como se até o menor movimento o deixasse cansado.

Tess encheu o copo de plástico com a água da jarra, derramando água por toda a mesa estreita do outro lado da cama e se inclinou para entregá-lo.

No entanto, ele estava fraco demais para levantar o braço e pegar o copo da mão dela. Ela disse: "Tem um canudo no copo. Vou colocá-lo na sua boca. Você só precisa beber." Ele fez um leve aceno com a cabeça. E foi somente aí, quando ela pôde vê-lo bebendo, que pensou, *é o Colin, é o Colin.* Seu coração se apertou e ela teve vontade de chorar. Porque o homem na cama não tinha setenta, sessenta ou coisa parecida. O homem na cama estava provavelmente no final dos seus quarenta, a mesma idade que seu pai teria se estivesse vivo. Sem a enorme barba grisalha e a maçaroca embaraçada do cabelo grisalho, dava para ver que estava esquelético. As faces estavam marcadas por linhas profundas. *Linhas de risada,* pensou Tess. *Mas quando é que eu vi o Colin rir?*

Quando ele terminou de beber, Tess levou o copo e o canudo para a mesa, pousando-os na poça de água derramada. Olhou em torno, procurando alguma coisa com que pudesse enxugar. Contudo, não parecia haver nada de nada na pequena enfermaria de Colin — nem lenços de papel, nem frutas, nem jornais. Ela mordeu os lábios. Disse: "Posso me sentar?"

Ele tornou a abrir os olhos. Não pareciam os olhos de Colin. Estavam opacos como vidro sujo. Tess puxou a cadeira de plástico cinza para a frente e se sentou.

Colin não disse nada por um bom tempo. Fechou os olhos mais uma vez, e ela se perguntou se ele teria voltado a dormir. Sentiu-se desconfortável e encalorada, estufada dentro de suas roupas como um boneco caseiro com excesso de enchimento. *Você é um corpo numa cama,* ela pensou, *e eu sou um corpo numa cadeira, e alguma mão gigante simplesmente jogou a gente aqui até que a ação recomece.* Estava louca por uma xícara de chá. *Acho que me sentiria menos esquisita,* pensou, *se tomasse uma xícara de chá.*

Ele disse, com grande esforço: "Quando?"

Ela se inclinou para a frente: "O que você disse?"

Entretanto, ele não repetiu.

Por fim, ela disse, adivinhando: "Quando você veio pra cá? Quarta-feira. Faz cinco dias."

Depois de um tempo, Colin disse: "Por que você demorou tanto?"

Ainda estava com os olhos fechados. Aquilo era uma piada? Difícil dizer. *Provavelmente ele está drogado. É por isso que está tão sonolento.* Tess olhou para a cama ao lado, onde a mulher de casaco roxo visitava o marido, e sentiu inveja dela por todos aqueles filhos. *Deve ser tão mais fácil visitar alguém quando se pode trazer os filhos! Isso lhe dá assunto pra conversar.*

Ela disse: “Aqui é agradável e claro. Tem janelas enormes”.

Colin não reagiu. Por que reagiria? Quem quer conversar sobre arquitetura hospitalar quando está doente? Houve mais um longo intervalo, em que nenhum dos dois falou, e então Tess disse, desesperada para preencher o silêncio: “Colin, você precisa de alguma coisa? Tem alguma coisa que você queira que eu traga?”

Ele continuou sem dizer nada.

“Alguém que eu possa procurar?”

O rosto de Colin contraiu-se numa expressão assustadora que ela não conseguiu definir: raiva, risada ou dor extrema. Em pânico, ela começou a se levantar, dizendo: “Qual é o problema? O que aconteceu?”, procurando desesperadamente por algum cordão para puxar, um botão para apertar ou por uma enfermeira a quem chamar. Então, viu que a pele sob os olhos dele estava molhada. *Ai*, ela pensou, encolhida e amarfanhada por dentro, com uma angústia que doía como um vigoroso soco no estômago, *por favor, não chore. Por favor, não chore!* Sentou-se na cadeira e se inclinou para a frente, pegando na mão estendida ali perto. Estava muito fria.

“Do que você precisa, Colin? O que posso trazer pra você?”

Uma enfermeira surgiu aos pés da cama. “Desculpe incomodar você, mas preciso colher um pouco de sangue”, ela disse.

“Preciso sair?”, perguntou Tess.

“Vai demorar uns dez minutos, caso você queira ficar.”

Tess, porém, não podia ficar. Tinha chegado ao seu limite. Virou-se para Colin: “Vou-me embora agora, mas amanhã eu volto”.

Ao sair da enfermaria e passar de volta pela seção da enfermagem, descobriu que lágrimas lhe escorriam pelo rosto.

“O que?”, disse George.

Rhys não conseguia encará-lo.

"Alguém me conta."

Walter disse: "Puxa, isso é duro".

"O que é duro?," perguntou George.

"Bota pra fora", Mo disse a Walter.

Mas Walter ficou ali parado.

"Você tem que me contar", disse George, mas ele sabia o que Walter estava prestes a dizer. Encostou-se na parede, precisando de apoio.

"Pra mim não dá mais", disse Walter. "Sinto muito."

George sabia que isso aconteceria, mas não fazia diferença. Era como se Walter lhe tivesse dado um soco nas costelas. "Tudo bem."

"Não sei se estou fazendo a coisa certa."

"Sei disso", disse George.

"É por causa do dinheiro e da segurança."

George respirou fundo. "Você tem um filho pra sustentar." Depois de um tempo, disse: "Você conhece alguém? Alguém tão bom quanto você?"

"Isso pode ser um problema", disse Mo.

"Eu sei", disse George. "Não existem muitos saxofonistas como o Walter."

"Não", disse Mo. "Estou dizendo que você vai precisar de mais do que um saxofonista."

"Por quê?"

Mo olhou para Rhys.

"Não", disse George.

"Sinto muito", disse Rhys.

"Por quê?"

"Não sei como dizer isto", disse Rhys. "Mas pensei muito. E quero ir pra casa."

"Pra casa?"

"Quero voltar pra Swansea. Estou muito triste."

"Certo", disse George. Depois de um tempo, oscilando como um boxeador que tivesse sido atingido no queixo, disse: "Swansea não é tão longe. Você poderia vir para as apresentações."

"Na verdade, não", disse Rhys.

"Quatro, cinco horas?"

Rhys balançou a cabeça.

"Mas por quê? Qual é o problema?"

"O caso é que eu quero ser poeta."

George olhou para ele, confuso. Depois de um tempo, disse: "Um poeta?"

"Sei o que você está pensando. De onde saiu isso? Mas, pra falar a verdade, há anos que eu escrevo. Apenas não contei pra ninguém. Na verdade, não é alguma coisa que a gente fica falando por aí."

"Eu nunca soube", disse George.

"Bom, é isso aí, não é? Nós todos temos segredos."

"Então, agora é minha vez?", perguntou Mo.

George, nas cordas, olhou através do olho inchado e injetado com o qual ainda conseguia enxergar.

"Hora de parar por aqui", disse Mo.

George disse: "Por quê? Você é um espião?"

Mo ficou com os olhos arregalados: "Um espião? Quem disse que sou um espião?"

George imaginou Mo com um coquetel de Martini e uma pistola Walther PPK. E então pensou, *talvez não.*

"Por que você também está indo embora?", perguntou.

Mo deu de ombros: "Só sobraram dois de nós".

George olhou para ele desanimado.

"Você sabe que tenho razão. É como cortar a perna dianteira de um cavalo. Não tem jeito de ele correr." Mo atirou sua bituca no chão. "E, de qualquer modo, é hora de você aprender a nadar. É como jogar um bebê na água. A melhor maneira de começar."

George estava no chão, esperando a contagem. Disse, com o resto de fôlego que lhe restava: "Então, o que você vai fazer?"

"Eu?", perguntou Mo. "Vou voltar pra escola."

"Pra escola?"

"É isso aí." Mo olhou em torno, agressivo, pronto pra partir pra briga. "Vou ensinar Física."

“Alguém tem que se preocupar”, disse Tess.

“Como quem?”

“Sei lá, mas todo mundo tem alguém que se preocupa com ele.”

Tess e Kirsty estavam na lavanderia. Era a semana anterior ao Natal. Uma tira brilhante, levada pelo ar quente que saía das secadoras, dançava no teto.

“Algumas pessoas não têm ninguém”, disse Kirsty.

“Mas isso é muito triste”, Tess mordeu o lábio.

“Ele tem você”, disse Kirsty.

“Mas eu sou ninguém”, disse Tess. “Sou só uma pessoa que dá bom dia pra ele de manhã, quando vou para o trabalho. Quando a gente fica doente, precisa da família.”

“Vai ver que ele não tem família.”

Tess puxou seu cardigã mais junto ao corpo, ao redor da cintura. Era verde-garrafa, feito a mão, *vintage*, mas não suficientemente quente. “Ele poderia ser uma dessas pessoas desaparecidas. Vai ver que a família dele está há anos atrás dele.”

Kirsty olhou para ela com tristeza. “Você gostaria que ele se reunisse com sua carinhosa família a tempo pro Natal.”

“O que tem de errado nisso?”

“Vai ver que o Colin caiu fora porque não suportava olhar pra eles. Vai ver que essa era a sua ideia de inferno, sua família totalmente disfuncional, voltando pra assombrá-lo.”

Tess imaginou a família, irritada e furiosa, em volta da cama do hospital, alturas variadas, rígidos e atentos como guardas de trânsito. “Mas e se tiver havido alguma espécie de mal-entendido, alguma discussão horrorosa que deixou todo mundo arrependido? Vai ver que ele era casado. Vai ver que, exatamente agora, a esposa dele está sentada na sala de visitas, desesperada por saber onde ele está.”

“Você não sabe, essa é a questão. Se começar a querer desencavar o passado das pessoas pode piorar tudo.”

Elas estavam sentadas, olhando seus lençóis rodarem e caírem nas secadoras.

“Vou ficar fora uma semana inteira”, disse Tess. “Detesto pensar nele sem nem uma visita esse tempo todo.”

Houve uma pausa e Kirsty disse: “Volto pra trabalhar no dia seguinte ao Natal. Quer que eu vá?”

Tess virou-se para ela.

“Vamos ter que fazer uma visita juntas pelo menos uma vez antes disso”, disse Kirsty. “Ou ele não vai ter ideia de quem eu seja”.

“Você faria isso? De verdade?”

“Minha boa ação de Natal”, disse Kirsty.

“Vou lhe trazer uma fatia enorme do bolo de Natal”, disse Tess. O bolo de Natal da mãe de Tess era famoso. Em Manchester, Ellie passava semanas economizando seu pedaço, comendo migalha por migalha.

“Um canto”, disse Kirsty, “com a cobertura completa”.

“Feito.”

Alguém abriu a porta da rua. Uma lufada de ar gelado castigou o local, agitando a poeira sob os bancos e remexendo as páginas de um jornal abandonado.

Tess estremeceu. Kirsty disse: “Você deveria ter posto um casaco”.

“Não combinava muito bem com esta saia.”

“Você sacrificaria o fato de se sentir aquecida em nome da moda?”

“Claro”, disse Tess. “Todo mundo faz isso, não é?”

Kirsty bocejou. “Quanto tempo falta?”

“Não sei. A gente pode dar uma olhada já, já, mas não estou a fim de lençóis úmidos.”

Kirsty esticou as pernas. “Ah, já sei o que me esqueci de lhe contar. O Gareth vai pra América do Sul.”

“Vai? Por quê?”

“Pra ficar livre de mim, claro.”

“Parece um pouco drástico.”

“O Rhys diz que ele sempre quis viajar. Vai começar pela Argentina.” Ela franziu o cenho. “Ou, talvez, pela Patagônia.”

“E o Rhys vai voltar pra Swansea.”

"Vai ficar bem esquisito", disse Kirsty, "depois que todos tiverem ido embora. Fim de uma era. Passei tanto tempo em Hackney. E agora eles estão indo embora de Londres e sumindo pelo mundo."

Tess disse: "Gales não é sumir pelo mundo".

"Mas Nova York é."

"Quem vai pra Nova York?"

Kirsty disse: "Não lhe contei? George vai pra Manhattan. A namorada dele teve uma promoção".

O coração de Tess bateu de um jeito desconfortável. "Que namorada?"

"É uma advogada."

"Quando foi que tudo isso aconteceu?"

"Foi mesmo muito rápido", disse Kirsty. "Acho que ela é muito ambiciosa. É o tipo de pessoa que consegue o que quer."

Era ridículo se sentir triste.

"Acho que o destino foi um pouco criativo, e pegou uma pista alternativa."

Afinal de contas, ela nem mesmo tinha conhecido George. Nada disso fazia diferença.

"Olhe por este lado. Podemos conseguir um feriado de graça em Nova York", disse Kirsty.

Tess pensou em todos os filmes de Nova York que tinha visto — *Bonequinha de Luxo*, *Manhattan*, *Feitos Um para o Outro*. Pensou no Edifício Chrysler, na Estátua da Liberdade, no Central Park. Pensou nas fotos dos aviões entrando nas torres gêmeas. *Nova York*, pensou. *George está indo pra Nova York*.

"Não acho que eu vá ter tempo sobrando pr'um feriado", disse Tess.

"Por que não?"

"Posso estar ocupada", disse Tess com uma voz que esperava que soasse alegre e entusiasmada. "Posso estar às voltas com a compra de um apartamento em Penge."

2007

"MÃE?"

"Você parece animada."

"Tenho novidades."

"Ai, que bom!"

"Não esse tipo de novidades."

"Ah."

"Mãe, não é justo. Não é mesmo. Todas as vezes que eu ligo, você..."

"Nem todas."

"Você já pensou que talvez nunca aconteça? Talvez eu não queira me casar."

"Claro, se você não quiser. Só pensei, agora que você e o Dominic compraram o apartamento, estão instalados e montaram todo aquele 'faça-você-mesmo'..."

"Compramos um apartamento pra começar a virar proprietários. Como um investimento. Você sabe disso."

"Foi muito sensato."

"E só faz dois anos que fizemos isso e ele já subiu de valor. Então, o Dominic tinha razão."

"Ele entende de dinheiro."

"Sobre Penge. Ele tinha razão sobre Penge. Mãe, o que você está fazendo?"

"Estou guardando o leite de volta na geladeira."

"Não se esqueça de fechar a porta, ou tudo vai descongelar como aconteceu na semana passada."

"E como vão os pais dele?"

"Estão bem."

"Continuam em Croydon?"

"Continuam em Croydon."

"E a irmã? Ainda com o marido violento?"

"Mãe, o nome dele é Enric."

"Eu sei, mas acho difícil guardar nomes de pessoas que parecem desagradáveis."

"Dominic não tem sabido dela há um tempo, o que provavelmente é um bom sinal. Ela só entra em contato quando as coisas ficam complicadas."

"Deve ser tão difícil ter uma filha em Chipre."

"Catalunha."

"Londres já é bem ruim. E estamos só a uma hora de Charing Cross."

"E aí, quer ouvir as novidades?"

"Vamos lá. O que aconteceu?"

"Sabe a minha chefe?"

"Não é o senhor Bankes?"

"Não, minha chefe imediata, a Glenda."

"Ah, sei."

"Ela está se aposentando."

"Ah, que bom!"

"Ela vai pra Swanage."

"Ah, pertinho da vovó. Que bom! Vocês não vão perder o contato. Todas as vezes que você for visitar a vovó, pode fazer uma visitinha pra ela."

"Tem muito mais coisa, além disso."

"Tem?"

"A Glenda está se aposentando."

"Eu sei, meu bem. Você me disse. Ela vai morar perto do mar."

"O que significa que alguém tem que fazer o trabalho dela. Mãe, você está ouvindo?"

"Alguém acabou de enfiar alguma coisa pela porta. Acho que deve ser uma dessas sacolas de caridade, pra você encher de roupas velhas. Mas, na verdade, eu não tenho nenhuma roupa velha pra dar. A maioria delas eu uso."

"Então, a Glenda está se aposentando."

"Sei."

"E quando ela se aposentar, alguém vai ter que assumir."

"Certo."

"Assumir o trabalho. Chefe do atendimento ao cliente."

"Não você."

"Sim!"

"Tess, você vai ser chefe do atendimento ao cliente?"

"Vou!"

"Mas você só tem vinte e oito anos! Este é o tipo de trabalho que as pessoas conseguem aos quarenta!"

"Eu sei. Não é o máximo?"

"O que o Dominic acha?"

"Ele está com o maior orgulho de mim. Consegui um salário maior. E ele diz que, se a gente continuar nesse passo, vamos conseguir comprar uma casa logo, logo."

"Uma casa?"

"Talvez até em Beckenham."

"Ai, Tess. Que ótimas notícias. Quando você soube?"

"Hoje de manhã."

"Estou tão orgulhosa de você! De verdade. Posso contar pra todo mundo?"

"Todo mundo quem?"

"Bom, pra começar, pra mãe do Toby. Ela está sempre falando sobre a St. Martin's e as mensalidades do Toby. Chefe do atendimento ao cliente. Seu pai teria ficado muito orgulhoso. Você vem pra cá pra celebrar?"

"Só eu, ou nós dois?"

"Vocês dois. O Dominic agora é da família, não é?"

"Vou perguntar pra ele. Ele anda ocupadíssimo no trabalho."
"Eu sei, querida. Ele trabalha demais."
"É ambicioso."
"E é o que deveria ser. Assim, ele pode cuidar de você."
"Eu posso cuidar de mim."
"Bom, não se..."
"Mãe?"
"Só estou falando. Não agora, mas algum dia. Cheguei a esperar, quando você estava cuidando de toda aquela decoração, que você poderia estar se aprontando para um novo passo."
"Você não consegue evitar, consegue?"
"Dez anos."
"Nove."
"Quase dez. Já não é mais do que tempo pra vocês se resolverem?"
"Não se trata de resolver."
"Não?"
"Não. E eu sei que você está fazendo uma careta."
"Você está imaginando isso."
"Tenho que desligar, agora. O jantar está quase pronto."
"O Dominic está cozinhando pra você?"
"Ele sempre cozinha pra mim."
"O que vai ser hoje à noite?"
"Alguma coisa que tem a ver com berinjelas. E limões."
"Que exótico! Você tem muita sorte de ter ele."
"Mãe, que barulho é esse?"
"É a máquina de lavar."
"Está parecendo que ela está prestes a explodir."
"Ultimamente, ela sempre faz isso na hora de centrifugar."
"Quer que eu peça pro Dominic dar uma olhada quando a gente for aí?"
"Você pede? Um homem tão simpático! Tão prático!"

Às vezes, quando ele e Stephanie estavam na casa geminada em Greenwich Village, George sentia-se como se estivesse completamente sozinho. A casa era absurdamente grande para duas pessoas. Tinha sido comprada, George sabia, não exatamente como uma casa, mas como uma demonstração acintosa de sucesso. Depois de vários acordos importantes, Stephanie tinha ficado muito popular. Os presidentes de companhias norte-americanas pediam por ela nominalmente. Ela era uma marca de luxo, algo que poderia ser citado na conversa para provar que se está falando de negócios.

Agora, ela queria alardear essa fama conseguida a duras penas, gastando dinheiro da maneira mais aberta possível. Parecia bem nessa função. A finura do seu cartão de crédito conquistava roupas incríveis. Suas pernas delgadas exibiam os sapatos com perfeição. Sua pele reluzia, os olhos brilhavam e quando balançava a cabeça, cada fio de seu cabelo curto, castanho e sedoso voltava a uma simetria obediente e comportada.

Enquanto isso, George estava dividido entre dois caminhos. Aparentemente, gostava dessa nova vida luxuosa. Quando seu irmão, que voara até lá para uma conferência internacional sobre cirurgia cardíaca, veio até sua casa para jantar, George usufruiu cada minuto de seu evidente estupor. Abriu garrafas de champanhe como se fossem Coca-Cola. Citou nomes. Mencionou peças que tinham visto, jantares a que tinham comparecido, *avant-premières* de que tinham participado. Sentiu prazer com o fato de que logo seu pai saberia que George — o fracassado, inquieto, indeciso George — estava levando o tipo de vida que um clínico hospitalar só poderia sonhar em ter.

Ainda assim, às vezes, George se preocupava com a maneira como Stephanie o via. Não era rico nem famoso. Não era divertido ou brilhante, nem mesmo particularmente bonitão. *Talvez*, pensou, *fosse por isso mesmo*. Ele não lhe causava problemas. Não criava confusão. Stephanie queria se concentrar no seu trabalho. Não tinha tempo para relacionamentos complicados. Assim, George — compreensível, solidário e feliz por ir buscar a roupa no tintureiro — era ideal. Praticavam sexo de maneira eficiente e razoavelmente satisfatória duas vezes por semana. Ia com ela às festas e aos almoços a que ela precisava comparecer. Ouvia com admiração suas histórias de enfrentamento e golpes mortais. Não a desafiava nem a contradizia ou tentava mudá-la.

Contudo, por dentro, estava apavorado.

Guardava isso em segredo, aquela sofreguidão desesperada por ar. Os amigos ricos e influentes de Stephanie não tinham ideia. Afinal de contas, ela administrava seu "relações públicas" com perfeição. Desde o começo, vestiu-o com ternos de *cashmere*, camisas de seda e sapatos feitos a mão. Insinuava sobre sua impressionante habilidade musical. Aos poucos, alguns pais começaram a perguntar se esse compositor e intérprete talentoso já teria pensado em dar aulas. Como os amigos de Stephanie eram advogados, não músicos — e George era inglês, o que dificultava para qualquer um verificar a veracidade das histórias contadas por Stephanie — ninguém fazia muitas perguntas. Após vinte meses da mudança para Nova York, George estava tendo que abrir mão de alunos. Sinto muito, mas não posso aceitar mais ninguém, ele diria. Não tenho mais tempo sobrando. Era um bom professor, o que ajudava. Era paciente, delicado e conseguia tirar o melhor dos seus alunos. As crianças adoravam-no.

Ele deveria se sentir feliz.

No entanto, pela primeira vez na vida — ou melhor, pela primeira vez desde que aos dois anos tinha escalado o banquinho do piano para apertar todas as notas negras, uma por uma — George tinha parado de tocar. Percorria as peças que pretendia ensinar aos alunos, rememorava as escalas e os arpejos, de tempos em tempos tocava uma música quase esquecida. Contudo, na maior parte do tempo, o piano ficava abandonado e esquecido na sala de visitas do primeiro andar, a tampa inexoravelmente fechada.

Logo no início, quando eles tinham acabado de se mudar para Manhattan, George passava as noites em clubes de jazz. Ouvia o que estava sendo tocado. Ficou entusiasmado com as possibilidades. Sozinho em casa, quando Stephanie saía para trabalhar, começou a brincar com ideias. Nova York movia-se numa batida diferente. Sua percussão era tão diversa à de Londres que os velhos ritmos já não pareciam adequados. Trabalhou duro. Envolveu-se tão profundamente com composição, que teve que comprar um despertador grande e antigo que tocava de maneira estridente quando era hora de ir dar aula.

Contudo, quanto mais trabalhava, menos seguro ficava. Não tinha ideia se ali havia alguma coisa que prestasse. Pesquisou o mercado. Comprou revistas. Leu entrevistas on-line com divulgadores de jazz e diretores de festivais. Ouviu clipes no You Tube.

"George", disse Stephanie, "por favor, feche a porta quando estiver tocando".

Ele criou coragem e gravou um CD. Juntou-o com uma foto, uma biografia e citações da imprensa, pronto para mandar o material para agentes.

"Essa coisa nova é um tanto estranha e discordante, não é não?", disse Stephanie.

Uma manhã, como de costume, George fez uma xícara de café e subiu para começar o dia. Tinha a manhã toda antes de precisar abrir mão de suas secretas ambições jazzísticas e sair para ensinar Chopin e Bach para os herdeiros dos abastados advogados de Nova York. Entretanto, não chegou nem até o piano. Ficou parado na porta, olhando a grande curva lustrosa de laca preta, e foi como olhar a lava-louça ou o micro-ondas. Não queria tocar. Aquela falta de desejo era estranha e assustadora, como ficar sem respirar, ou sem comer, ou nunca sentir sede.

Não contou a ninguém. Para quem contaria? Seus velhos amigos — os músicos mal-ajambrados, que Stephanie tanto desprezava —, estavam do outro lado do mundo. Não respondia a e-mails de Londres. Havia, ao mesmo tempo, coisas demais e coisas de menos para contar.

O material a ser enviado para os agentes permaneceu na gaveta da escrivaninha.

"Você está doente?", perguntou Stephanie impaciente, num sábado de manhã. Estava passando rímel no espelho da entrada, ansiosa por ir às compras. Havia muito a fazer. "Está precisando de um médico?"

"Acho que não", disse George.

"Então, qual é o problema?"

"Não sei."

"George, todo mundo fica deprimido de vez em quando, mas a pessoa simplesmente não se entrega, reage. Se você estiver deprimido, vá consultar o doutor Mishkin. Ele vai receitar algum Prozac."

George olhou para ela como um cachorro espancado.

"O que foi agora?", ela perguntou. "Você parece apavorado."

Ele balançou a cabeça.

"Se você já estiver pronto pra sair, dá pra ir buscar seu casaco? Se não, a gente nunca vai conseguir fazer tudo."

"Eu estava pensando em ir pra casa por um tempo", disse George.

Stephanie fez meia-volta e olhou para ele: "Ir pra casa?"

"Voltar pra Londres."

"E os seus alunos?"

"Eles podem se virar sem mim algumas semanas."

"Eles estão estudando piano, George. É claro que eles não podem se virar sem você."

"Só achei", disse George desesperado, "que eu poderia voltar a tocar, se pudesse visitar alguns dos velhos clubes. Ver o que anda acontecendo."

Stephanie olhou para ele. "Você não está ficando um pouco velho pra essas coisas?"

"Estou com trinta anos."

"Exatamente."

George abriu a boca e tornou a fechá-la.

"Só estou dizendo", falou Stephanie num tom lento e claro, "que você pode ficar sentado sonhando com fama e dinheiro quando é adolescente, mas na nossa idade, o jogo mudou. Está na hora de levar a vida a sério". Ela parou e olhou ao redor, para o teto alto, as pinturas, as luminárias elegantes. "Quero dizer, isto tudo não acontece sozinho, George. Eu trabalhei pra isso. Nós trabalhamos pra isto. E precisamos capitalizar no período de tempo que temos agora pra fazer o máximo de dinheiro que pudermos. É isso que acontece aos trinta. Você faz fortuna."

George olhou para ela.

"Tenho muito orgulho de você, George. Você está dando aula para os filhos de algumas das famílias mais ricas de Nova York. E não acho que pra você isso seja muito exaustivo, não é?"

"Mas eu parei de tocar", disse George.

"Bom, talvez seja porque você acordou para a realidade. E, como você mesmo disse, é muito difícil ganhar dinheiro com apresentações. Entretanto, você pode ter uma vida muito boa ensinando. Desde que cobre o bastante. O que você faz, agora, graças a Deus."

"Mas se eu não estou tocando, de que adianta?"

"Ai, George", Stephanie sacudiu a cabeça. "Às vezes você parece criança."

Criança?, pensou George.

"Acho que você deveria procurar alguém. Um psiquiatra. É isso que todo mundo faz aqui. Você precisa pôr pra fora o que tem dentro da sua cabeça. Pessoalmente, acho que você está reagindo contra o amadurecimento. E acho que, até certo ponto, todos os homens fazem isso. Querem continuar garotinhos. O que é, você sabe, perfeitamente compreensível." Stephanie franziu o cenho. "Embora pareça um pouco estranho para as mulheres. Porque a gente quase sente prazer em ser adulta. Mas mesmo assim, é uma coisa da qual tenho ouvido muito, essa imaturidade masculina. Acho que seria uma boa ideia fazer algumas sessões e botar tudo pra fora." Ela olhou para o relógio. "Mas agorinha mesmo, temos que ir às compras. Você precisa de meias novas e eu tenho que buscar meu blazer."

"Não acho..."

"George, dá pra gente sair agora? Já falamos tudo o que tínhamos pra dizer."

Era em momentos como esse, quando Stephanie ficava particularmente impaciente, que George se via pensando se o relacionamento deles estava de fato funcionando. *Será que eu ficaria mais feliz sozinho? Devo dar o fora agora, antes que seja tarde demais?* E essa cisma ficava se agitando no fundo da sua mente o dia todo, pequena, mas tremendamente significativa, como um crucifixo dançando no espelho retrovisor.

Contudo, Stephanie sempre parecia saber quando tinha ido um pouco longe demais. Algum tempo depois, terminado o jantar e um chá refrescante de hortelã, George voltaria para o quarto depois de escovar os dentes, para encontrá-la esticada na cama, usando nada além de suspensórios pretos e Chanel nº 5.

"Somos uma equipe, George", ela disse, com os pequenos seios provocando a boca dele. "Somos uma equipe."

Conforme os meses foram se passando, o desejo de George de ir para casa se intensificou. Não conseguia tirar Londres da cabeça. Fantasiava sobre o café que ficava aberto até tarde, dobrando a esquina da casa em Hackney, onde eles quatro costumavam ir, depois das apresentações. Um café da manhã completo às duas da manhã, vapor nas janelas, o cheiro da gordura do bacon, leite fervendo e torrada com manteiga.

Nós éramos bons, pensou George. A banda era boa. *E agora, o que eu estou fazendo? Entrando em casas luxuosas, ensinando os filhos de advogados poderosos.*

Dois anos depois de terem chegado a Nova York, a insatisfação de George havia atingido tal ponto que ele sabia que precisava tomar uma decisão; mas então, três coisas aconteceram numa rápida sucessão.

Numa tarde, às quatro e meia, George foi para o Upper East Side, para sua aula regular com William, o filho de quatorze anos de um rico advogado especializado em divórcios e sua esposa tremendamente antipática. A empregada abriu a porta, como sempre, e George subiu a escada em curva até a sala de visitas principal, toda de madeira clara e paredes brancas, que dava para o Central Park. Tudo estava arrumado, vazio e silencioso. Naquela casa, moderna e minimalista, George sempre sentia que tinha ficado subitamente surdo.

Ao se virar, lá estava a mãe de William.

"Podemos conversar?", ela disse.

George olhou para ela. Ela nunca tinha demonstrado o menor interesse em ter nenhum tipo de conversa com ele. Na maioria das vezes, olhava através dele, como se não tivesse certeza de que ele estivesse suficientemente bem conectado para ser visível.

"Por favor, sente-se", ela disse. "Pedi a William que esperasse cinco minutos."

George sentou-se.

"Temos que conversar sobre meu filho."

George ficou perdido. Gostava de William. Era um pianista competente, que praticava com bastante regularidade e parecia gostar das aulas. O que haveria para conversar?

"Me diga", ela falou, "você está satisfeito com o progresso do William?"

"Estou", respondeu George, "ele está indo bem",

"Bem, quanto?"

"Muito bem."

Ela lhe deu um sorrisinho estreito.

"Ele tem uma boa técnica", continuou George, "está enfrentando peças mais elaboradas, tem um ouvido musical".

Ela perguntou com impaciência: "Ele é melhor ou pior do que seus outros alunos?"

"Não sei se estou entendendo", disse George.

Ela olhou para ele com irritação. "No mês que vem, haverá um festival público. O William vai tocar. Quero saber se ele vai ser o melhor dali."

Ela é venenosa, pensou George. Ficou com raiva e se sentiu encurralado, querendo proteger William.

"Não sabia", respondeu lentamente, "que isto era uma competição".

"Claro que é uma competição", ela disse com desprezo. "A vida é uma competição."

Tudo o que George queria dizer jorrou em sua mente como um punhado de fogos de artifício. Teve vontade de ir embora, dar as costas para aquele esnobismo, aquela estupidez, aquela mesquinharia. No entanto, em vez disso, ficou ali, sem conseguir sair do lugar. *Ela tem razão?*, pensou. As palavras dela reverberavam em sua cabeça. *Se a vida for uma competição, estou ganhando ou perdendo?*

Mais tarde, quando caminhou pelo parque, depois da aula, tentando clarear o nevoeiro em sua cabeça, avaliou o que tinha, como se estivesse pesando as evidências em balanças antiquadas. *Não estou me apresentando, então estou perdendo. Mas, por outro lado, estou ganhando dinheiro fácil. Vivo com uma mulher linda, em uma casa linda, em uma das cidades mais ricas do mundo. Isso parece com ser um vencedor.*

No seu bolso, enquanto andava, remexeu moedas ao acaso. Deveria atirar uma delas para cima? Cara eu ganho, coroa, eu perco?

Estava bravo consigo mesmo. Detestava pensar em sua vida como um livro-caixa, como um registro de ganhos e perdas. *Nova York está me mudando*, pensou, enquanto olhava para o céu azul e claro através das árvores. *Eu costumava viver numa bagunça, mas sabia exatamente o que queria fazer. Agora, minha vida é um modelo de ordem, e não faço a mínima ideia de onde estou indo.*

A segunda coisa que aconteceu foi um jantar beneficente de arrecadação de fundos para uma pesquisa sobre o câncer. George se viu sentado ao lado de uma mulher na casa dos cinquenta, com cabelos escuros, puxados para cima, começando a ficar grisalhos. Era uma pessoa fácil de conversar. George se descobriu relembrando histórias sobre sua infância em Guildford, para fazê-la rir — a insistência de seu pai em nunca ligar o aquecedor até dezembro, o gelo nas janelas, os lençóis tão duros que faziam som de vidro quebrado sempre que se virava na cama.

Ele perguntou: "E você? Onde você foi criada?"

"Cresci na Califórnia", ela disse, "onde o Sol sempre brilha".

"E no que você trabalha?"

"Bom, criei quatro filhos homens."

George sorriu: "Isso parece cansativo".

Ela riu. "Foi e ainda é." Tomou um gole de vinho. "Quando eu era jovem, fui bailarina."

"Que tipo de dança?"

"Balé clássico." Ela olhou para ele com os olhos brilhantes, avaliando sua reação. "Eu era boa."

George não teve dúvidas disso. "Então, o que aconteceu?"

"Não dá pra dançar a vida toda. É uma coisa que se faz quando se é jovem."

George procurou no seu rosto sinais de arrependimento, mas ela estava bem calma.

Ela disse: "Sabe, se você perguntasse a qualquer um desta mesa se ainda está fazendo o que estava desesperado por fazer quando era jovem, acho que a grande maioria diria não. Eu amava dançar, mas aí, chegou a vez de parar. Tive meus filhos. E acho que tenho sido bem abençoada."

Logo depois, ela se virou para conversar com o convidado à sua direita. George engoliu seu vinho tinto. Tornou a encher a taça. Teria continuado a esvaziar a garrafa, se não tivesse se deparado com o olhar de desaprovação de Stephanie, da ponta da mesa.

Muito mais tarde, depois que eles já estavam em casa, na cama, George deitou-se de costas e encarou a escuridão. Sentiu-se como se estivesse sentado no banco de trás de um táxi de Nova York, olhando um engarrafamento, sem a mínima ideia de por quanto tempo ficaria parado, ou o que o estava prendendo, ou ainda, se deveria esperar ou cair fora e sair andando.

A terceira coisa que aconteceu foi que Stephanie lhe preparou um jantar. Raramente ela fazia um jantar para ele. Em geral, eles saíam para comer. Quando não, era George quem vasculhava e descobria um bom número de ingredientes para uma espécie de piquenique. No entanto, nessa quinta-feira à noite, George chegou em casa e descobriu Stephanie na cozinha, descascando batatas.

"Você está em casa!", ele disse, surpreso. Normalmente, ela nunca voltava antes das oito — mais tarde, se estivesse no meio de um acordo. Ele tirou o paletó e o colocou nas costas de uma cadeira. "Está tudo bem?"

"Ah, por favor George, pendure", ela disse.

Ele voltou para o corredor e pendurou o paletó no armário. Em algum lugar, bem no fundo da sua mente, havia uma minúscula luz piloto de esperança. Teria alguma coisa dado errado? Alguma coisa no trabalho? Isso significaria que eles poderiam voltar para casa? E então, enchendo a cabeça com um brilho celestial, como um raio de luz depois de uma tempestade, a solução apareceu. Foi como se ele estivesse dormindo e alguma coisa tivesse feito com que acordasse de supetão. Manhattan ia bem com Stephanie, mas não ia bem com ele. Sim, tinha sido uma experiência, mas agora, depois de dois anos, ela o sufocava, o petrificava, reduzia-o a zero. *Precisamos voltar*, ele pensou. *Depois do que ela tem feito em Nova York, Stephanie poderia conseguir qualquer trabalho em Londres. E de volta para casa, no submundo dos clubes de Londres, eu poderia descobrir um jeito de voltar a tocar. E se Stephanie não quiser voltar, se ela não entender que eu não posso mais morar aqui, vou-me embora sem ela. Porque tenho que cair fora, preciso voltar a respirar.*

Por um breve e glorioso momento, George sentiu um imenso alívio. As algemas caíram. As correntes estavam soltas. Estava livre.

De volta à cozinha, George abriu a geladeira. “Quer beber alguma coisa?”, perguntou. Pensou que uma taça de vinho poderia facilitar contar o que havia acontecido.

“Não, obrigada.”

Alguma coisa em sua voz fez com que ele olhasse para ela. “Tem certeza?”

Ela concordou, sorrindo. O coração dele acelerou-se.

“Estou grávida”, ela disse.

George ficou ali parado, segurando a garrafa, como se alguém tivesse lhe jogado um jato de gelo e o imobilizado para sempre.

“Descobri hoje de manhã”, ela disse. “Estava cismada com o fato de me sentir tão cansada. Dez semanas, é o que parece.” Ela olhou para ele. “Você está com aquela expressão de pânico.”

“A gente estava tentando?”

“Não, claro que não. Estamos no 0,3%.”

“No o quê?”

“No 0,3% da taxa de falha para o uso perfeito da pílula.”

“Ah!”

“Se bem que, se a gente parar pra pensar, não ia dar pra esperar muito mais, não é? Estou com trinta e dois.”

George pousou a garrafa de vinho. “Não.”

“De agora em diante, vou ter que prestar atenção na minha dieta”, ela disse. “Nada de queijos cremosos.”

George sentiu-se como se sua cabeça estivesse cheia de mascarpone. Tentou pensar com clareza. “Você contou para o pessoal do trabalho?”

Ela franziu o cenho. “Claro que não. Só contei pra você.”

“Claro”, disse George.

“Temos muita coisa pra planejar”, ela disse, virando-se para a pia e pegando a faca.

George, cujo universo tinha acabado de explodir, tentou apanhar alguns fragmentos reconhecíveis em meio aos escombros. “Vamos voltar para Londres?”

“Por que a gente voltaria?”

“Não sei. Só estava pensando se você gostaria.”

"Não", ela disse, cortando uma batata no meio. "Não tem nada pra gente em Londres."

"Não", disse George.

"Graças a Deus, a gente tem espaço pra uma babá em tempo integral."

George buscou uma cadeira atrás dele e arriou. "Então, você está precisando de alguma coisa? Alguma coisa que eu possa fazer?"

Ela deu meia-volta e olhou para ele: "Bom, tem uma coisa".

"O que?", perguntou George.

"Você poderia me pedir em casamento."

"Ah, claro. É isso que você quer?"

Ela riu. "Você é engraçado. Claro que é isto que eu quero. Eu lhe disse, somos uma equipe", ela disse, e a faca faiscou na sua mão.

"Não estou certa de que você tenha a experiência adequada", disse Tess.

Embora, pra ser justa, pensou, *ela tenha acabado de sair da universidade. E, realmente, não é preciso muita experiência para vender produtos artesanais mal tingidos, a preços inflacionados. A não ser, talvez, um pouco de cara de pau.*

Diante dela, com os imensos olhos arregalados de um fauno de Disney, a moça parecia que ia irromper em lágrimas.

"O que a levou a se candidatar?", perguntou Tess.

Houve uma pausa desconfortável.

"O que a Daisy Greenleaf tem que a fez querer trabalhar aqui?", perguntou Tess, incentivando-a.

Era bem excitante contratar um novo membro para a equipe. Sua assistente. *Mas tenho que tomar muito cuidado*, pensou Tess, *escolher muito bem*. Esta candidata específica falava espanhol, o que poderia ser útil, se alguma vez eles fizessem negócios com a América do Sul. E tirava A em Matemática, o que seria um ganho certo nos dias em que Oliver pedisse estimativas, mas haveria algo nela que a fizesse se destacar das outras?

A moça corou violentamente: "Vocês têm uma série maravilhosa de produtos", ela disse.

"Temos?", disse Tess, atônita.

"Têm sim", disse a moça. "Adoro os cartões dobrados de Jaipur. E os bloquinhos do Zimbábue. E sua mensagem institucional no site é muito inspiradora."

Uma das criações menos constrangedoras de Oliver.

"Mas você, na verdade, nunca trabalhou em atendimento ao cliente, trabalhou?", Tess perguntou. "Ou em *marketing*?"

A moça abaixou a cabeça.

Ai, meu Deus, pensou Tess, *tenho que acabar logo com isso. Ela não vai aguentar o Oliver gritando com ela pela sala por cinco minutos.* Tess, porém, não queria ser grosseira. Afinal de contas, ela conseguia se lembrar muito bem da própria entrevista para o cargo, mentindo sobre a fluência do seu francês, enquanto Glenda fazia ligeiros gestos de apoio do outro lado da mesa. O que tinha acontecido com aquele tempo?

Por alguma razão, isso fez com que ela pensasse nas horas exaustivas que havia passado no apartamento, nos últimos dois anos, arrancando o papel de parede Anaglypta, e removendo, com maçarico, espirais de tinta brilhante marrom-escuro. Ao que parecia, todos os finais de semana tinham sido gastos pintando os rodapés. Ela não tinha se incomodado em fazer cortinas ou aprender a instalar cortinas de rolo, mas, às vezes, desejava que os padrões de decoração de Dominic não fossem tão altos. Pessoalmente, ela se satisfaria com uma rápida borrifada de um produto que encobrisse a mancha, quando o aquecedor do andar de cima vazou no teto do corredor; mas Dominic insistiu na retirada do revestimento de papel e em recomeçar tudo de novo.

"Minha nossa", sua mãe havia dito parada na cozinha, chocada com a extrema perfeição do serviço de pintura. "É como uma sala de cirurgia."

"É só por ser muito nova", disse Tess na defensiva.

"Ah, não estou fazendo uma crítica", disse a mãe. "Acho que o seu Dominic é extraordinário. Ele só quer o melhor pra você, não é?"

É, pensou Tess. *Como quando me comprou um radio* art deco *de baquelita, em uma feira de usados. Dominic não gosta de tralha. Por ele, seria tudo branco e minimalista, mas ele sabia que eu gostaria de um rádio antigo — um que, provavelmente irradiasse Neville Chamberlain declarando que a Grã-Bre-*

tanha estava em guerra: "Tenho que lhes dizer agora que nenhum compromisso foi assumido". Pequenos gestos como esse significam muito. Ele não precisa dizer que me ama. Ele demonstra isso por todas as coisas que faz.

Tess franziu o cenho. *Embora eu pensasse que depois que tivéssemos nosso próprio lugar, ficaríamos vagando de um cômodo para o outro, nus, nos entregando ao sexo em assoalhos de madeira e à paixão desenfreada em móveis da* IKEA, *montados por nós mesmos. Mas, na verdade, a coisa não funcionara desse jeito. Quando não existe nenhuma razão para não fazer isso — nenhuma chance de alguém que divida a casa com você entrar pela porta afora, ou algum hóspede noturno irromper pelo banheiro — parece que você perde a urgência. Pode ser que seja por isso que as pessoas se vestem de enfermeiras e policiais. A pessoa tem que fingir que tudo é obsceno ou fica parecendo normal demais pra se dar ao trabalho.*

Com um súbito acesso de constrangimento, Tess percebeu que estava no meio de uma entrevista.

"Então", ela disse, limpando a garganta, "talvez você queira me contar um pouco mais sobre você. Quais são seus interesses?"

"Interesses?"

"*Hobbies*", disse Tess.

A moça respirou fundo: "Adoro roupas *vintage*", ela disse.

Pela primeira vez, Tess olhou para ela da maneira adequada: "É mesmo?"

"Elas são tão bem feitas! E gosto das histórias que elas trazem, de pensar em quem as usou e como era a vida dessas pessoas. Você conhece a Cornucópia, em Pimlico? Passo horas lá. Vou todo sábado que posso. E nos bazares de caridade. Às vezes, a gente tem que olhar bem; mas achei um vestido de noite em cetim preto, da década de 1930, da Jeanne Lanvin, em Camberwall há poucos meses."

Tess olhou fixo. A moça mordeu o lábio. "Não estou dizendo que usaria isso no trabalho. Não ficaria bem..." Ela foi ficando quieta, horrorizada de ter falado demais.

Tess inclinou-se para a frente para ler seu currículo. "Helen, não é?"

A moça confirmou.

Tess levantou os olhos: "Quando você pode começar?"

2008

J"COMO EM MIA Farrow?", perguntou seu irmão, que telefonou de Londres.

"Gostamos do nome", disse George.

Stephanie gostou, ele pensou, para ser mais honesto.

"E como é que está indo? Dá pra dormir?"

"Não muito", disse George.

Contudo, ele não se importava. Às vezes, no comecinho da manhã, quando Mia olhava fixo para ele, como se tentasse memorizar cada linha e ângulo do seu rosto, George tinha uma sensação de total tranquilidade. Os olhos dela ancoravam-no no presente. Aquilo era importante, aquele momento de comunicação... nada mais lhe interessava. Claro, quando Stephanie aparecia furiosa (como eram sempre os começos das suas manhãs), e andava pisando duro, afofando almofadas e amontoando louça na lavadora com tanto barulho que Mia começava a chorar, o clima se quebrava. Entretanto, depois que ela saía para o trabalho, em seu *tailleur* preto bem cortado, sem que a maternidade surpreendentemente a tivesse alterado em nada, George e Mia tornavam a se acomodar em seu longo dia de atarefado vazio, encarando-se em mútuo encantamento, adormecendo ao ritmo da respiração um do outro. Stephanie reapareceria por volta das sete da noite — uma jornada de trabalho ligeiramente mais curta por causa do bebê — e olharia o caos ao redor num mau humor de quem não acredita, e George se esforçaria por se lembrar de todas as pequenas conquistas, e dos marcos gratificantes que eles tinham conseguido atingir, com extrema engenhosidade, enquanto ela estava no escritório. Ele queria que ela, assim como ele, tivesse a alegria de se deliciar com o espantoso progresso de sua filhinha. Contudo, em se tratando disso, quando ele olhava para o rosto irritado e tenso de sua esposa e abria a boca para descrever o que aquela pessoazinha mágica tinha feito, parecia não haver nada a dizer. Stephanie diria seca: "Então, o que vocês fizeram o dia todo?", e George, subitamente cansado, diria num tom respeitoso de quem se desculpa: "Ah, na verdade nada, absolutamente nada".

"O ar puro é muito bom para os bebês", ela disse uma noite. "Ajuda a dormir."

Ele concordou com a cabeça.

"Realmente, George", ela disse, "pelo menos deve dar pra sair e ir até a *delicatessen*. É logo ali, descendo a rua."

"É", respondeu George, "vamos fazer isso amanhã".

Dois dias depois, eles fizeram isso. Na *delicatessen*, sob o brilho das embalagens vermelhas e douradas, e a luz que emanava dos pacotes de celofane, ele foi alvo de grande simpatia. Mia foi admirada e amada, e não o deixaram pagar por nada — a massa, a pancetta, o parmesão. As mulheres da loja ou encheram-no de conselhos ou lhe deram tapinhas no braço, dizendo que pai maravilhoso ele era. Quando George saiu aos tropeços para a luz do dia, sentiu-se como se tivesse ingressado em alguma sociedade secreta que ele nem sabia que existisse. *Até que você tenha filhos*, pensou, *você não percebe que eles são o foco da vida da maioria das pessoas.*

"George?", disse Stephanie uma noite.

"O quê?" Ele estava contemplando Mia, enquanto ela dormia.

"Você não acha que está ficando um pouco obcecado?"

George deu um pulo, como se fosse culpado: "Estou?"

"Ela não precisa que você fique checando a sua respiração."

"Não", disse George.

Depois disso, ele tentou se controlar ou, pelo menos, observar Mia só quando achava que Stephanie não estivesse olhando.

"Tudo aqui é sempre tão limpo", disse Kirsty desconfiada.

"É o Dominic", disse Tess. "Ele não gosta de bagunça." Ela se sentiu embaraçada. O apartamento era tão arrumado e lustroso que parecia que alguém o havia mergulhado em sabão em pó e pendurado no varal para secar.

"Não acho que alguém goste de bagunça", disse Kirsty.

Tess franziu o cenho: "Mas você nunca limpa nada!"

"Isto é porque existe uma grande diferença entre não gostar de bagunça e de fato se incomodar em fazer alguma coisa quanto a isso." Ela se afundou no sofá. "E aí, quais as novidades?"

Kirsty usava um vestido curto roxo, preso na cintura com um cinto de couro preto. Ajustava-se ao corpo, abrindo-se apenas levemente na metade da coxa. Como sempre, ela parecia naturalmente chique.

Novo?, pensou Tess. *Não tenho mais nada novo na minha vida. A não ser que se considere uma casa entrando no mercado em Beckenham.*

"Na verdade, nada."

"Você está usando seus óculos", disse Kirsty. "Isso é uma novidade."

Tess levou a mão ao rosto. "Vivo me esquecendo de que estou com eles", ela disse.

"Pensei que você detestasse óculos."

"Eu pensei que detestasse uma porção de coisas", disse Tess, "mas conforme vou envelhecendo, descubro que não detesto". Ela olhou para Kirsty: "O que foi?"

"Nada."

"Você está com aquele ar 'Olha só pra ela' no rosto."

"Só acho que você é um pouco nova pra dizer: 'Conforme vou envelhecendo'."

"Por quê?", disse Tess. "É verdade. Às vezes descubro que coisas que eu costumava achar repulsivas são, na verdade, bem boas. Como brócolis, e fígado de galinha."

“Que tal calça com elástico?”, perguntou Kirsty. “E bifocais?”

“Todo mundo está envelhecendo”, disse Tess.

“Mas algumas pessoas estão envelhecendo mais depressa do que outras.”

“Isso se chama maturidade.”

“Isso se chama mergulhar na meia-idade quando você ainda nem tem trinta.”

Tess abriu a boca para reagir, mas resolveu não se dar ao trabalho.

“Então, como vai seu jornalista polonês?”

Kirsty fez uma leve careta: “Voltou para a Polônia”.

“É mesmo?”, Tess ficou triste por ela.

Kirsty deu de ombros: “É isso que ele faz. Vai atrás das boas histórias”.

“E quando é que ele volta?”

“Daqui a umas duas semanas”, disse Kirsty vagamente.

“Você não me engana”, disse Tess.

“Nem estou tentando”, disse Kirsty, arregalando os olhos.

“Você bem que gosta desse aí.”

“Eu disse pra você que gosto dele, mas não vou começar a ter esperança. Nunca estamos no mesmo país por tempo o bastante pra ver se a gente combina.”

“Deve ser muito bom ter um tipo de trabalho que o leve a andar pelo mundo”, disse Tess.

“Tudo o que você precisa fazer é pedir demissão da Daisy Greenleaf”, disse Kirsty.

“Eu costumava pensar que viajaria, e agora, olhe pra mim.”

“Em Penge”, disse Kirsty rindo, mas Tess parecia tão melancólica que ela disse: “E aí, de onde veio isso?”

“Tim e Lily vão se mudar pra Seattle.”

“É mesmo?”

“Eles dizem que vai ser muito bom pras crianças.”

“*Sintonia de Amor*”, disse Kirsty.

“O bebê agora dorme a noite toda.”

“Por falar em bebês”, disse Kirsty, “Rhys tinha uma novidade interessante noutro dia”.

“Ele vai ter um bebê?”

"Primeiro ele precisaria ter uma namorada."

"Pensei que você tivesse dito que existia alguém que vivia perto de Swansea, em algum lugar calmo."

"Em The Mumbles", disse Kirsty. "Não, isso acabou. Não se trata de Rhys, é sobre o George."

"George?"

"Sua alma gêmea", disse Kirsty.

"Você sabe que eu nunca o conheci, nunca."

"Deve ter conhecido."

"Não conheci. Tivemos vários *quase*, mas na verdade a gente nunca se encontrou."

"Nem pelo Facebook?"

Tess, com os óculos fazendo com que parecesse uma coruja inteligente, franziu a testa: "Ele não está no Facebook".

Os olhos de Kirsty ficaram cheios de malícia: "Mas você checou".

Claro que chequei, pensou Tess. *Foi uma curiosidade humana natural. Até olhei no Twitter. Tinha alguém chamado George em Nova York, que gostava de jazz da década de 1940, mas não tinha foto. Só um ovo.*

Casualmente, ela disse: "E aí, o que o George está tramando?"

"Ele se casou. Com aquela mulher americana. E eles tiveram uma filha."

O coração de Tess saiu do compasso. "Uma filha?"

"Ao que parece, o George está completamente bobo."

"Imagino que sim", disse Tess, "ou não teria se casado com ela".

"Bobo com o bebê. É ele que fica com ela. Período integral."

Tess imaginou um homem que ela não conhecia, parado na ponte de Brooklin (um lugar de Nova York ao acaso, de que ela achava que se lembrava do *Eu Sou a Lenda*), com um bebê num *sling*. "Isso é muito avançado", ela disse.

"A mulher dele ganha uma nota, então, ela sai pra trabalhar, e ele fica em casa."

"Como é que ela se chama?", perguntou Tess.

"A mulher?"

"A bebê."

“Não faço ideia”, disse Kirsty. Olhou para Tess com interesse. “Por quê? Está se interessando por bebês?”

Tess relembrou com culpa a conversa daquela manhã. Dominic tinha acabado de se levantar e estava esticando os braços rijos acima da cabeça. (Nesses últimos dias, ele se parecia ligeiramente menos com uma divindade. Na verdade, Tess tinha começado a desejar que ele se vestisse um pouco mais depressa de manhã.) Tess, bocejando, tinha lhe perguntado se ele gostaria de uma xícara de chá, e ele havia sorrido e dito que eles estavam conversando exatamente como um casal de longa data. Depois, após uma pausa, acrescentou: “Minha mãe fica me perguntando quando é que ela pode mandar fazer o vestido”. Tess tinha olhado para ele, ansiosa. “Ainda não estou bem pronta”, ela disse. Dominic comentou: “Mas, provavelmente, nós estamos na fase ideal para casar e para bebês, você sabe. Ainda jovens, mas seguros financeiramente.”

Tess ficou com o olhar perdido na distância. *Não quero um bebê*, pensou.

“Tess?”, disse Kirsty.

“O quê?”, ela respondeu, voltando para o presente.

“Bebês?”

Tess balançou a cabeça negativamente.

“Tem certeza?”

“Tenho”, disse Tess, com firmeza. “Tem uma enormidade de coisas que quero fazer antes de me acomodar.” *Apesar de todas as aparências contrárias*, ela pensou arrasada.

2010

A CASA EM Guildford estava construída em um terreno em declive. Você ficava como um *skydiver* na rua de cima pensando se a única maneira de entrar seria se jogando. A entrada da frente era quase inclinada demais para um carro estacionado. George e seu irmão nunca tinham conseguido jogar uma partida de futebol decente nos fundos. No mato alto, além da cerca, na base da colina, na depressão da escarpa, havia um cemitério de bolas perdidas, esfoladas, úmidas e murchas.

Tinha sido comprada como uma casa provisória. Não era particularmente bonita — janelas pretas de aço, tijolos vermelhos e um telhado de telhas com uma cumeeira destacada. George achava que podia se lembrar do ano em que eles se mudaram para lá, quando sua mãe ficou sobre uma escada, pintando todas as paredes de branco, mas ele não tinha certeza. Ele teria dois ou três anos. Talvez tivesse criado uma lembrança com a luz do Sol, as janelas abertas e sua mãe regendo os Boomtown Rats com uma brocha.

E então, ela foi embora. Partiu quando George tinha dez anos. Foi viver em Cornwall com um homem que fazia esculturas. Em lágrimas, tentou explicar a George, seu bebê, que ela não tinha escolha, que ela o amava, mas tinha que deixá-lo. Não posso ficar aqui, ela disse. Não posso ficar aqui. Olhando para trás anos depois — quando sua mãe já havia morrido e as lembranças dos verões em Cornwall haviam se enevoado em céus azuis e gaivotas —, George pensou que provavelmente ela não podia. Viver com seu pai teria deixado qualquer um maluco. Contudo, na época, ele não entendera. Ela foi embora e ele se sentiu esvaziado por dentro, como um quarto vazio.

Depois disso, sempre ficava de longe, observando o que as pessoas faziam. A distância era confortável. Participar incorria no perigo de ter que se recolher quando as coisas davam errado.

Depois que sua esposa partiu para viver no sudoeste da Inglaterra com um artista que não conseguia sustentá-la, o pai de George se esqueceu de que a casa seria provisória. Afinal, ele não se preocupava muito com o seu entorno. Assim, não houve incentivo para ir embora. Conforme os anos foram se passando, a casa — cujas paredes brancas agora eram cinza — mergulhou inexoravelmente em um estado de negligência desolada. A tinta dos rodapés foi se descascando; manchas de umidade surgiram no teto do banheiro. Maggie, a faxineira, vinha duas vezes por semana, mas sua visão não era muito boa. Os livros e o consolo da lareira ficaram cobertos de poeira, como se fosse um feltro macio e cinzento. O pai de George não reparou. Depois que seus dois filhos saíram de casa, ele morou sozinho durante quinze tediosos anos. Não exigia nada de uma casa, além de um rádio, pão e queijo e uma garrafa de uísque. A vida acontecia sob as luzes faiscantes da sala de cirurgia onde dava as ordens como um Deus. Sua casa era apenas uma sala de espera para as horas do intervalo.

Seu pai não quis que ele o visitasse, quando saiu do hospital. "Não há necessidade", disse pelo telefone.

"Quero ver como você está", disse George.

"Não há nada pra ver."

A operação, segundo o irmão mais velho de George — que entendia da cirurgia, sendo cardiologista em um hospital-escola de Londres — tinha corrido bem. No entanto, o prognóstico, em longo prazo era medíocre.

"Medíocre?", disse George.

Seu irmão olhou para ele: "É câncer".

Como sempre, George ficou quieto. Tanto seu pai quanto seu irmão falavam da mesma maneira, usando pontos finais onde uma vírgula seria mais generosa.

Então, agora, de volta à Inglaterra pela primeira vez em cinco anos, George estava parado sobre folhas molhadas e vermelhas de plátanos, com os lóbulos espalhados como pés de coruja, olhando para a frente gramada da casa de seu pai. *Eu vim*, ele pensou, *mesmo ele tendo me pedido pra ficar longe. Vim, ainda que ele não vá me contar nada, me dar nada, compartilhar nem um pouco dos seus pensamentos. Estou parado aqui na calçada, com o casaco de cashmere preto que Stephanie me comprou no outono passado, juntando coragem para entrar vertiginosamente na casa de um homem que, na melhor das hipóteses, apenas me tolerou a vida toda.*

Começou a chover.

Sou filho dele, pensou George.

Contudo, foi só quando pensou em Mia, sua filha de dois anos, e na maneira como abria os braços e ria sempre que o via, que endireitou os ombros e deu início à descida inclinada e escorregadia.

"Então, como é que ele está?", perguntou Rhys.

Eles estavam sentados na cozinha da casa em Hackney, tomando chá. Desde a última vez que George havia estado lá, alguém tinha resolvido pintar o cômodo de azul, porém, as só tinha ido até a metade. Dava para ver as passadas ao acaso onde o rolo tinha parado, bem no meio da parede acima do fogão. George ficou pensando em qual teria sido o motivo da interrupção. Um telefonema? Falta de tinta? O bar? Fora isto, todo o resto parecia igual. Ainda não havia puxador no armário ao lado da geladeira, e a mesa de trabalho — uma porta de madeira reciclada — era um registro abrangente de dez anos de culinária, completo com círculos de chamuscados, reentrâncias e vincos profundos feitos por facas.

"Difícil dizer", respondeu George. "Parece igual. Diz que não sente dor. Não faço ideia."

"Não é fácil, é?", disse Rhys. "Acho que eu e o Gareth temos sorte."

Os pais de Rhys viviam em um pequeno sítio na região central de Gales. Era uma área de ventos fortes, pouco econômica e de trabalho duro. Eles eram muito felizes.

"Ele nem mesmo quis que eu ficasse", disse George. Pensou em seu pai na cadeira de couro marrom, ouvindo o tique-taque do relógio do corredor. Odiava aquele relógio. Tornava o vazio ainda mais gritante.

"Deve estar acostumado a ser a própria companhia", disse Rhys.

Com certeza, ele é contra a minha, pensou George.

"Pra falar a verdade, acho que é isso que acontece no final, quando as pessoas vivem sozinhas", disse Rhys. "Mal podem esperar que você vá embora. Você está apenas sentado ali, invadindo o espaço. Depois que você vai embora, elas podem ligar a TV e colocar os pés pra cima".

George tentou em vão imaginar seu pai com os pés para cima.

"Então, vamos lá", disse Rhys.

"O quê?"

"Bom, estamos aqui sentados há dez minutos e você nem ao menos me mostrou uma foto."

"Da Mia?"

"De quem mais?"

George buscou sua carteira dentro do bolso. Tirou a foto de Mia e a olhou por um momento antes de estendê-la, só pelo extremo prazer de ver o sorriso de sua filha.

"Olha só pra ela", disse Rhys. "É linda. Não se parece nem um pouco com você."

George só ficou ali, sorrindo.

"Eu queria que você pudesse se ver", disse Rhys. "Só de falar nela, você já se ilumina."

"Ninguém conta que é assim", disse George. "As pessoas só falam do lado ruim, nada de bom."

"E é você quem cuida dela."

"Stephanie trabalha o tempo todo. Ainda estou dando aulas. Temos uma babá que vem duas tardes por semana, mas, na maior parte do tempo, somos só eu e a Mia."

"Quantos anos ela tem?"

"Dois."

"Você parece estar bem", disse Rhys. Olhou para George com mais atenção. "Muito próspero, se é que não se incomoda de eu dizer isto."

"Tudo por conta da Stephanie. Nada a ver comigo."

"Ela se deu bem, não é?"

"Muito", disse George. *Ela não para. Nova York tem tudo a ver com ela.* "E você?"

"Bom, não sou exatamente um sucesso", disse Rhys depois de um silêncio. "E não estou em Swansea, como você pode ver."

"O que houve?"

Rhys mudou de posição, demonstrando desconforto. "Senti falta de Londres. Não dá pra acreditar. Passei todos estes anos louco pra voltar pra casa e quando cheguei lá, queria voltar pra cá. Não acho que me sinta feliz em canto nenhum, pra falar a verdade. Fiquei peripatético."

George sorriu. Rhys fazia a palavra soar muito longa, muito cheia de sílabas enunciadas com cuidado.

"Eles me pegaram de volta na livraria. Consegui publicar alguma coisa", Rhys fez um muxoxo, "mas não sou o que se possa chamar de cara estabelecido".

"Pensei que você fosse voltar, encontrar uma boa moça galesa e se acomodar."

"Não vou mentir pra você", disse Rhys, "eu mesmo estava esperando isso".

George esperou.

"Teve uma pessoa", disse Rhys.

"E?"

"Não deu certo." Ficou com o olhar perdido na distância, a linha do seu cabelo imóvel, seu rosto magro, trágico.

Então foi por isso que você voltou, pensou George. Gostaria que Rhys contasse mais coisas, mas o silêncio se prolongou.

"E o Mo? E o Walter?"

Rhys voltou para o presente. "O Mo aparece de vez em quando, bate na porta à meia-noite e pede uma cama pra passar a noite."

"Ele virou professor?"

"Virou. Numa escola secundária em Essex."

"Não consigo imaginar o Mo dando aulas", disse George. *Seria como enfiar a banda Catherine Wheel dentro de um armário pequeno e ficar esperando que ele explodisse*, ele pensou.

"Walter teve mais dois."

George ficou de olhos arregalados. Teria ficado tanto tempo longe?

"Gêmeos, um menino e uma menina."

"E ele é advogado?"

"Trabalha na prefeitura. Não posso deixar de achar que é um terrível desperdício." Rhys pousou sua caneca na mesa. Parecia quase severo. "E você?"

George tentou fazer com que sua voz soasse leve: "Sem grandes coisas".

"Que coisas?"

George desviou os olhos.

"Você ainda não está tocando", disse Rhys.

"Deixei de escanteio por um tempo."

Arrumo os brinquedos da Mia. Faço o jantar. Ligo a TV. Faço praticamente qualquer coisa, menos tocar. Às vezes, pensou George, *não consigo nem ouvir a música na minha cabeça.*

"Você tem clubes em Nova York", disse Rhys.

"Centenas."

"Então, o que o impede?"

Uma imagem de Stephanie veio à sua cabeça. Nos últimos tempos, ela, por muitas vezes, olhava para ele com a cara fechada. É claro que eles tinham concordado em que ele ficasse em casa e cuidasse de Mia, enquanto ela saía para trabalhar, mas, recentemente, Stephanie parecia irritada com esse arranjo. Parecia irritada com ele. George sentia-se como uma pintura que estivesse sendo analisada e deixasse a desejar — pinceladas desleixadas, cores indefinidas, falta de forma e substância.

"Talvez seja o fato de dar aulas", disse George. "Escalas demais." Pegou uma colher e desenhou no açúcar que estava derramado na mesa. Sabia que Rhys estava olhando para ele.

"Não dá pra gente não tocar", disse Rhys. "Você era melhor do que qualquer um de nós." Depois de um tempo, acrescentou: "Vai ver que você precisa achar outros músicos, montar outra banda". E depois disse: "Dê uma saída e ouça algumas das pessoas que estão tocando agora. Veja se isso o inspira". Após uma pausa, acrescentou: "Tem um piano na sala da frente".

Quando George não reagiu a nada do que havia sido dito, Rhys suspirou: "Hoje à noite tem uma festa".

George olhou-o nos olhos: "Hoje à noite?"

"Kirsty. É o aniversário dela."

"Melhor não."

"Por que não?"

"Sei lá, faz tempo que eu não vejo ninguém."

"Ela está morando em Kennington, agora", disse Rhys.

"Talvez seja melhor eu ir pra cama cedo."

"Você não vai conseguir dormir."

Provavelmente, ele tem razão, pensou George, melancólico. "Não estou no clima."

"É isso que as festas têm de bom", disse Rhys. "Não tem importância que você não esteja no clima. Você só fica ali e deixa as coisas rolarem."

George sorriu.

"Agora melhorou", disse Rhys. Ele parecia estar esperando por alguma coisa.

"O quê?"

Rhys levantou-se. "Bom, se é pra ir, vamos", ele disse.

O apartamento de Kirsty ficava na Kennington Park, uma rua ensebada, movimentada, cinzenta, que trovejava da Elephant até a Oval. Algumas das casas eram georgianas; esbeltas e elegantes como senhoras idosas, chocadas por se encontrarem subitamente em uma colher engordurada. Kirsty morava no porão de uma dessas casas. Um amigo dela, Rafael, tinha voltado para o Brasil para um período de seis meses, e ela estava protegendo sua coleção de arte dos ladrões do sul de Londres, que, na verdade, não queriam nada com aquilo. Uma das esculturas em madeira era de um homem nu com uma ereção enorme. Apesar do seu estado, seus olhos estavam arregalados de susto, talvez porque seu rosto parecesse estar se desprendendo do crânio, sua carne, longos filetes viscosos de cobertura escorrida.

Quando Kirsty abriu a porta e viu Rhys e George, encheu-se de alegria.

"Você veio!", ela disse, feliz.

"E por que não viria?"

"George", disse Kirsty e se adiantou para beijá-lo. "É uma visita a jato? Eu não consegui ir naquele feriado."

"Você teria sido muito bem-vinda", disse George, que sabia que Stephanie nunca teria permitido que algum de seus velhos amigos se hospedasse com eles.

"Estamos nos servindo de bebidas", disse Kirsty. "Qualquer coisa que você quiser, até tudo acabar."

O apartamento estava lotado, tão cheio de pessoas que mal dava para ver as paredes com pinturas enormes penduradas que pareciam ser quase completamente alaranjadas. Eles deixaram os casacos em um pequeno escritório que, com pilhas de seda, couro e *mohair*, já estava parecendo um bazar de caridade da King's Road. Depois, voltaram para o meio do povo, que explodia de energia, com gritos voando para todas as direções. Mal dava para ouvir a música, que parecia ser um canto vocalizado e flautas latino-americanas. George já deslocado — em casa, mas não à vontade — olhava em volta com certa ansiedade. Aqueles eram um tipo de convidados que sempre o deixavam inquieto — tão à frente dos modismos prestes a aparecer em revistas glamorosas, que pareciam quase retrô. Não reconhecia ninguém.

"Bebida?", perguntou Rhys.

"Ah, claro."

"O que vai ser?"

"Qualquer coisa", disse George. Sentia-se cansado — o *jet lag*, seu pai, um excesso de impressões de uma Londres que ele não via há quatro anos, o barulho das conversas de pessoas que ele não conhecia. Mais do que tudo, sentia falta de Mia.

"George?"

Ele se virou.

"Você conhece a Tess, não conhece?", perguntou Rhys.

Aquele era o George. Ela saiba disso. Reconheceu-o, mesmo sem nunca tê-lo visto. Em volta dele todas as pessoas se espremiam, gritavam, empurravam-no, e ele ficou ali, olhando para ela, total e profundamente familiarizado.

Ela ficou chocada com aquele impacto de reconhecimento. Ao mesmo tempo, porém, sentiu-se aliviada, porque ele era exatamente como Tess sabia que seria. Durante todo aquele tempo em que o tinha imaginado, via-o daquele jeito: 1,75 m, cabelos castanhos, olhos azuis; pele clara como a de alguém que nunca viu o Sol, linhas finas ao redor dos olhos — como se risse muito ou, talvez, se preocupasse muito. O rosto áspero com a barba por fazer. *Ele não tem nada que faça você parar e olhar*, pensou Tess*; não é gordo nem magro, alto ou baixo. Não tem marca de nascença, nem* piercing, *não usa barba, nem tem tatuagem. Até suas roupas são discretas, uma camisa azul-escuro, amarfanhada, como se ele tivesse se esquecido de passá-la, tivesse-a usado o dia todo ou caído no sono no sofá, o calor do seu corpo criando novos vincos. Mas talvez seja isso que ele queira. Talvez não queira parecer chamativo. Afinal, ninguém havia sugerido que George gostasse dos holofotes.*

Ele fica de fora, olhando todo mundo, e a única coisa que a faz olhar de novo pra ele é esse ar de estranhamento. Ele tem uma tensão, como se estivesse esperando alguma coisa, ou ouvindo alguma coisa, como se não tivesse certeza se é bom dizer ou fazer alguma coisa, porque talvez não seja o momento certo, ou não seja bem recebido, ou talvez caísse melhor vindo de outra pessoa. Isso faz com que pareça cauteloso e vulnerável. E, ao mesmo tempo, é um convite. Sua expressão está dizendo: fale alguma coisa e eu vou entender o que você quer dizer. Seus olhos dizem a mesma coisa: diga alguma coisa e eu sei que vai ser espirituosa, inteligente e divertida. E então, como reconhecimento por todo aquele brilhantismo, ele vai sorrir. Seus olhos vão se enrugar nos cantos, e as linhas de risada em torno da boca vão aparecer.

E é isso que torna o George incomum, pensou Tess. *É isso que o torna diferente. É o que faz com que se sobressaia na multidão. Ele quer que você dê certo. Quer que você brilhe. Quer que você seja feliz.*

"Não consigo me lembrar de quando vocês se viram pela última vez", disse Rhys.

Não havia um gesto que fosse adequado. Como é que se cumprimenta alguém que você já conhece, mas nunca viu?

"Tess", disse George.

Eu sabia que sua voz seria assim, ela pensou, *mais quente, mais profunda do que se poderia esperar de alguém com a sua estrutura. Mas, apesar disso, parecia atônito, parecia confuso.*

"Eu não sabia", ele disse.

"O que você não sabia?", perguntou Rhys.

À volta dele, ouviam-se gritarias e risadas, uma algazarra de flerte e fofocas, e afirmações grandiosas de riqueza, poder e sucesso.

Tess disse: "Dez anos".

George sorriu, um sorriso rasgado que iluminou seu rosto. Aquilo o transformou.

"Dez anos do quê?", perguntou Rhys, olhando de um para o outro, mas nenhum dos dois respondeu. "Sabem de uma coisa?", ele disse. "Vou buscar alguma bebida."

Embora, talvez, eles não tivessem notado, caso ele ficasse.

George disse: "A gente tem que ter se encontrado."

Tess balançou a cabeça.

"Então, como é que eu o conheço?"

Eles ficaram ali, em uma pequena bolha autossuficiente de prazer, sorrindo um para o outro.

"Mas a gente quase se encontrou uma porção de vezes", disse George.

"Uma porção de vezes", concordou Tess.

"Durante anos", disse George.

"Numa das vezes, você vinha jantar", disse Tess. "Eu fiz Shepherd's pie."

"Fez?"

Tess assentiu, os olhos brilhando.

Ela me olha como se me achasse interessante, como se achasse que estou prestes a fazê-la rir.

"Rhys ficou me dizendo que eu a conhecia", disse George. "O tempo todo. Quase acabei acreditando nele."

Tess riu. "E a Kirsty se esforçou ao máximo."

Ela ficou olhando para sua boca. Queria se pôr na ponta dos pés e lhe dar um beijo.

George, perdido, analisava cada centímetro do seu rosto.

"Mas desta vez", disse Tess, "ela não me contou".

George lembrou-se de falar: "Foi porque ela não sabia. Fiz uma surpresa pra ela".

"Uma surpresa de aniversário", disse Tess.

O sorriso de George desapareceu.

"O que foi?", perguntou Tess.

"Eu não trouxe um presente."

"Ela não vai querer um presente."

"Não?"

"Eu comprei um chapéu pra ela", disse Tess.

"Um chapéu?"

"Ela gosta de chapéus."

George estava sorrindo novamente.

Tess disse: "Ela fica maravilhosa de chapéu. Fica maravilhosa de qualquer jeito."

"Eu não sabia que você era tão gracinha."

Tess ficou calada. George esfregou a barba por fazer. Seus dedos tinham um formato maravilhoso. Ele toca piano, pensou Tess. *Agora eu me lembro, ele toca piano.*

Ele disse: "Me desculpe".

Tess sorriu, um pouco insegura. "Tudo bem."

"Eu não queria deixá-la sem graça."

"Não deixou."

"Deixei."

Tess riu. "Ah, então está bem, você deixou."

"Só quis dizer que em todos esses anos em que a gente não se conheceu, ninguém me disse." Seus olhos não se desgrudavam do rosto dela. "Ninguém me disse como você era."

"Teria feito alguma diferença?" Contudo, a expressão dele ficou tão triste que ela parou de sorrir.

Ambos baixaram os olhos para os pés. Ele estava usando sapatos de couro marrom, ligeiramente esfolados.

Ele disse: "Você morava em Brixton".

"É", disse Tess, tornando a levantar os olhos. "Eu e a Kirsty tínhamos um apartamento juntas."

"Você ainda está lá?"

Tess sacudiu a cabeça. "Um pouco mais longe, um pouco menos interessante."

Ela não mencionou Dominic.

"Onde?"

"Penge."

George balançou a cabeça.

"Não existe uma razão pra você conhecer esse lugar", disse Tess. "Crystal Palace..."

"Acho que conheço", disse George.

"É muito suburbano. Todas as casas têm a mesma cara. No entanto, se chega bem rápido no centro de Londres." "*Por que estou falando como um corretor imobiliário?* "Tem um jardim."

"Você gosta de jardins?"

Ah, dê meia-volta, ela pensou, porque a conversa estava saindo dos trilhos, descarrilando para um mato denso. *Eu não ligo pra jardins. Não sei a diferença entre uma dália e uma esporinha. Quero saber de você, George. Quero saber tudo de você. Você gosta de café? Do cheiro do cravo? De filmes de arte marcial? De Springer Spaniels?* De* sag aloo?**Abriu a boca para falar.

"Aqui vamos nós", disse Rhys. Segurava três taças de coquetel, todas muito cheias e decoradas com uma cobertura branca ao redor da borda.

"O que é?", perguntou George.

"Agora você me pegou", disse Rhys.

Tess deu uma experimentada. "Margarita", ela disse.

"Ela tem razão, sabia?", disse Rhys. "Isso em volta da boca é sal."

* Raça de cachorro. (N. T.)

** Prato indiano à base de verduras. (N. T.)

Tess percebeu George olhando para ela. Sentiu-se zonza e confusa, como se já tivesse tomado muita tequila. "Gareth está aqui?"

"Ele está no Equador." Rhys franziu o cenho. "Ou no Peru."

"Ele vai voltar um dia?"

"Não sei. Tem alguma coisa na vida por lá que funciona pra ele. Pra falar a verdade, nunca pensei que ele fosse do tipo aventureiro, mas ele ficou um pouco nômade. Fala espanhol como um nativo. Tenho inveja dele, na verdade. Não tanto pelo que ele está fazendo, mas pelo fato de ele estar fazendo o que quer. Eu nunca senti essa necessidade. Embora eu não diria que estou particularmente feliz só por estar aqui. Não é muito empolgante, é? Ficar só em uma parte do mundo."

"Mas é bom voltar pra casa", disse George.

"Você sente isso?", perguntou Rhys.

George sorriu. "Eu nunca, na verdade, pretendi morar em nenhum outro lugar."

Tess disse, levantando os olhos, absorvendo cada ângulo do seu rosto. "Você mora em Nova York?"

George acenou com a cabeça. "Minha filha tem passaporte norte-americano."

Tess, que tinha dado um gole no seu drinque, engasgou e tossiu.

"Tudo bem aí?", perguntou Rhys. "Quer que eu dê um tapa nas suas costas?"

Tess balançou a cabeça.

"Então você não tem planos de voltar?", perguntou Rhys.

"Não, acho que não."

"Parece que todos estão por toda parte, não parece?", disse Rhys com tristeza. "Eu gostava quando nós todos estávamos em Londres."

"Imagino que as coisas precisem mudar", disse Tess.

"Alguém me contou", disse Rhys, virando-se para ela, "que provavelmente elas mudarão".

Tess, corando, sacudiu a cabeça.

"Dominic está ficando impaciente", disse Rhys.

"Não", disse Tess.

"Não?", perguntou Rhys.

"Quem é Dominic?", perguntou George.

"Nada está decidido", disse Tess.

"Mas vocês têm apartamento próprio", disse Rhys.

"Pode ser que a gente logo se mude pra uma casa", disse Tess, arrasada.

"Bom, isso é legal", disse Rhys, "embora eu preferisse que vocês viessem pro norte. Da última vez que eu fui até lá visitá-la tive que pegar metrô, trem e ônibus. Só faltou um barco".

"Depois que você se acostuma com isso, tudo bem."

"Se acostuma com o quê?", perguntou George.

"É um investimento", disse Tess. "Você encontra uma área que está começando a se valorizar."

"Temos essas coisas em Manhattan", disse George.

"Você mora numa dessas?"

George pareceu desconfortável. "Não, a parte em que a gente vive está valorizada há muito tempo."

"Ela é muito bem-sucedida, entende?", disse Rhys.

O ar de pânico de George aumentou.

"Stephanie", disse Rhys. "É uma advogada." Ele esvaziou o copo. "Bom, não sei quanto a vocês, mas estou com vontade de buscar mais um destes."

George concordou. Tess, que tinha empalidecido, não disse nada. Rhys mergulhou de volta na multidão.

Tess e George ficaram ali. A pequena bolha de intimidade tinha estourado. Agora, eles eram dois estranhos, tensos e embaraçados, agredidos por bolsas, ombros e cotovelos de pessoas que os empurravam de todas as direções.

Tess disse: "Tenho que ir atrás da Kirsty."

"Não", disse George.

Ela parou.

"Não vá", ele disse. Fez um esforço visível para sorrir. "Foram precisos dez anos pra este encontro. Não vá já."

Havia uma grande brecha entre eles agora, abrindo-se como uma fissura na terra. Todas as perguntas que ela queria fazer pareciam impossíveis. Eles se jogaram no abismo em queda livre, nenhum paraquedas à vista. Ela disse, procurando às cegas qualquer coisa — qualquer coisa — que fosse possível: "E aí, você vai ficar por quanto tempo?"

"Ainda não sei. Meu pai foi operado. Foi por isso que voltei."

"Ah, sinto muito."

"Se bem que estar aqui não serve pra nada. Meu irmão vive em Londres, em Hampstead. Então, ele está dando uma olhada nele."

"Mas você sentiu que precisava vir?"

George acenou com a cabeça.

O ruído da festa ficou mais alto. Eles estavam totalmente cercados pelas costas das pessoas, fazendo uma barricada como uma paliçada em um forte.

George perguntou: "Quem é Dominic?" exatamente enquanto Tess dizia: "Então, em que parte você mora?"

George, inclinando-se para a frente, disse: "O quê?"

"Que parte?", repetiu Tess.

"O que você disse?"

"Ele não tem culhões!", gritou um homem de barba.

"Que parte?", disse Tess.

"*Cojones*", disse uma mulher de vestido justo roxo.

Subitamente, Tess teve vontade de chorar.

George disse: "Dá pra gente cair fora daqui?"

Tess olhou para ele, atônita.

"Não consigo escutá-la. Vamos pra algum outro lugar."

"Não posso", disse Tess. "É o aniversário da Kirsty. Não dá pra eu ir embora. Nós ainda nem tivemos os fogos de artifício!"

Eles se entreolharam desanimados.

"Os fundos", disse Tess. "Tem um quintalzinho nos fundos. Saindo da cozinha."

Eles esqueceram Rhys batalhando em meio à multidão pra pegar Margaritas pra eles.

Foi um percurso lento. Tess afivelou um sorriso aberto, mas vago, no rosto, e seguiu acenando com a cabeça de um jeito amável, como se fosse a Rainha, para ter certeza de que ninguém a atrairia para uma conversa. Teve vontade de agarrar a mão de George, enquanto ele abria caminho, mas é claro que não o fez. Porque ela não o conhecia. Não o conhecia de fato. Não dá pra agarrar alguém que você não conhece. Então, ela foi atrás dele, tentando se manter próxima, refreando uma incontrolável confusão de emoções que vinha crescendo dentro dela, ameaçando transbordar por sua boca como uma espécie de uivo animal. Porque ela o conhecia. Conhecia-o bem demais. Ele era tão familiar, tão querido, tão obviamente alguém que ela deveria ter conhecido há anos! Tess não entendeu nada, mas, ao mesmo tempo, aquilo fazia todo o sentido. Ali estava George. Ele lhe pertencia. E ela não podia tê-lo. Ficou chocada por esse pensamento ser tão grande, tão destemido, tão audacioso. Gritava com ela em letras maiúsculas, como um anúncio que explode em uma tela imensa de TV. "Você não pode ficar com ele." Porque aquilo tudo estava acontecendo tarde demais. Ele tinha uma filha. E uma esposa. Que era uma advogada de sucesso. Que ganhava milhões.

Ah, pensou Tess, a cabeça inflada de ciúmes e fantasias libidinosas, *de qualquer modo, como é que eu poderia pensar que daria pra ficar com ele, morando, como moro, com o Dominic, que neste final de semana está visitando seus pais em sua limitada casa em Croydon?*

Estava com vergonha de si mesma; sentia um gosto amargo na boca, como se tivesse mastigado um bastão seco de baunilha.

E além do mais, pensou, o coração pesado como uma pedra, enquanto via George pressionar a maçaneta da porta-balcão que abriu, milagrosamente, para o buraco negro do esquecido quintal, *ele vive em Nova York. Este homem que acabei de encontrar, que conheço desde sempre, vive a milhares de quilômetros de distância, o que significa* — pensou, enquanto o seguia para fora, para o minúsculo pátio cercado por muros de mais de dois metros que se erguiam como falésias à sua volta — *que logo ele estará de volta ao outro lado do mundo. Hoje a gente conversa, amanhã ele vai embora.*

Então, ela pensou, enquanto ele se virava de frente para ela, apenas uma sombra de homem sob a luz miserável, desanimada e relutante que vinha da cozinha do porão do apartamento em Kennington, *isto tudo é total e absolutamente sem sentido.*

No momento em que eu a vi, pensou George, *sabia quem você era. Foi como se eu já a tivesse visto inúmeras vezes. Mas até esta noite eu não sabia que você era desse jeito. Cabelos escuros, olhos escuros. Um clima de suavidade que me faz querer tocar em você. Você me parece tão familiar! Parece que foi ontem que conversamos. Mas não houve nenhum ontem. Então, por que tenho a sensação de que a conheço? Sei até como é sua voz, como se tivéssemos passado horas conversando. Conheço as suas expressões nos mínimos detalhes. Aquele ar ligeiramente perdido que você tem quando vem um pensamento que a faz sentir-se sozinha e com medo. A maneira como você morde o lábio quando está ansiosa. A luz nos seus olhos, antes de você sorrir. Como é que conheço isso, se nós nunca nos encontramos? Você tem um sorriso tão lindo! Me dá vontade de sorrir também.*

George disse: "Não consigo enxergá-la."

"Eu sei", disse Tess. "Está escuro demais."

Ele se sentiu sensorialmente privado dela.

Uma luzinha surgiu no canto do quintal. Espantado, George olhou para dentro da cozinha abarrotada. Kirsty acenou, mas virou as costas.

Agora, George podia ver Tess. Ela estava tremendo. Teve vontade de tirar o paletó e dá-lo para ela, mas não estava de paletó. Tinha ficado em algum lugar lá dentro, em uma pilha de casacos caros. Ele disse: "Você está com frio".

"É só o contraste", ela disse. "Lá dentro estava tão quente!" Ela passou as mãos nos braços, subindo e descendo para se aquecer. George sentiu-se terrivelmente egoísta por tê-la arrastado para fora. Dava para eles ouvirem a rua, os carros deslocando-se a toda velocidade para o sul, em direção a Brixton, Streatham e Penge. Dava para ouvir as sirenes da polícia.

"Quantos anos tem sua filha?"

"Minha filha?"

"Como é que ela se chama?"

"Mia. Tem dois anos."

Tess sorriu. "Deve ser uma gracinha."

"E é", disse George, entusiasmado. "Você tem filhos?"

"Eu? Ah, não."

"Ela está falando muito, agora. Pelo jeito, é coisa de menina. Elas são mais adiantadas."

“Mas os meninos acabam alcançando, não é?”, disse Tess, voltando a esfregar os braços.

“Posso ir lá dentro e pegar seu casaco”, ofereceu-se George.

“Você nunca voltaria. A multidão vai engolir você.”

“E posso trazer seu drinque.”

“Estou bem, não preciso dele.”

Eles se entreolharam.

George disse: “Devo ter encontrado você. A gente deve ter se encontrado em algum lugar”.

Tess balançou a cabeça.

George estava com o olhar ansioso.

“Você toca piano”, disse Tess.

“Tocava. Agora eu ensino.”

“Você não toca?”

“Não.”

“Por quê?”

“Stephanie acha que é uma extravagância”, disse George. Sentiu uma dor aguda por dentro, como uma fisgada de eletricidade. Era isso que Stephanie pensava? Ela nunca disse isso. Então, por que ele estava dizendo? Sentiu um medo súbito de que de sua boca saísse todo tipo de palavras a esmo, desenrolando uma longa sucessão, como uma língua de sogra. “Tem intérpretes demais”, ele disse, lutando para se explicar para Tess (ou, talvez, tentando se explicar para si mesmo). “Não dá pra viver disso. Então, não parece fazer muito sentido.”

Tess parecia confusa. “Mas não foi sempre assim?”

George balançou a cabeça.

“Você tocava quando estava em Londres.”

“Eu era mais moço quando estava em Londres”, disse George secamente. “Alguma hora a gente precisa crescer.”

Tess não disse nada.

O silêncio era como uma enorme boca de tubarão escancarada, esperando para comê-los vivos.

“Eu não acredito em uma palavra do que acabei de dizer”, confessou George.

"Isso é um alívio", disse Tess. "Estava começando a detestar você."

Ela sorriu. Ele pensou: *ela tem dentes lindos e uniformes. Tudo nela é pequeno e perfeito.*

Ela disse: "Não acho que você deva desistir dos seus sonhos".

"Não, você tem razão."

"É o que o faz único."

Ele concordou em silêncio.

Houve uma pausa.

"Sou hipócrita", ela disse.

Ele quis correr em sua defesa, ainda que fosse Tess quem fizesse a acusação contra si mesma.

"Abri mão dos meus sonhos." Soava triste e cansada. "Sempre pensei que abriria uma loja que vendesse roupas *vintage*. Há anos que coleciono isso. Desde que minha avó me contou histórias sobre a Segunda Guerra Mundial. Sempre as adorei. Mesmo que eu abrisse uma loja, ficaria com algumas. Porque são tão lindas! Mas não quero um museu, quero viver disso."

"É bem difícil abrir um negócio."

"Não invente desculpas pra mim."

"Mas é verdade, você arrisca muito."

Ela sorriu. "Como quando você abre mão de um ganho certo pra tocar jazz."

Agora ele sorriu também, e eles voltaram a estar juntos, em um pequeno círculo de mútuo entendimento.

"Eu me lembro de você tocando no casamento do Tim e da Lily."

George olhou surpreso. "Você estava no casamento? Não a vi."

"Eu também não o vi, só ouvi."

A gente poderia ter se encontrado todos esses anos atrás, ele pensou.

Ela disse, com os olhos brilhando: "Você se lembra do discurso do irmão dele?"

George balançou a cabeça. Não se lembrava de nenhum discurso. Contudo, se lembrava de ter discutido com Walter sobre voltar guiando para Londres. *Na época eu não entendia o que era ter saudade de filho*, ele pensou.

Tess disse: "Você estava tocando *bebop*".

"Você entende de *bebop*?"

"Combina com as roupas", disse Tess. "Charlie Parker, Miles Davis, Max Roach."

"Thelonious Monk", completou George.

"*Round Midnight*."

George olhou para ela perplexo.

"*Straight, No Chaser, Brilliant Corners*", continuou Tess.

"Não acredito que você conheça isso."

"Ele não costumava se levantar e dançar quando estava se apresentando?"

"Não conseguia ficar parado", disse George. "O corpo todo se mexia."

"É isso que você faz?", ela perguntou, os olhos provocando.

"Sou reprimido demais."

"Reprimido?"

"Ou talvez deprimido", disse George, enrugando os cantos dos olhos enquanto sorria.

Ela riu.

Ficaram ali, olhando um para o outro.

Se eu estivesse com você, pensou George — a realização chegando até ele com tal clareza que ficou cego com o seu brilho —, *minha vida mudaria completamente. Você compreende. Não tenho que lutar pra explicar. Você já está ali, me encontrando na metade do caminho.*

"Por um tempo, tentei descobrir alguma coisa diferente", ele disse, hesitante.

"Diferente?"

"Sei lá, alguma coisa além de Thelonious Monk."

Os olhos dela estavam sérios: "E o que aconteceu?"

"Parei."

"Por quê?"

"Não sei, a vida me atropelou."

Ah, pensou Tess, vendo a lâmina de aço de um formão sob um papel de parede resistente, tinta brilhante marrom-escuro, rodapés lascados, *sei o que você quer dizer*. Viu todos os domingos de seu passado recente desmoronarem em conjunto, em uma lembrança ressentida do "faça-você-mesmo", o tempo jogado com descuido na pilha do material descascado, sem possibilidade de recuperação. *Como é que eu deixei isso acontecer? Por que me comportei como se o que eu fazia com minha vida não tivesse importância?*

Depois de alguns instantes, ela disse: "Eu devia ter caído fora há muito tempo".

"Do trabalho?"

Houve um longo silêncio.

"Sinto muito", disse George.

Tess levantou os olhos: "Não, é uma boa pergunta. Só não sei a resposta".

George pensou: *quero dar um beijo nela. O que ela faria se eu a beijasse?*

Ela disse: "Conheci uma pessoa uma vez, há muito tempo, que disse que não existe uma segunda chance. Ele disse: 'Você pensa que existe, mas não existe'. Isso sempre me assustou. E se ele estiver certo? E se a gente não conseguir uma nova tentativa?"

"Vai ver que foi isso o que aconteceu com ele", disse George. "Não tem que acontecer com você."

"Ele estava no hospital. E a Kirsty foi visitá-lo porque eu estava fora, e quando ela chegou lá, ele tinha sumido. Eles arrumaram a cama dele e ele desapareceu. Como se nem tivesse existido."

A porta-balcão se abriu repentinamente.

"Ah", disse alguém, "não percebi que tinha gente aqui".

"Tudo bem", disse Tess.

"Saí pra fumar."

"A gente já estava entrando."

"Estava?", exclamou George.

"Imagino que o Rhys esteja procurando a gente."

Mais pessoas estavam saindo para o quintal. George e Tess ficaram lado a lado, esperando uma brecha no trânsito da festa.

Antes que perdesse a coragem, George disse: "A gente pode se encontrar de novo?"

"Quando?"

"Antes de eu voltar."

Tess hesitou.

"Por favor?", disse George.

"Não tenho muita certeza do que eu acho dos *nachos*, entende?", disse Rhys. "Quero dizer, acho que gosto, mas pode ficar um pouco empapado, não pode? Se você põe molho demais, ou *sour cream* em cima. Você perde completamente o crocante se não tomar cuidado. E aí, fica mais parecendo um mingau, né? Não o que você chamaria de um aperitivo delicioso."

Eles estavam em pé, perto da pia da cozinha. No quintal, os mais animados escreviam seus nomes no escuro com fogos de estrelinhas. De algum lugar perto da geladeira *pink-neon*, veio o som de vidros quebrados. Havia bolo de aniversário esmagado sob seus pés, grudando na sola dos sapatos. George segurava uma lata vazia de cerveja. Tess tinha os olhos fixos no chão.

"Claro, você pode comer queijo em excesso", disse Rhys.

Quero dizer: volte, pensou Tess. *Volte para o apartamento. Poderíamos conversar a noite toda. Dominic não está lá. Está em Croydon. Poderíamos sentar no sofá e conversar até o amanhecer. Você poderia ficar. Poderia ficar comigo. Poderia ficar a noite toda.*

"Você pode se tornar viciado, não pode?", disse Rhys. "Mesmo que isso não faça parte da sua personalidade. Você deveria ser mais esperto, mas mesmo assim você o faz."

Com um silvo, um jato de luz irrompeu na escuridão lá fora e explodiu com um estouro. Houve descargas sincopadas de amarelo, rosa e verde e depois uma efervescência intensa de alaranjado. Tess levantou os olhos, chocada.

"Ele pode provocar pesadelos", disse Rhys, "o queijo".

Tess, confusa, contemplou uma anêmona azul brilhante que enchia o céu.

"Eu gosto de fogos", disse Rhys, acompanhando seu olhar, "mas não consigo deixar de pensar que são perigosos. Dá pra fazer uma exibição linda, não dá? Tudo sob controle, mas se você não toma cuidado, eles saem disparados em todas as direções. Causam ferimentos horríveis. Como naquela vez em que Mo ficou conversando com aquele homem no bar. Você se lembra, George? Comprou um lote inteiro de foguetes. Chineses. Enormes".

Agora, havia uma explosão de dourado, como um dente-de-leão.

"Explosões maciças."

George inclinou-se e colocou seu copo vazio no escorredor. Tess ficou observando-o com os olhos arregalados.

"Não dava pra culpar os vizinhos por chamarem a polícia", disse Rhys. "Mais do que justo. Toda a cerca dos fundos ficou queimando durante horas."

Eles se reencontraram, por fim, junto aos casacos no escritório. A multidão estava diminuindo, deixando à sua passagem — como restos de madeira em uma maré baixa — os poucos que já não se aguentavam. Alguém tinha feito uma cama de um paletó de *tweed* e uma capa de veludo vermelha, e estava enrodilhado no canto, dormindo profundamente, resfolegando como um leitãozinho.

Eles ficaram mudos e sem graça.

"Você está indo embora?"

Tess assentiu.

George inclinou-se para a frente. Tess pensou que ele fosse tocar nela, mas ele não tocou. Disse com súbita urgência: "Venha para Nova York".

Ela teve que sorrir. Disse: "Kirsty está sempre falando nisso".

"Então venha."

Tess piscou com força. *Como passei a conhecer bem o seu rosto*, pensou, *em tão poucas horas: esse olhar de ansiedade, a maneira como você hesita para o caso de ter entendido mal. Mas você não entendeu mal. Você sabe tão bem quanto eu o que aconteceu esta noite.*

Eles se entreolharam.

Ele disse: "Você tem que ir?"

Ela concordou novamente, e ele sorriu. Entretanto, não era um sorriso verdadeiro. Não incluía seus olhos. Ele disse: “Talvez, na próxima vez que a gente se encontrar, você tenha aberto sua loja de roupas *vintage*”.

Próxima vez? Ela disse: “Talvez você esteja tocando jazz”.

“Poderíamos combinar as duas coisas: noites *vintage* em um *jazz bar*.”

“Onde? Aqui ou em Nova York?”

“Qualquer lugar”, ele disse. Ele olhou para seus cílios escuros e a curva suave do seu rosto. “Por favor, só uma vez. Antes que eu vá embora.”

Tess respirou fundo. “Você poderia vir jantar.”

“Sim”, disse George, sem tirar os olhos do rosto dela.

Ela olhou para ele de maneira bem direta. Disse: “Você poderia vir até o apartamento. E conhecer Dominic.”

George sentiu um vazio familiar por dentro.

Eles ficaram perto dos casacos largados, sem dizer nada.

“Então, você conheceu ele”, disse Kirsty.

“Conheci”, disse Tess.

“Finalmente”, disse Kirsty.

Era segunda-feira de manhã. Tess, em seu estado catatônico, ficava esperando que alguma coisa acontecesse. Pensou que o céu poderia cair. Pensou que poderia acontecer algum cataclisma mundial, como a nova era do gelo em *O Dia depois de amanhã*. No entanto, até ali tudo parecia completamente normal. O West End continuava do seu jeito costumeiro, sem gosto e lotado.

“E o que você achou?”

“Espere um pouco”, disse Tess. Ela se levantou e disse para Helen: “Vou atender lá fora”.

Como sempre, os olhos de Helen ficaram arregalados de nervoso, como Bambi ao ser surpreendido por uma borboleta. Às vezes, Tess olhava para sua assistente na Daisy Greenleaf e pensava: *será que ela pensa de mim o que eu costumava pensar da Glenda — tão mais velha que pareço alguém de outro país?*

Do lado de fora, no poço marrom da escada, ela endireitou os ombros. "OK", disse no celular.

"E aí, o que você achou?"

"Muito simpático", disse Tess. "Muito gentil e atencioso."

"Parece que você está falando de um ginecologista."

"Só estou dizendo que ele parece um homem legal."

"Não sei por que me dei ao trabalho", disse Kirsty.

"Bom, na verdade, você não fez nada", disse Tess. "Você nem sabia que ele apareceria."

"Estou me referindo a todos os anos antes."

Tess teve uma súbita lembrança indesejada de sua ida para casa na noite da festa. Tinha chorado o caminho todo. Não conseguia evitar. Tinha encostado a cabeça no vidro cinza e sujo da janela do ônibus noturno, e olhado para fora no subúrbio infindável do sudeste de Londres, e sentido o peso da desolação, da vida sem George. *Não sei como isso aconteceu*, pensou, *mas aconteceu. E ele se sentiu da mesma maneira. Sei disso. E agora está tudo acabado. Ele se foi. E não há nada que eu possa fazer.*

"Você nem mesmo achou ele um gato?"

"Bom, mais ou menos", disse Tess. "Normal."

"Pensei que você fosse gostar disso."

"Do que? De ele ser normal?"

"Não, do tipo relaxado, jeitão de eu-nunca-me-olho-no-espelho."

"Todos os homens são assim, não são?"

"Dominic não é."

"Dominic tem que parecer arrumado para o seu trabalho."

"Dominic passaria a calça jeans se você deixasse."

"E você?", perguntou Tess, desesperada para largar o tópico Dominic, com medo de que sua boca começasse a tremer e ela começasse a chorar. "Se divertiu?"

Houve um silêncio.

"Kirsty?"

"O que?"

"Você se divertiu?"

"Me diverti."

"Quanto?"

"Ele é francês."

"E?"

"É *marchand*."

Havia algo na voz de Kirsty que fez Tess prestar mais atenção. "Você gosta dele."

"Bom, é óbvio."

"Não, você gosta muito dele."

"Pode ser."

Ai, pensou Tess. *Este telefonema não é pra falar de mim. É pra falar da Kirsty*. Ela disse: "E aí, quando é que você vai ver ele de novo?"

"Daqui a uns cinco minutos."

Tess pensou nisso. "Onde ele está?"

Kirsty riu.

Tess disse: "É segunda-feira de manhã!"

"E?"

"Ele está aí desde sábado à noite?"

"Está."

"Você vai acabar com ele", disse Tess.

"Acho que ele é recarregável", disse Kirsty.

Uma semana depois da festa de Kirsty, num domingo de manhã, Tess estava de pé, na sala de visitas do arrumadíssimo e recém-decorado apartamento de Penge, passando a ferro uma blusa da década de 1940, com uma golinha Peter Pan. O rádio estava ligado. Ouvia-o sem prestar atenção. Pensava em George. Tinha pensado em George a semana toda. Contudo, hoje, mais especificamente, pensava nos olhos de George, na boca de George. Ficava tentando sair dos traços individuais para o rosto todo, mas alguma coisa insistia em dar errado. Quando tentava ver o rosto de George, não conseguia nada, a não ser um borrão, como se tentasse assistir à TV sem suas lentes. Isso lhe deu vontade de chorar. Por que era tão difícil? Será que ele estava desaparecendo da sua cabeça? Não tenho uma foto, ela pensou. Se não consigo vê-lo em minha mente, acabou, ele se foi, se foi para sempre. Pressionou uma costura com a ponta do ferro. Uma lágrima caiu no algodão listado.

"Vai ficar pronta à uma", disse Dominic, entrando na sala e se sentando no sofá.

"Ah", disse Tess.

"Se você gosta dela ao ponto."

Ela levantou os olhos: "Não gosto".

Dominic pegou o jornal. "Então eu deixo a sua mais tempo".

Ela virou a blusa. Passou o ferro. "Por que você nunca se lembra?"

"Do que?", Dominic abriu a seção "Dinheiro".

"Você nunca se lembra de que eu gosto bem passada."

Ele sorriu. "Por que você está errada."

"Como é que dá pra errar com carneiro?"

"Muito fácil", disse Dominic.

Tess puxou a blusa da tábua de passar. Por algum motivo ela se enroscou na ponta. Ouviu-se o som de tecido rasgado. Ela ficou ali, chocada, ainda segurando o ferro em sua mão direita. "Ah", ela disse.

"O quê?"

"Rasguei a roupa."

"Ah, não se preocupe, sempre tem conserto."

Tess pousou o ferro com cuidado. Levantou a blusa para a luz com as duas mãos. Havia um grande rasgo no corpo da blusa.

"O tecido deve estar ficando gasto e ruço", ela disse baixinho.

"É isso que acontece", disse Dominic. "As coisas se deterioram."

Ela olhou para ele, de perfil, ainda vendo o jornal. Recentemente, às vezes, o observava como agora e se via pensando que ele, na verdade, tinha um rosto bem feio. Seu nariz era muito ossudo, o queixo pontudo como Mr. Punch, o boneco do teatro de fantoches.

"Aqui tem um artigo sobre energia doméstica", disse Dominic.

Tess não disse nada.

"Sobre a troca de prestadoras de serviço", disse Dominic.

Tess tinha acabado de passar pela estátua de Eros, no Piccadilly Circus, quando começou a chover. Estava cansada. As ideias de Oliver, para expansão dos negócios, eram todas muito boas, mas ainda havia apenas duas pessoas no departamento de atendimento ao cliente. E essa semana havia sido particularmente difícil. Teria gostado de se sentar sozinha, em um canto, sem pensar em absolutamente nada. Teria gostado de ficar desfocada, como um peixe no aquário, em um mundo de horror exagerado. Entretanto, o escritório havia andado mais atarefado do que normalmente. Oliver tinha pegado o costume de se sentar na beira da escrivaninha dela, às cinco e meia da tarde — de camisa e suspensórios, balançando sua perna gorda e curta e expondo suas meias de um vermelho vivo — para ver o que ela achava das novas diretrizes que ele estava desenvolvendo. Normalmente, ela poderia se sentir lisonjeada. Usualmente, ela poderia escutar com atenção e fazer sugestões úteis. Nessa semana, porém, ela queria gritar: vá embora! Deixe-me sozinha! Não posso lidar com isso! Não posso fazer seu trabalho, além do meu!

Tess remexeu em sua bolsa, à procura do seu guarda-chuva dobrável azul-marinho que, agora ela se lembrava, ainda estava sobre a mesa da sala de visitas em Penge, e pensou: *mas o tempo está passando. Já se passaram duas semanas da festa e eu estou conseguindo atravessar os dias. Ainda estou viva.* Por alguns instantes, ela quase abandonou a ideia de ir às compras. Dominic estava fora, atendendo algum cliente em Dorking e ia passar a noite em um hotel. Tinha o apartamento só para ela. Queria desesperadamente se enroscar no sofá usando um pijama velho e meias grossas de algodão, e comer biscoitos de chocolate e sorvete com pedacinhos de *cookie*. A fantasia flanou em sua mente, uma tentação deliciosa.

Mas, a não ser que eu compre alguma coisa pra mamãe esta noite, pensou, *ela nunca chegará a tempo. O correio é tão imprevisível nesta época.* Respirou fundo, abaixou a cabeça, apertou os olhos contra a chuva que caía em diagonal e batalhou seu caminho até Piccadilly. *Eu poderia ter comprado alguma coisa pela internet*, pensou, enquanto aguardava no cruzamento, virando a gola do casaco. *No entanto, sempre achei isso uma enganação. Se você quiser realmente saber como uma coisa é, precisa segurá-la nas mãos.*

Levantou os olhos. À sua frente estava George.

Houve uma barulheira de buzinas e gritos, porque George e Tess ainda estavam parados no meio da rua, olhando fixamente um para o outro. Ele agarrou seu braço e a puxou para uma ilha. A salvo, em um mar de carros que brilhavam com a água da chuva, ela se sentiu, ao mesmo tempo, com vontade de gritar de alegria e de cair no choro. Um ônibus londrino passou pesadamente, jogando um leque de água suja.

George segurava-a pelos dois cotovelos, como se temesse que ela fugisse. Ela olhou o seu rosto, cismando com sua realidade física.

"Mas você não está aqui", ela disse.

"Tive que ficar."

Ele estava com o cabelo grudado na cabeça. Seus cílios estavam escuros com a chuva.

"O que você está fazendo aqui?", ela perguntou.

Um táxi preto parou ao lado deles. George deu uma batida do lado. "Onde?", perguntou o motorista, abaixando a janela.

"Qualquer lugar", disse George. Ficou segurando a porta aberta do carro. Tess estava prestes a dizer: tenho que ir fazer compras, é aniversário da minha mãe, mas não disse. Em vez disso, entrou no táxi.

O motorista abriu a pequena divisória de vidro. "Onde vocês querem ir?"

"Covent Garden", disse George, sentando-se ao lado dela.

Sua voz, ela pensou. *Escutei-a na minha cabeça durante dias. E agora, aqui está você.* Ela não conseguia entender aquilo. Era como estar em um velório, em que o morto sai caminhando.

A divisória foi fechada.

George estava olhando para ela, em dúvida.

Ela disse: "Por que Covent Garden?"

Ele sorriu: "Não faço a mínima ideia".

Seu rosto, ela pensou. *Então, ele é assim.* E ela sorriu de volta, coberta de alívio. Um fio de água escorria pelo seu nariz. Ela o enxugou. "Você ainda está em Londres", disse.

"Meu pai."

"Ah!."

"Ele está bem, mas teve que voltar para o hospital por uns dois dias. Então eu fiquei."

"Então você estava aqui na semana passada", ela disse. Pensou em todos os dias em que ela e ele estiveram na mesma cidade.

"Fiquei na casa do Rhys, em Hackney. No velho quarto de Gareth."

Ela assentiu.

"Mas tenho que ir."

"Tem?"

"Meu voo sai amanhã."

"Amanhã", ela disse, como uma criancinha repetindo uma informação importante.

"Heathrow. De manhã."

O detalhe tornou a coisa muito pior. Em sua cabeça, ela disse: *não vá. Por favor, não vá*. Alto, ela disse: "Eu não sabia que você ainda estava aqui".

"Queria ver você."

Seu coração saiu do ritmo. "Queria?"

"Queria lhe agradecer."

"Pelo quê?"

"Depois da festa, conversei com o Rhys, e voltei a tocar. O dia todo, todos os dias. Quando não estou visitando meu pai. Por causa do que você disse."

"Fico feliz."

"Voltou tudo. Meus dedos se lembraram. Está melhor do que era. É diferente."

"Você não pode parar."

"É tudo por sua causa", disse George. "Por causa do que você disse."

"Você tem que continuar depois de voltar."

Ela olhou para o chão do táxi. Era isso ou começar a chorar. O carro avançou pela chuva da cinzenta Londres. *Este momento*, ela pensou, *em que estou tão viva, é o pior momento da minha vida. Posso ver, ouvir e sentir mais do que jamais vi, ouvi ou senti, e tudo o que quero é ser enterrada sob três metros de terra, para que nada me toque nunca mais.*

De súbito, ele se sentou mais para a frente, na beirada do assento, virando-se para olhar para ela. Disse: "Eu não queria vê-la só pra agradecer".

Os olhos dela encheram-se de lágrimas.

"Não parei de pensar em você."

Ela balançou a cabeça.

"É como se você estivesse impregnada em mim", ele disse, "na minha cabeça, em todo lugar que olho".

Ela disse: "Não faz sentido...".

"Por quê?"

"Você sabe o porquê."

Ele disse: "Vamos só conversar".

"Conversar sobre o quê?"

"Qualquer coisa."

"Sobre a Mia?"

George recuou.

"A gente estragou tudo", ela disse, e agora as lágrimas corriam pelo seu rosto. "A gente tinha que ter se encontrado há muito tempo."

"Mas você sente a mesma coisa."

"É claro que eu sinto a mesma coisa", ela disse quase brava.

"A gente não pode deixar de se ver."

"As coisas são como são. Às vezes, a vida é uma merda."

"Por favor", disse George.

A divisória de vidro foi aberta novamente. "Onde?", perguntou o motorista.

"Qualquer lugar", disse George, sem desgrudar os olhos do rosto dela.

"Na rua Bow?"

"Ótimo", disse George.

Tess abriu a boca para falar.

"Dez minutos", disse George.

"Vai piorar as coisas."

"Só um drinque."

Tess hesitou.

"Você tem que ir a algum lugar?"

"Não, Dominic está trabalhando."

E agora que ela havia dito seu nome, ali estavam os três juntos no táxi, com as janelas embaçadas.

"Então você tem tempo", disse George.

Ela mordeu o lábio.

"Por favor, Tess. Não acabou, temos que conversar." O táxi parou. Quando Tess abriu a porta, o ar frio da noite entrou com tudo, macio, escorregadio e frio como uma echarpe de seda. Tinha parado de chover. Ela saiu e esperou, ouvindo o espalhar das poças atravessadas pelos carros. George inclinou-se na janela da frente e pagou, e ela pensou, sentindo-se cansada e zonza com as lágrimas e a tristeza: *É assim que é? É assim que é ficar apaixonada?*

Ela olha pra mim como se me odiasse, pensou George. *Olha pra mim como se eu a fizesse infeliz. Não quero deixá-la infeliz. Mas não podemos deixar as coisas do jeito que estão.* Disse para o motorista: "Fique com o troco", ainda que fosse uma gorjeta grande demais, e o carro saiu num ruído surdo. Ele se virou e lá estava ela, parada na calçada, parecendo tão profundamente indefesa que ele teve vontade de apertá-la nos braços, levantando-a do chão. Contudo, ele sabia que seria um erro fazer isso depois do que ela dissera. Então, ficou na sua frente, enquanto ela olhava para o chão, e a dor de amá-la e não poder tê-la retorceu-se dentro dele como um punhado de lâminas.

"Podemos ir a algum lugar? Um bar?", ele perguntou.

"Qualquer lugar", ela disse.

Agora, a calçada parecia estar cheia de turistas tentando ir em direção oposta, então George tocou no braço dela e disse: "Por aqui?", e os dois viraram à esquerda, em uma travessa, e havia um bar na esquina, parecendo sombrio e "dickeniano", com janelas em losango e um clima de melancolia histórica. George abriu a porta e seu coração ficou apertado, porque estava saturado de pessoas, e berros, da batida surda de música eletrônica, do calor de corpos e do cheiro de cerveja e batatas fritas já passadas.

Estava começando a pensar que aquilo estava além de suas possibilidades, que não poderia lidar com nada daquilo quando Tess tocou seu braço e ele viu que um casal estava deixando a minúscula mesa logo atrás dele, abrindo espaço para duas pessoas. Disse: "Sente-se aí. Vou pegar as bebidas. O que você quer?" Ela só sacudiu a cabeça, como se dissesse não importa, pouco importa o que você pegar.

Ele abriu caminho até o bar e ficou atrás de um rapaz com tatuagens nos bíceps, que cheirava a suor e cigarros velhos. Esperou enquanto a garçonete — cujas veias se destacavam como as de um corredor de longa distância — atendia pedido depois de pedido, e olhou para a mesa onde Tess estava sentada. Estava curvada como uma criança com dor de estômago ou uma velha rezando, e enquanto a observava, pensou: *o que vamos fazer? O que vamos fazer?*

"Já escolheu?", disse a garçonete gritando acima da música.

Tempo, pensou George. *Preciso de tempo.* Ele disse: "Cerveja. Não. Vinho. Que vinho você tem?"

"Branco ou tinto?"

Por que as pessoas ficam querendo que eu decida? "Branco. Não importa qual."

Quando voltou para a mesa, segurando as taças geladas de vinho, Tess olhou como se tivesse conseguido se afastar bastante do que havia em volta. Não parecia notar o barulho, a música ou o constante ir e vir das pessoas que passavam, dando encontros na mesa, batendo em sua cadeira. Ele disse: "Trouxe vinho pra você. Tudo bem?"

Ela concordou, como se na verdade não estivesse ouvindo.

Ele disse, em desespero: "Quer ir embora?"

Ela levantou os olhos, chocada.

"Estou me sentindo como se tivesse forçado você a vir aqui."

"Não", ela respondeu.

Ele tomou um grande gole do vinho. Era muito seco.

Ela disse: "Tenho uma sugestão".

George ficou muito quieto. Havia um zumbido em seus ouvidos, mas não era por causa dos gritos do pessoal, dos estalidos dos copos ou da batida do baixo. Era porque era o fim. Ele sabia. Não havia esperança. Era isso que ela ia falar agora. Tinham chegado ao fim.

Ela disse: "Não quero pensar no futuro. Não quero pensar na sua esposa. Nem na Mia ou no Dominic. Ou no fato de você viver em Nova York e eu em Londres."

Ele abriu a boca para falar, porém, ela balançou a cabeça. Disse: "Não quero pensar em nenhuma dessas coisas".

"Então não pensaremos", ele disse rápido. "Não pensamos."

Os olhos dela estavam cheios de lágrimas. Ele se inclinou para pegar na mão dela, porém, ela voltou a sacudir a cabeça.

"E não quero fazer nada de que um de nós dois se arrependa. Nenhum segredo culpado."

Estava olhando para ele com tal súplica nos olhos que sua resistência se esvaiu.

Ela disse: "A gente passa algumas horas juntos, como amigos. E depois a gente se despede. E você vai pra casa. E eu vou pra casa. E não vai haver nada que faça a gente ter que mentir. Porque nada aconteceu".

A voz dela tinha ficado muito baixa.

Ele disse, impotente: "Por quê?"

"Porque não somos o tipo de pessoa que possa fazer alguma coisa além disso."

"Não somos?"

Tess balançou a cabeça.

"Tem certeza?"

"Nenhum de nós", disse Tess. "Não poderíamos arrebentar a vida de outras pessoas e ser felizes."

George disse com amargura: "Então, eu gostaria de ser outra pessoa".

Ela sorriu com o lábio tremendo.

Ele disse: "Nunca vou esquecer você".

O rosto dela desmoronou.

"Me desculpe, me desculpe. Queria que você soubesse."

"Eu sei."

E eles ficaram naquela mesinha de bar, na balbúrdia de uma quinta-feira à noite, e não havia nada mais a ser dito.

2011

"EU ME LEMBRO quando a gente costumava beber a noite toda sem comer", disse Kirsty.

"Não aguento mais fazer isso. Acordo com dor de cabeça."

"Não acho que o Dominic goste disso, também", disse Kirsty, "se ele não puder cozinhar pra você".

Tess olhou para ela. "Será que não dá pra gente deixar ele fora disso?"

Kirsty arregalou os olhos: "Estamos um pouco sensíveis esta noite, não estamos?"

"Não estou sensível."

Houve um pequeno silêncio, preenchido pelo som de aves que voam.

"Quer pudim?", perguntou Tess finalmente.

"Não", disse Kirsty.

"O quê?"

"Quando foi que eu comi pudim?"

"Sei lá."

"A gente se conhece há treze anos. Alguma vez, em todo esse tempo, eu comi pudim?"

"Sabe de uma coisa?", disse Tess. "Acho que temos que pedir a conta. Está ficando tarde." Ela olhou em torno, procurando o garçom.

"Tess? Qual é o problema?"

"Nenhum."

"Tem alguma coisa", disse Kirsty.

"Não tem nada."

"Não é porque você fica negando sem parar que vai virar verdade."

"Olhe, estou cansada." Ela viu o garçom e fez o sinal para ele trazer a conta.

"Por que a gente não vai tomar um drinque em algum lugar?"

"Porque tenho que levantar cedo", disse Tess, colocando a bolsa na mesa e procurando a carteira.

"Eu também. Estou respeitavelmente empregada nestes dias, caso você tenha se esquecido."

"Então você também não vai querer ficar acordada até tarde."

Kirsty inclinou-se e pôs a mão no punho de Tess. "Dá um tempo, tá?"

Tess olhou furiosa.

"Você passou a noite toda criticando as pessoas. Está brava com a Ellie, irritada com a Lily, de saco cheio da sua mãe. E não consigo falar nada sem que você pule no meu pescoço."

"Só estou de mau humor."

"Não estou querendo parecer uma estudante de Psicologia chata,", disse Kirsty, "mas a única pessoa que você deixou escapar foi o Dominic."

"E?"

"O que foi que ele fez?"

"Nada."

Kirsty dirigiu-lhe um olhar demorado e duro.

Tess respirou fundo. "Estou falando sério, ele não fez nada."

"Então por que você está tão irritada?"

"Não estou irritada."

Tess pegou sua taça vazia e tornou a pousá-la.

"Tudo bem", disse Kirsty. "Não tenho certeza de que esta seja a melhor hora. Tenho novidades."

Tess levantou os olhos.

"Vou me mudar pra Paris."

"Paris? Com o Philippe?"

Kirsty sorriu.

"Mas isso é maravilhoso!", disse Tess. "Por que você não me contou antes? A gente poderia ter comemorado. Tomado um champanhe."

"Sei lá", disse Kirsty. "Vai ver que eu estava esperando você me perguntar por que eu estava tão feliz."

"Ah, Kirsty!", disse Tess, sentindo-se um lixo. Porque Kirsty realmente parecia feliz. Estava toda iluminada por dentro. E Tess nem havia reparado.

"O que é ainda melhor", continuou Kirsty, "mesmo que eu esteja empolgada por ir morar com ele, é que ele me pediu pra tomar conta da sua nova galeria".

Tess ficou com o olhar fixo, de boca aberta.

"Eu sei", disse Kirsty rindo. "Todos esses anos de total preguiça, recompensados por um trabalho de verdade."

"Mas você não vai ter que falar francês?"

"Sei que você não vai acreditar em mim", disse Kirsty, "mas andei tendo aulas. Nada menos do que no Instituto Francês."

"Nas noites de quinta", disse Tess.

"Exatamente."

"Eu ficava cismada porque você nunca estava livre."

Inesperadamente, Tess sentiu seus olhos encherem-se de lágrimas.

Kirsty aproximou-se. "O que há de errado?"

"Ah, sei lá, vai ver que é porque você vai embora. Estou feliz por você, de verdade. Philippe é o máximo e o trabalho parece incrível. Dirigir uma galeria de arte. É tudo que você merece, mas vou sentir saudade. Vou sentir muito a sua falta."

"É só Paris", disse Kirsty. "Provavelmente eu vou vir pra cá um fim de semana sim, outro não."

Mas as duas sabiam que isso era mentira.

"Com certeza eu vou vir para o casamento."

"Que casamento?"

"O seu, é claro."

Geralmente, Tess chegava em casa antes de Dominic. Ultimamente, a tendência dele era trabalhar até tarde. Dizia que era hora de se dedicar, caso quisesse que sua carreira progredisse na empresa. Às vezes, ele até mesmo mandava mensagem de texto para Tess, pedindo-lhe que começasse os preparativos para o jantar. Nada complicado, dizia, apenas pique as cebolas, esmague o alho, tire a pele de alguns tomates e coe o caldo.

Às vezes, depois que Tess terminava todos esses preparativos, ficava no apartamento vazio, com as cortinas puxadas e as luzes apagadas. Havia um fraco brilho da luz da rua. Ela se sentava no sofá e ficava ouvindo o silêncio.

Era um alívio estar sozinha. Era somente então que se permitia pensar em George; isso porque pensar nele fazia com que perdesse todo o controle. Chorava muito. Andava pra lá e pra cá. Não fazia sentido. Por que o tinha conhecido quando era tarde demais, quando nenhum dos dois estava disponível?

Porque ela sabia, com certeza absoluta, que a brincadeira, a velha brincadeira de Kirsty, não era nem um pouco uma brincadeira. Como Kirsty havia afirmado o tempo todo, ela e George eram almas gêmeas. Para ela pouco importava que isso fosse um mito indiano, uma ficção de Platão ou algo extraído de um conto de fadas infantil. Ela e George tinham sido feitos para ficar juntos. Sem ele, ela não era nada, uma metade procurando pelo todo. Sem ele, a vida se estendia sem sentido, como uma longa estrada vazia, levando-a para algum lugar a que ela nem mesmo queria ir.

Esse pensamento era tão contundente e tão frio que ela se enrodilhava no chão numa bolinha apertada, como um ouriço ou um gato, tentando se tornar tão pequena e invisível quanto possível. No entanto, isso também não fazia sentido. Não havia razão para se reduzir, agachando-se, tentando se proteger de um chute. Porque os golpes não vinham de fora; vinham de dentro da sua cabeça. Pensou em George, e cada coisinha que lhe vinha à lembrança a magoava. Pensou nos olhos dele e no ar de ansiedade que desaparecia tão rápido quando ele sorria. Lembrou-se de sua voz e da maneira como ele franzia o cenho. Pensou em suas mãos com seus lindos dedos de músico. Pensar nele era uma agonia, mas, ao mesmo tempo, essa dor era bem-vinda, a dor de pensar em George, porque ela tinha um ganho inigualável, permitindo-se reviver cada momento do tempo que haviam passado juntos. E se concentrando nisso, lembrando-se dos minutos e das horas, ela sabia que ele tinha sentido exatamente igual, aquele reconhecimento, aquela percepção de que os dois pertenciam um ao outro.

E, então, ele havia partido, tinha voltado para Nova York. A essa altura ela chorava porque a falta de George significava um vazio desolador que nunca havia sentido antes. *Eu não sabia o que significava se apaixonar*, pensou. *Todos esses anos ouvindo quando os amigos falavam de rompimentos e voltas, tendo pena deles, mas também me sentindo desconcertada, porque a dor parecia tão intensa! Nunca senti nada disso com Dominic. Com ele, a vida ia trotando, como um Labrador de boa índole com camadas de gordura sob a pele. Não havia discussões. Nem ciúme. Também não havia grande paixão, o que na época eu não sabia, porque pensava que o desejo sexual era a mesma coisa. E eu costumava pensar por que as pessoas falam tanto sobre o amor? É tão simples! Você conhece alguém, se dá bem com ele, resolve passar um tempo junto e aí compra um conjunto de panelas prontas para ir pra mesa Le Creuset. É tão simples! O que tem pra ser discutido? O que há pra dizer?*

Mas isso foi antes que eu soubesse o que é o amor. Antes que eu soubesse como é sentir saudade de alguém a cada batida do coração.

Assim, nessa noite, quando abriu a porta do apartamento, esperou que Dominic ainda estivesse no trabalho. Esperou ter um tempo só para ela. Precisava pensar em George. Havia um monte de correspondência jogada no capacho. *Esse é o problema quando a gente compra coisas*, pensou. (E ela e Dominic estavam sempre comprando coisas naqueles dias.) *As pessoas o adicionam no* mailing *e tentam convencê-lo a comprar uma cozinha nova todo ano.*

Ao se abaixar para pegá-las, contudo, pôde ver que a maioria das cartas era de corretores.

Antes de tirar o casaco, Tess começou a abrir os envelopes. "Com ótima localização em relação às escolas locais", dizia uma, "esta imaculada casa isolada dos dois lados, com sótão aproveitável e trinta metros de jardim, compreende quatro dormitórios, duas salas, cozinha de *designer* e uma suíte". Outra dizia: "Residência diferenciada precisando de alguma reforma, com três dormitórios, dois banheiros (um deles com Jacuzzi), e uma estufa recém-construída". Várias das casas contavam vantagens, e muitas eram cheias de encantos de época.

Depois de um tempo, Tess colocou todas as informações dos corretores em uma pilha arrumada, ao lado do fogão.

Andou pelo apartamento, tirando o casaco enquanto caminhava. Entrou no quartinho dos fundos, que dava para o jardim. Dominic estava sempre ameaçando transformar esse quarto em seu escritório. (O olho vazio da tela do computador olhava para eles com desagrado desde o momento em que acordavam: no momento, ele estava se virando com um canto do quarto do casal).

"Mas onde eu colocaria tudo", disse Tess, "se não tivesse este quarto?"

"Você poderia guardar todas as roupas em caixas", disse Dominic.

Contudo, ele não a pressionava. Talvez houvesse alguma coisa na expressão dela que fazia com que ele parasse.

Tess acendeu a lâmpada ao lado da cadeirinha azul, onde se sentava para pregar lantejoulas ou refazer costuras. Olhou em torno. Havia duas araras compridas penduradas com conjuntos, vestidos, saias, blusas e vestidos de noite; e três suportes com sapatos perfeitamente emparceirados. Na parede mais perto da janela, viam-se chapéus, cintos, bolsas, espartilhos, redes para o cabelo, echarpes e maiôs de cetim pendurados em cabides. As luvas ficavam bem arrumadas em uma prateleira. Ela tinha vários pares preferidos: a luva branca em crochê para casamento, a rosa, franzida, de Van Raalte, e a que ia até o cotovelo, de couro preto, de Hermès.

Aquela era uma seleção cuidadosamente escolhida de todas as roupas que tinha comprado da década de 1940. Não havia espaço suficiente para guardar muito mais do que aquilo. Tinha comprado e vendido com a habilidade e o planejamento de um comerciante, ficando com o melhor, o mais bonito, o mais raro, o mais incomum. Conhecia o mercado. No entanto, ultimamente, mesmo essa coleção reduzida deixava-a desconfortável. Olhou em torno, o quarto cheio de tesouros *vintage*, e se sentiu como se ela e uma velha amiga tivessem se afastado. Afinal, não era um negócio. Agora, mal usava aquelas roupas. Se você é a responsável pelo atendimento ao cliente de uma empresa do West End, não quer parecer tão extravagante. Não quer se arriscar a ofender seus clientes em reuniões importantes. Então ela pensou que talvez fosse apenas um *hobby* esquisito, como pregar borboletas em um quadro.

Sua mente vagou para a casa em Beckenham. Sua cabeça estava cheia de fragmentos de conversa das últimas semanas quando, imobilizada pelo desconforto, tinha sido incapaz de se defender.

"Vocês não precisam se mudar", disse sua mãe. "Vocês poderiam simplesmente encaixotar tudo. E então arrumam um escritório. Ou um ateliê. Com espaço sobrando pra uma cama."

"Se a gente está partindo pra quatro dormitórios", disse Dominic, "esta é a casa ideal pra nós, com um escritório pra cada um, e um quarto extra pra hóspedes".

"Só estou dizendo", disse Lily, "que vocês não devem comprar uma casa enorme, partindo do princípio de que vão ocupar todos os quartos. Porque, às vezes, isso não acontece."

"Beckenham?", disse Helen, sua assistente. "É perto de Croydon?"

Tess ficou remexendo uma bolsa de baquelite e contas. *Não acho que possa suportar isto*, pensou. Estou morrendo. *E ninguém notou.*

Ouviu a porta da frente do apartamento bater com força. Inclinou-se e desligou o abajur.

No final do longo corredor, Dominic, ainda perto da porta de entrada, estava tirando o casaco. Tinha pegado o hábito de usar uma capa de chuva bege. Era prático. Protegia-o da chuva. Entretanto, às vezes, Tess sentia, na suburbana Penge, que era quase impossível diferenciar Dominic de todos os outros passageiros do trem. *Tenho um cadastro na John Lewis*, pensou, *compro minhas formas de bolo na Lakeland, talvez eu devesse fazer o pacote completo e pintar a porta de entrada nos tons da Farrow & Ball.*

"Me desculpe, me atrasei."

"Não se atrasou", disse Tess. "Eu mesma cheguei há pouco tempo."

Dominic ainda usava seu cabelo loiro ligeiramente comprido. Tinha que ficar balançando a cabeça, para tirá-lo dos olhos. Colocou seu guarda-chuva fechado perto do radiador, e sua pasta de couro marrom no chão. Disse: "Houve algum tipo de atraso nos trens. Tive que pegar outra linha."

"Ah", disse Tess.

"O jantar não vai demorar", ele disse. "O porco está na vinha d'alhos desde ontem à noite."

Se ele usasse o cabelo curto, ficaria melhor, ela pensou. *Embora ele esteja sofrendo com suas entradas. Seu pai ficou completamente careca aos quarenta.*

"Ah que bom, temos mais informações sobre casas. Alguma novidade?"

Não, pensou Tess. *Nada de novo.*

"O que você acha de uma garagem?", perguntou Dominic, voltando para o corredor com a pilha de informações dos corretores. "Essencial? Ou apenas conveniente?"

"Dominic", disse Tess.

"O quê?"

"Não."

"Não o quê?"

Tess respirou fundo: "Não quero morar em Beckenham".

Dominic levantou os olhos. "Ah, tem dó. Não podemos passar por isso de novo. É um bom investimento."

Tess balançou a cabeça.

"Então, onde você quer morar?"

Quando ela tornou a levantar os olhos, Dominic ainda estava parado ali, ainda segurando todas as ofertas de casas.

Ela disse: "Não posso continuar com isso".

"Com isso o quê?"

Tess não conseguia falar.

"A culpa é minha", disse Dominic. "Eu sabia que tinha alguma coisa errada. Você está preocupada com a hipoteca? Porque eu sei que ela cabe no nosso orçamento. Mesmo com variáveis, como desemprego. Fiz uma projeção de cinco anos em uma planilha."

Ela disse numa voz bem baixa: "Não é a hipoteca".

"Então é o casamento."

Ela balançou a cabeça.

"A gente não precisa se casar", disse Dominic. "Não reservamos nada. Era só um plano para o futuro, e nada foi orçado ainda. Nossas mães podem guardar seus vestidos de volta ao sótão."

"Dominic..."

"Eu também não quero me casar. Parece um monte de trabalheira pra nada. Só uma desculpa pra uma festa. Se você quiser continuar do jeito que a gente está, por mim tudo bem." Ele sorriu. "Vamos economizar um monte de dinheiro."

"Não é o casamento."

"Então, o que é?"

Ela olhou para ele. Dominic ficou muito pálido.

"Sinto muito", ela disse.

"Não", ele disse.

Ela não conseguia pensar em nada para dizer.

"Você não está falando sério", disse Dominic.

Em sua mente, ela podia ver confetes caindo: cartas de amor rasgadas, certidões de casamento picadas em pedacinhos minúsculos.

"Por quê?"

"Não sei."

As informações sobre as casas caíram no chão. Ele se aproximou, estendendo as mãos. "Então, tudo bem, se você não sabe, não tem nada de errado, na verdade. É só toda essa pressão. Todo o acúmulo. O que é perfeitamente compreensível. Tem durado semanas."

Ela balançou a cabeça.

"Então o que é?"

"Não sei", ela sussurrou.

"Vamos lá. Se não tem uma razão, não tem lógica."

"Preciso de um tempo."

"É só porque estamos caminhando a passos largos", disse Dominic.

"É mais do que isso."

Estavam próximos, mas separados, como se fossem imãs virados ao contrário.

"Se você precisa de um tempo, tire um tempo. Tire o tempo que precisar."

"Quero me mudar."

"Não quer."

"Quero", disse Tess.

"Mas estamos juntos há anos", disse Dominic.

Tess ficou encarando o tapete bege.

Ele disse, numa voz tão vulnerável que ela quis chorar: "Você está saindo com alguém?"

Ela balançou a cabeça.

"Tess, eu não entendo."

"Eu sei", ela disse, levantando os olhos. "Sinto muito, eu também não entendo. Só sei que não aguento mais."

Ficaram ouvindo o silêncio desanimador.

"Então, o que você vai fazer?", perguntou Dominic.

"Não sei. Morar com alguém."

"Você não precisa fazer isso."

"Preciso."

"Agora? Você está indo agora?"

Antes dessa noite, antes de abrir a boca, Tess não sabia o que ia fazer, ou quando. Contudo, ir embora, ir embora agora, parecia a única ideia sensata. Acenou com a cabeça, concordando.

"Eu saio", disse Dominic.

"Não", disse Tess. "A culpa é minha. Eu é que devo sair."

"Não quero que você vá."

"Eu sei", disse Tess, impotente.

"Por favor, Tess", disse Dominic.

Agora ela estava chorando: "Eu tenho que ir".

"Vou esperar por você."

Ela balançou a cabeça. "Não espere. Não vai fazer a menor diferença. Não vou mudar de ideia".

Doía olhar para ele. Ela se sentia como se tivesse enfiado uma faca no seu estômago, e agora, olhando a agonia no seu rosto, estava torcendo-a lentamente nas suas entranhas.

"É uma merda", disse Mo.

Eles estavam na sala de visitas bem mobiliada de George, em Greenwich Village. Uma luz delicada emanava dos espelhos antigos. Havia um aroma sutil de canela e baunilha. George, chocado, tinha aberto a porta para Mo, que foi direto para a sala de visitas, e agora estava ali, um poço de agressão acumulada, observando toda a extensão do plano aberto do andar térreo.

"É mesmo?", disse George.

"Como é que você acabou aqui?"

"Stephanie. Ela é muito bem-sucedida."

"Deve ser", disse Mo. "Você se deu bem, hein?"

"É uma sociedade", disse George.

"No cu", disse Mo. "Você vive às custas dela."

George esforçou-se para não cair na armadilha, mas fracassou. Disse, na defensiva: "Cuido da Mia".

"Quem é Mia?"

"Minha filha."

"Sua filha?"

"E da Stephanie, é claro."

Mo olhou para ele, meio rindo. "Não pensei que fosse durar, pensei o que é que ela vê nele? Mas eu estava errado. Vocês são dois pombinhos arrulhando em um *loft*."

"É uma sociedade."

"Eu sei, você já disse isso", respondeu Mo.

George, nervoso, disse: "Quer beber alguma coisa?"

"O que você tem?"

"Tudo."

"Tia Maria?"

"Não tenho certeza", disse George, franzindo o cenho.

"Ânimo, seu idiota retardado", disse Mo. "Quero uma cerveja." Ele foi até a lareira. "Então, cadê?"

"Quem?"

"Stephanie e a garotinha."

"Mia está dormindo. São dez da noite."

"E a Stephanie?"

"Provavelmente ainda está trabalhando."

"Você não sabe?"

"Não fico controlando cada movimento dela."

"Não", disse Mo. "Dá pra perceber."

"Venha tomar uma cerveja", disse George.

Três, ou possivelmente quatro cômodos haviam sido transformados em um. No meio de Manhattan, onde a maioria dos apartamentos tinha o tamanho de uma cama de solteiro, esta quantidade de espaço era de tirar o fôlego.

"Quanto custou isto aqui?", perguntou Mo.

"Você não pode perguntar isto", disse George.

"Por que não?"

"Não é uma informação pública."

Mo levantou as sobrancelhas.

George abriu o grande refrigerador prateado, pegou duas garrafas de cerveja e tirou as tampas. "E aí, o que você está fazendo aqui?"

Mo bebeu pelo menos metade da garrafa de um gole, e limpou a boca com a mão. Disse: "Estou cobrindo".

"Quem?"

"Um amigo meu. Ele disse, temos uma apresentação nos *States* e não posso ir. Quer fazer? E eu pensei, por que não?"

"Você não é mais professor?"

"Sou."

"Então, o que eles disseram quando você disse que vinha pra Nova York?"

"É uma escola particular. Eles têm umas férias compridas." Mo deu mais um gole na cerveja. "De qualquer maneira, pensei que estava mais do que na hora de dar uma checada em você."

George pareceu em guarda.

"É verdade", disse Mo. "Ninguém sabe onde você está, ou o que está fazendo. Então, pensei, bom, se ele não vem até nós, eu vou até ele."

"Estive com o Rhys, quando fui pra Londres."

"Esteve."

"Portanto, mantive contato."

"Ele disse que você não estava tocando."

"Isso tudo mudou", disse George. "E tenho ido atrás."

"De apresentações?"

"É", disse George, o que não era verdade. Ele não tinha certeza de quem ia querer ouvir o tipo de música que andava tocando agora.

Mo terminou a cerveja e entregou a garrafa vazia a George, que foi até o refrigerador e pegou mais uma.

"Então, por que você parou?", perguntou Mo.

"Ah, você sabe", disse George, abrindo a garrafa e passando-a para Mo.

"Não, não sei."

"É difícil quando você tem um filho."

É?"

George olhou para ele: "É."

Mo sorriu, como se o fato de George fazer essa declaração o divertisse. Puxou um banquinho do balcão de café da manhã, e se sentou. "E aí, você vem me ver?"

George olhou fixo. "É claro que eu não posso. Esta noite não. Mia está dormindo lá em cima."

"Então venha amanhã. Traga a mulher."

"Depende dos compromissos dela", disse George.

"Ah, tem dó, seu velho colega chega da Inglaterra e ela está ocupada demais pra ir ouvi-lo tocar?"

"Eu não disse que ela estaria, disse que poderia estar."

"Bom, então está combinado", disse Mo.

"Você está ensinando Física?"

"Por quê?"

George não conseguia encontrar uma maneira de explicar.

"Você não achava que eu tinha capacidade pra ensinar?"

"Só não consigo imaginar você fazendo isso."

"Você tem que deixar as coisas claras", disse Mo. "Você diz pra eles desde o começo: saia da linha que eu acabo com você. Daí, a coisa rola."

"Você encontra o Walter?"

Mo deu outro gole na cerveja. "Na verdade, eu nunca gostei do Walter. Muito com o rei na barriga."

"Mas era um bom saxofonista. Era uma boa banda."

Mo olhou para ele: “A melhor”.

George ouviu a porta da frente: “É a Stephanie”.

Seu coração ficou apertado quando ela entrou. Parecia cansada e tensa, seu rosto com uma expressão agressiva. Quando ela estava nesse clima, pegava os erros dele como um abutre destroçando carne podre.

“Quem é esse cara?”

“Você não se lembra de mim, querida?”, perguntou Mo.

Stephanie olhou para ele atentamente. “Ah”, disse debilmente, “da Inglaterra”.

Mo riu.

Ela lhe deu as costas. “Como está a Mia?”, perguntou a George.

“Está bem.”

“Ela estava com uma tossinha quando eu saí de manhã.”

George sacudiu a cabeça. “Não era nada.”

“Bom, estou cansada. Vou pra cama. E você?”

“Mo acabou de chegar. Vou ficar acordado mais um pouco.”

“Ele não vai ficar aqui, vai?”

George pensou: *você não poderia me humilhar mais, nem se quisesse*. Disse: “Ainda não convidei.”

“Preferia que ele não ficasse. Tenho muita coisa pra resolver neste momento.”

“Eu vou me registrar no Plaza, está bem?”, disse Mo.

“Estou falando sério, George”, ela disse. “Tenho um acordo em andamento. Preciso de completo silêncio na casa.”

“Tudo bem”, disse George. “Vá pra cama.”

Eles se encararam. Depois, Stephanie deu meia-volta e saiu da sala.

“Você se deu bem...”, disse Mo.

“Ela só está cansada”, disse George.

“Ela é sempre tão simpática?”

“Já disse. Ela está cansada. Ficamos acordados até as cinco da manhã, com a Mia, e às seis ela foi pro escritório.”

Mo estendeu sua garrafa vazia.

“Acho que a gente devia ir pra cama”, disse George.

“Você está se esquecendo. Vou tocar.”

George olhou para ele em pânico. "Você não está planejando voltar pra cá depois disso, está?"

"Pra onde mais eu iria?"

"Você não ouviu o que ela disse?"

"Eu entro sem fazer barulho."

"Não acho que você faça uma ideia de como ela vai ficar furiosa se você acordá-la."

"Não vou fazer isso", disse Mo. "Tenho anos de prática. Me dê uma chave e ela nunca vai saber. Posso entrar secretamente em qualquer casa no meio da noite. É a minha especialidade."

George deu um longo e desanimado suspiro. "Sei que vou me arrepender disso."

"Não, não vai", disse Mo.

George alcançou a prateleira acima do fogão e encontrou a chave reserva.

"Melhor ainda, venha comigo. Venha me ver tocar."

"Não posso."

"A Stephanie está aqui, agora. Ela pode prestar atenção na Mia."

"É minha obrigação tomar conta da Mia para que a Stephanie possa dormir."

Mo olhou para ele. "Vocês nem mesmo estão no mesmo quarto, estão?"

"Aqui está a chave", disse George, entregando-a a ele.

"Estão?"

"Não é da sua conta."

Mo levantou as sobrancelhas.

George disse, em desespero: "A Mia, às vezes, acorda. Eu vou dar uma olhada pra ver se ela está bem. A Stephanie fica agitada quando eu volto pra cama. Então, na maior parte das vezes eu durmo no quarto ao lado do quarto da Mia. Certo? Sem escândalo, perfeitamente normal. É o que um monte de pais que trabalham fazem".

"É mesmo?", disse Mo.

"É. Você saberia disso se tivesse filhos."

"Dormir em quartos separados?"

"Não é nada demais."

"Pra mim parece que é." Ele franziu o cenho: "E quantos anos tem a Mia?"

"Quase dois anos e meio."

"Dois anos sem sexo?"

"Sabe de uma coisa? Dá pra ver por que o Walter quis lhe dar um murro. Você não dá uma folga. Parece um cachorro com os dentes na minha perna."

"Então, tenho certeza de que você não vai me oferecer outra cerveja?"

"É."

"Quando eu voltar hoje à noite, onde é que eu durmo?"

"Escolha um sofá."

"Nenhum colchão de plumas? Sem travesseiro?"

"Você não merece essas coisas."

"Você consegue ser bem cruel com seus velhos companheiros."

Quando Mo saiu, George colocou as garrafas nos recicláveis (Stephanie detestava lixo fora do lugar) e deu uma olhada para ver se as janelas e portas estavam trancadas. Lá em cima, no primeiro andar, havia apenas uma luz mortiça; todo o resto estava no escuro. Stephanie — e George, nas raras noites em que ela o convidava — dormia no quarto grande, nos fundos da casa, com o próprio *closet*, e um banheiro com chuveiro e uma banheira à parte, com pés antigos em garras. Nessa noite, a porta do quarto estava bem fechada.

O piano também ficava nesse andar, na segunda sala de visitas que dava para a rua. Era uma disposição que funcionava bem nos finais de semana. Stephanie brincava com uma Mia desconfiada no andar de baixo (Mia via tão pouco Stephanie que não tinha muita certeza de quem ela era), e George ("Será que você poderia fechar a porta, por favor, George? Está muito barulho"), tocava no andar acima. Em noites como esta, porém, era uma disposição que não funcionava em nada.

Depois do aparecimento surpresa de Mo, George não se sentia nem um pouco cansado. Sua mente estava fazendo hora extra, repleta de lembranças da banda. Lembrou-se dos clubes por toda Londres — em Smithfield, Peckham, Hammersmith e Shoreditch. Lembrou-se do triunfo em

Paris; lembrou-se de Walter no Bar Mitzvah em Fincley, e Mo, no casamento em Dorset. Se nesta noite George pudesse se sentar ao piano e tocá-lo, isso conseguiria tê-lo acalmado. Ele poderia ter desaparecido em um transe monástico de ritmo e dissonância. Contudo, Stephanie não deveria ser incomodada. Assim, totalmente acordado, ele se dirigiu para a cama.

George subiu a segunda escada para o alto da casa, lugar que Stephanie chamava de andar infantil — o quarto de Mia virado para a rua, o banheiro dela ao lado, seu alegre e colorido quarto de brinquedos (grande o bastante para várias crianças brincarem de esconde-esconde), e, bem lá atrás, o quarto de hóspedes com duas camas de solteiro, onde George dormia na maioria das noites. Entrou de mansinho no quarto de Mia. Uma lampadazinha noturna, vermelha brilhava ao lado da cama.

George olhou para sua filha adormecida e sentiu, como sempre sentia, uma súbita onda de orgulho e o instinto de protegê-la. Lembrou-se daquela tarde, sentado com Mia em seu colo, enquanto ela batucava alegremente nas teclas do piano. *Não vou deixar que você seja como eu*, ele disse consigo mesmo. *Não vou deixar que você viva cheia de inseguranças e autoquestionamentos. Vou fazer de tudo para que você seja feliz e confiante. Embora*, pensou com tristeza, *seu verdadeiro aprendizado em autoafirmação virá de sua mãe. Ela vai ajudá-la a entender o mundo do dinheiro, das leis e dos negócios. Stephanie vai se certificar de que você não lance mão de vantagens, vá além dos seus limites, faça o impensável.*

Olhou para as faces coradas de Mia, o cacho úmido do cabelo sobre a testa. *Você nem mesmo conheceu minha filha*, ele pensou, *mas, mesmo assim, a colocou em primeiro lugar. Você disse, nenhum segredo culpado. Não quero fazer nada de que um de nós dois se arrependa. Por que não somos o tipo de pessoa que pode arrebentar a vida dos outros*. Ele se inclinou e arrumou a beirada do cobertor de Mia. *No início, fiquei pensando se aquilo seria apenas uma desculpa. Pensei que talvez ela estivesse procurando uma maneira de escapar, e essa fosse a dispensa mais simples e mais delicada em que pudera pensar. Porque, afinal, qual o sentido em jogar para o alto um relacionamento que estava tendo há mais de dez anos por algum tipo de ligação de risco comigo? Tinha acabado de me conhecer. Nem mesmo sabia quem eu era. Mas, depois, pensei no seu jeito naquela noite, e não acreditei que fosse uma desculpa. Naquela noite nós dois sabíamos. Se eu estivesse livre e ela estivesse livre, teríamos começado uma nova vida juntos. E foi por isso que a gente sentou naquele bar barulhento, que cheirava a gordura rançosa e suor envelhecido, e não conseguimos pensar em nada pra dizer. Tudo era muito batido, muito trivial. Não se pode falar de futilidades, depois de uma sentença de morte.*

George olhou para Mia respirando, sua boquinha ligeiramente aberta. *Você tinha razão*, pensou George. *Claro que tinha razão. Minha filhinha vem em primeiro lugar. E você sabia disso. Você sabia que nada justificaria dilacerar a vida dela. Mas será que eu deveria ter insistido mais?*, ele pensou, percorrendo as mesmas dúvidas miseráveis que o tinham obcecado desde que voltara de Londres. *As pessoas arrebentam vidas. Acontece o tempo todo. Casamentos acabam, pais se separam.* Pensou em sua mãe, com as mãos nos bolsos, virando o rosto para o Sol quente de Cornish. *Quando você tem a chance de ser feliz, talvez seja seu dever agarrá-la e segurá-la. Caso contrário, você não vive realmente; só conta o tempo.* E, agora, ele era novamente uma criança, sentado na grande cadeira de braços, suas pernas nuas no couro frio, ouvindo o tique-taque do relógio no corredor.

George ficou no escuro por um longo tempo. Sentou-se no chão ao lado da cama de Mia e se permitiu lembrar-se de Tess e dos seus olhos escuros, do sorriso que iluminava seu rosto. *Você fez eu me sentir mais forte. Fez com que eu visse o que era importante. Me fez voltar a me sentir eu mesmo.*

Muito mais tarde, de volta em seu quarto — o quarto de hóspedes —, George puxou a persiana, mas não estava cansado. Pegou um livro e tornou a largá-lo. Ligou seu notebook, mas resolveu não se incomodar depois que viu todos os e-mails que ele não queria ler. Depois de um tempo, chegou à conclusão de que seria uma boa ideia pegar o edredom e os travesseiros da outra cama e colocá-los no sofá vermelho da sala de visitas. Mo teria uma noite mais confortável.

Assim, no maior silêncio possível, tomando o cuidado para não bater em armários ou batentes de porta e acordar Stephanie, George juntou tudo e desceu as escadas na ponta dos pés. Na sala de visitas, arrumou o edredom no sofá. *Está com uma aparência bem convidativa*, pensou. *Não acho que o Mo teria muito do que reclamar.*

Recostou-se e pegou o controle remoto. Stephanie não aprovava assistir TV tarde da noite. "Você acorda estúpido", ela dizia. *Ela não precisa saber*, pensou George. *Quando ela acordar, estarei aqui em baixo dando café pra Mia.*

Acordou com o choro de Mia. Abrindo os olhos, viu-se esticado no sofá, deitado de costas, a boca no cabelo ruivo de Mo. Alguém tinha acendido a luz no alto. Stephanie, em sua camisola de seda creme, com Mia se debatendo nos seus braços, estava à porta, olhando-o com desprezo. Mia, gritando, fazia tal esforço para se livrar das garras da mãe, que corria o risco de cair de cabeça no chão. Desesperado para ir até Mia, mas preso nas almofadas do sofá pelo peso do corpo de Mo, George saiu de debaixo de suas costelas, e rolou de lado, para o tapete. Levantou-se com dificuldade. "Mia!", disse. "Está tudo bem, está tudo bem!"

"Tome", disse Stephanie, furiosa, empurrando a filha soluçante para seus braços.

"Que horas são?", perguntou George.

"Quatro e meia", respondeu Stephanie num tom gelado. "Tive cinco horas de sono. Não faz sentido voltar pra cama. Então, agora, por sua culpa, vou passar o dia todo completamente exausta."

"Stephanie..."

"Não dou a mínima se você quer se permitir ter casos homossexuais com escoceses estranhos e ruivos que aparecem sem ser convidados em uma terça-feira à noite, mas ficaria muito agradecida se você conseguisse se lembrar de que preciso de uma boa noite de sono pra funcionar no trabalho. Nosso acordo é que você pega a Mia no meio da noite. Então, talvez, no futuro, você leve seus casos passageiros para o quarto de hóspedes, assim dá pra ouvir nossa filha, caso ela chore."

"Stephanie..."

"Vou tomar uma ducha. Se você tiver a capacidade de fazer café, seria muito gentil."

Ela saiu rapidamente da sala. Mia, que tinha parado de chorar, olhava seu pai com olhos enormes.

"Bom, falou bem", disse Mo numa voz abafada, vinda de debaixo do edredom.

"Ah, ótimo", disse George.

"Ela é magnífica", disse Mo, rindo.

"O que você estava fazendo, deitado em cima de mim?"

"Você disse que eu tinha que dormir no sofá."

"Não tem graça", disse George.

Mia, ansiosa, pôs o dedo na boca.

"É só uma coisinha de nada", disse Mo.

"Ah, pelo amor de deus", disse George, "vá lá pra cima, No último andar. O quarto dos fundos. E leve o edredom".

Mo levantou-se. Não usava nada além de uma cueca azul-escuro, apertada demais e pequena demais. Fez uma saudação gozadora, pegou o edredom, o travesseiro e a maioria das suas roupas, e foi até a escada, deixando cair as meias no caminho.

"Alguma chance de um café completo?", perguntou na beirada da escada.

George, rilhando os dentes, foi pôr a chaleira no fogo. Mia olhou para ele com uma expressão interrogativa.

"Nós a acordamos ", disse George, "foi só isso. Ela ficou um pouco espantada".

Se pelo menos Stephanie tratasse Mia com um pouco mais de delicadeza, George pensou. Era uma criança serena. Gostava das pessoas, dividia os brinquedos e ficava encantada com todos os bichos, incluindo as aranhas. Entretanto, se pensasse que qualquer um — incluindo sua mãe — estava tentando separá-la do pai, perdia o controle. Chorava, gritava, berrava do alto dos seus pulmões. Tolerava a babá. De alguma maneira estava claro, para todos os envolvidos, que aquele era um arranjo profissional, e Mia tinha sua dignidade. Se aquilo era importante para seu pai, ela cedia graciosamente. Contudo, separações inesperadas aterrorizavam-na. Diante da perspectiva de perder George, ela abafava qualquer interação adulta com lamentos de estourar os tímpanos.

Às vezes, George pensava, com muita tristeza, que Mia via as fissuras em seu relacionamento com a mãe, e ficava ansiosa por declarar sua lealdade. Manifestava abertamente sua opinião. Todos os dias, ele explicava a Mia que mamãe tinha que sair para trabalhar, para ajudar pessoas. É claro que ela preferiria ficar em casa com a Mia, mas não podia, tinha que ir para o escritório. Mia franzia a testa e concordava, mas não parecia acreditar nele. Afinal de contas, Stephanie ficava logo entediada com Mia. Nos finais de semana, logo depois de gritar ao pé da escada para George fechar a porta por causa do barulho que fazia ao tocar, ela berrava: "George! Venha dar uma olhada na Mia! Tenho que atender este telefonema!"

Se George e Mia sorriam um para o outro em mútua adoração, Stephanie, excluída, ficava olhando.

Depois de Stephanie ter saído para trabalhar, George e Mia tocaram e cantaram e olharam livros ilustrados até clarear o dia. Então, eles se arrumaram para ir às compras. Mia gostava particularmente da *delicatessen* italiana, onde todos faziam a maior festa para ela. Foram nos balanços e deram comida pros passarinhos. Quando voltaram para casa, ao meio-dia, os olhos de Mia estavam se fechando. Afinal de contas, o dia tinha começado muito cedo. George tirou-a do carrinho e se sentou com ela no sofá vermelho para dar uma olhada no jornal — Mia gostava de fingir que podia ler jornal. Quando George tornou a baixar os olhos, ela dormia profundamente.

George reclinou a cabeça de encontro ao sofá. O ruído de uma tosse prolongada despertou-o.

"Me desculpe", disse Mo, num sussurro alto. Vestia uma camiseta que parecia com uma de George.

George se esforçou para entrar no foco, em meio a uma bruma de sono. "Que horas são?"

"Cerca de duas horas."

Com muita delicadeza, George tirou o braço de sob o corpo adormecido de Mia, e a reposicionou nas almofadas. Levou o dedo aos lábios. Mo concordou. Nenhum dos dois falou até terem percorrido de mansinho a extensão da casa, passando pela grande e polida mesa de jantar, e chegando à área da cozinha, nos fundos.

George espreguiçou-se e bocejou. "Quer comer alguma coisa?"

"O que tem?", perguntou Mo, tirando um pacote de cigarros.

George olhou horrorizado: "Você não pode fazer isto aqui. Ela detesta o cheiro de cigarro".

"Então, do que ela gosta?"

"O que você quer dizer, do que ela gosta?"

Mo deu de ombros: "Só estava imaginando o que a faz sorrir".

George pensou nisso. Ficou ligeiramente desconcertado ao perceber que não conseguia pensar em nada.

À tarde, quando Mia tinha novamente acordado, os três foram dar uma volta em Greenwich Village. O Sol estava brilhando, e George se sentiu leve. Viu algumas lojas que vendiam roupas *vintage* e pensou em Tess. Quando Mia ficou cansada e irritada, Mo distraiu-a fazendo caretas absurdas até ela rir. Depois, novamente em casa, George e Mia tocaram piano, enquanto Mo improvisava uma bateria com assadeiras de bolo e dois hashis. Mia ficou encantada. Parava a todo momento para bater palmas.

George tocou para Mo o começo de uma peça em que estava trabalhando. Era algo que andava girando na sua cabeça desde a última noite com Tess. Mo escutou em profunda concentração. No final, aprovou: "É boa", ele disse.

"Não está pronta."

Mo olhou-o atentamente. "É triste. No que você estava pensando quando a criou?"

No entanto, George não lhe disse.

Muito mais tarde, depois do lanche de Mia, Mo falou: "E aí, você vem hoje à noite?"

"Eu gostaria, mas não posso deixar a Mia."

"É um bom lugar. Eu poderia apresentá-lo."

George balançou a cabeça.

"Arrume uma babá."

"Não acho que a Stephanie gostaria disso."

"Pergunte pra ela. Ligue pra ela no trabalho."

"Não quero incomodá-la."

Houve uma pausa. Mo disse: "Isso não é vida, é?"

George sentiu uma onda de irritação. "É o que acontece quando se tem filhos".

"Não ponha a culpa na Mia", disse Mo. "Não tem nada a ver com ela. Se você não tomar cuidado, um dia você acorda e está tudo terminado."

"Eu sei", disse George arrasado.

"Você está como um cachorro numa guia", disse Mo. "Um pequinês pequenininho na bolsa dela. O bichinho de estimação de Stephanie. Ela o comprou, alimentou, e arrancou seus culhões."

George levantou-se.

"Você sabe que tenho razão", disse Mo.

"Isso se chama acordo", disse George, cansado.

"isso não é acordo, é rendição."

"Não consigo acreditar", disse Kirsty.

"Nem eu", disse Tess.

"E você não sabe o que a levou a fazer isso?"

Tess balançou a cabeça.

Elas estavam sentadas na casa de Kirsty, em Kennington. Havia caixas de mudança por todo lado. Kirsty estava se mudando. Rafael estava voltando.

"Posso ficar aqui esta noite, de novo?"

"Claro que pode", disse Kirsty.

Na noite anterior, Tess tinha aparecido às dez da noite, com rímel escorrido, descendo pelo rosto, agarrada a uma sacola de mão e um vestido de noite de seda vermelha (Norman Hartnell, 1948).

"Qual é a desse vestido?" Kirsty perguntou.

"Não sei", respondeu Tess, mas era uma coisa que a fazia lembrar-se de quem ela era, um cobertorzinho de infância, ou talvez uma flâmula.

"Rafael não vai se importar?"

"Você sabe como ele é", disse Kirsty, "adora um drama. Se você acabou de se separar do seu namorado, ele vai ficar desesperado pra mantê-la aqui".

"Não tenho ideia do que vou fazer", disse Tess.

"Venha pra Paris."

Tess prendeu a respiração: "Paris?"

"Por que não?"

Tess viu a Torre Eiffel, o Louvre, os mercados de pulgas.

"Bom, pra começo de conversa", disse Tess, "não consigo imaginar Philippe me querendo ali".

"Não é da conta dele", disse Kirsty.

"Obrigada, mas não posso."

"Por quê?", perguntou Kirsty. "A vida está fechando uma porta. Venha e abra uma nova com um chute."

"Uma porção de razões. Pra começo de conversa, o meu trabalho."

"Ah, a merda da Daisy Greenleaf", disse Kirsty.

Tess pensou, *ela tem razão. Afinal de contas, a Daisy Greenleaf nem mesmo existe.*

Contudo, naquele exato momento, Tess sentiu que lidar com reclamações sobre bloquinhos tremendamente roxos era a única coisa no mundo total e profundamente segura.

Todos os anos, o patrão de Stephanie organizava uma festa de verão em sua segunda casa, nos Hamptons. A casa era magnífica, construída em uma extensão majestosa de onde se avistava o mar. Todos os empregados do escritório de advocacia eram convidados, juntamente com os cônjuges e os filhos. Havia música e dança no grande pavilhão branco, e bandas ao vivo em um palco central. Ao lado da piscina, junto às espreguiçadeiras, ficavam pilhas de toalhas macias cor-de-rosa. Para as crianças, palhaços de nariz vermelho, e mágicos em mantos estrelados, uma caça ao tesouro e uma disputa de tênis. Garçons com luvas brancas ofereciam aperitivos, e mesas armadas em cavaletes ficavam abarrotadas com um bufê impressionante que incluía moluscos e crustáceos, cascatas de frutas tropicais, e sobremesas cobertas com algodão doce. Todos os tipos de drinques estavam à disposição — champanhe, vinho branco, e coquetéis retrô, incluindo Manhattans, Mint Juleps e Long Island Iced Tea.

Era luxuoso, ostensivo, ligeiramente vulgar, e uma tortura, por tudo que aquilo implicava. Ninguém podia beber, porque voltariam guiando e porque tinham medo do que poderiam dizer, caso soltassem a língua com os efeitos do álcool. Ninguém podia comer, porque tinham eliminado as proteínas, o trigo e os laticínios, e estavam tentando sobreviver numa dieta de quinoa fervida. Ninguém podia relaxar para não se arriscar a perder um comentário ferino, ou perder a pose perante os holofotes; no caso de alguns de seus filhos fazerem manha, malcriação, ou tomarem tanto sorvete de chocolate que acabassem vomitando nos arbustos, seria pior ainda.

George disse: "Você quer ir?"

Stephanie disse: "Não seja estúpido".

Dos três, quem mais sofria era Mia, porque Stephanie tentava mostrar quanto era maternal, sufocando sua filhinha com uma atenção indesejada. George ficava logo atrás do ombro de Stephanie, para poder acalmar Mia com seus sorrisos.

"Ela é uma coisinha muito séria, não é?" tinha dito a esposa de um sócio sênior no ano anterior, com uma expressão de susto quando Mia a encarou com um olhar sinistro.

"Observadora", disse Stephanie.

Neste ano, como Mia tinha quase três anos e conseguia reclamar sobre qualquer coisa de que não gostasse (especialmente quando aquilo envolvia sua mãe), Stephanie reconheceu ser improvável que seu comportamento costumeiro de devoção altruísta funcionasse.

"Tem uma creche pros pequenos", ela disse, quando eles chegaram aos portões de ferro batido da entrada.

"Não acho que Mia vá gostar disso", disse George.

Stephanie olhou-o com irritação. "Pouco me importa se ela gosta ou não", disse. "Nós dois temos um trabalho a fazer. Tenho que dar uma circulada e conversar com todo mundo. Você tem que arrumar alguns alunos novos."

Ah, pensou George com o coração apertado, *então é por isso que estou aqui.*

George levou Mia até a creche. Ele se abaixou para que os olhos deles ficassem na mesma altura. Disse: "Dá pra você fazer isto?"

Ela olhou para ele com gravidade e concordou. Ele sorriu.

Ela vai se divertir muito mais ali do que eu aqui fora, ele pensou, enquanto voltava para o lugar onde Stephanie o esperava com impaciência.

Depois do inevitável aperto de mão com o patrão de Stephanie ("Você se lembra do meu marido, George, não é Larry? Um pianista clássico, que no momento ensina para vários filhos dos nossos colegas"), George e Stephanie se separaram. Ou melhor, Stephanie dispensou-o com uma expressão furiosa, sibilando: "Pelo amor de Deus, circule!" antes de se virar e exibir um sorriso iluminado para um homem magro de camisa havaiana.

"Você é o George?", perguntou uma loira de vestido amarelo, que parecia ter muitas anáguas. Seus dentes eram grandes, muito alinhados, reluzindo brancura à luz do Sol.

"Sou."

"Você ensina piano?", ela perguntou, como se essa fosse uma ideia inusitada, como esculpir berinjelas ou treinar mosquitos. "Pra crianças?"

George, hipnotizado por sua dentição, ficou com o olhar fixo.

Ela chegou mais perto. Dava para ele sentir sua respiração em seu rosto. "Crianças pequenas?" Ela abaixou a voz "Com problemas de agressividade?"

No bar, George pediu um copo de água. "De onde você é?", perguntou um homem de rosto avermelhado, numa bermuda *baggy*.

"Inglaterra", respondeu George.

"É mesmo? Estive lá no outono passado."

"Em que parte?", perguntou George com delicadeza.

O homem franziu o cenho: "Edimburgo?"

George vagou perto da creche por um tempo, tentando dar uma olhada em Mia pela janela. Por fim, conseguiu avistá-la quando pintavam seu rosto. Tinha sido transformada em um tigre, com listas laranja, brancas e pretas.

Lá fora, uma nova banda subia ao palco. Quando George viu um saxofone e um contrabaixo, aproximou-se. O teclado e a bateria já estavam em posição. George achou uma cadeira branca de madeira, enfeitada com flores de papel rosa, que rangeu quando ele se sentou. Os músicos estavam se aprontando para começar. Quando ele os viu se comunicando pelos olhos, teve um surto de nostalgia. *Não tenho amigos aqui em Nova York*, pensou. *Estou isolado, à deriva. Não tem ninguém com quem eu possa conversar sobre assuntos que acho importantes.*

A um sinal do saxofonista, a banda começou a tocar. Era boa. Tocavam bem. Pareciam casualmente sofisticados, também — de preto, óculos escuros, ternos bem cortados. Estavam tocando clássicos do jazz de maneira convencional — *Freddie Freeloader*, de Miles Davis, *St. Thomas*, de Sonny Rollins, *My Favourite Things*, de John Coltrane. Também tocaram algumas coisas de Thelonious Monk — *Sweet and Lovely*, *Crepuscule with Nellie*, *Blue Monk*.

E então, a banda começou com *Ruby My Dear*, de Monk — uma música que ele sempre tinha adorado — e quando ressoaram os primeiros acordes, George ficou subitamente gelado. A sensação veio do nada, correndo por sua pele como água estupidamente gelada. De repente, soube para onde levá-la. Soube que, se estivesse sentado ao teclado, mudaria o ritmo e as escalas. Podia ouvir cada nota, executada, perfeitamente. Viu-se procurando por Stephanie. Queria correr até ela e dizer: "Temos que ir. Temos que pegar a Mia e ir. Preciso ir pra casa", porque, mais do que tudo, queria estar sentado ao piano em Greenwich Village, na sala de visitas que tinham no primeiro andar, tocando e experimentando até poder sentir sob os dedos tudo que tinha acabado de ouvir em sua mente. E então, seu coração começou a bater mais depressa, sua testa cobriu-se de suor, começou a ter dificuldade para respirar. Porque sabia, com a certeza de quem sente as mãos amarradas às suas costas e os tornozelos às pernas da cadeira, que não estava indo para lugar nenhum. Aquela era a festa de verão do patrão de Stephanie. Para ela, ir embora seria um suicídio profissional. Para ele, sair antes dela provocaria levantamento de sobrancelhas e fofocas indesejadas. Ficou preso.

Eles terminaram *Ruby My Dear*. O tecladista levantou-se. Os convidados aplaudiram sem entusiasmo — aplauso educado — porque é isso o que se faz quando os músicos param. O contrabaixista afastou o instrumento, fazendo com que os dois voltassem a ser entes distintos.

Ele não sabia que faria isso. "Eu juro", disse para Stephanie mais tarde, "que não tinha ideia. Juro que não tinha ideia". George levantou-se e subiu correndo os três degraus até o palco. Disse para o tecladista: "Posso?"

O tecladista pareceu achar divertido. "Claro", ele disse. O contrabaixista, hesitante, olhou para trás. Por favor, disse George com o olhar, me acompanhe. Inclinou-se sobre o teclado. Fez uma escala de quatro oitavas descendo até o si bemol baixo. Depois começou a tocar.

Passou um bom tempo até que George voltasse a levantar os olhos. Suas mãos estavam paradas. Tinha acabado, mas sua respiração estava acelerada e curta, como se tivesse corrido. Não tinha ideia de quanto tempo havia tocado. Tomara consciência, de tempos em tempos, dos outros músicos incentivando-o. Agora, percebia que o baterista estava coberto de suor. O contrabaixista sorria de orelha a orelha. *Conseguimos*, pensou George. *Tocamos. Eles sabiam o que eu queria e foram em frente.* George sentia-se zonzo, esfuziante, exausto. Pensou: *este era o som que eu estava buscando. Este era o som que eu queria.*

Foi somente então, nesse exato momento, que George percebeu o silêncio dos presentes. Olhou à direita, e lá estavam eles, de boca aberta, horrorizados, como uma multiplicação d'*O Grito*, de Munch. Quase parecia que uma das mulheres estava chorando. George sentiu os primeiros sinais de desconforto. Ninguém aplaudiu. Ninguém disse uma palavra. Eles não teriam ficado mais chocados se ele tivesse cortado pedaços do próprio corpo com um cutelo, deixando o sangue espirrar no palco.

E então viu Stephanie. Sempre a tinha considerado bonita, mas parecia que tinham sugado toda sua vida. Ficou ali balançando pra lá e pra cá, como um zumbi em um filme de terror.

"Alguém disse que ele era inglês?" comentou alguém.

Tess estava sentada com sua mãe à mesa da cozinha, em Kent. À volta delas tudo estava um caos, como de costume — as portas do guarda-louça escancaradas, a máquina de lavar meio esvaziada, jornais saiam para fora da cesta de reciclagem. Entretanto, dessa vez a mãe de Tess estava completamente imóvel. Estava sentada de frente para Tess, com o rosto branco pelo choque.

"Acabou?", ela disse.

Tess assentiu. “Estou na casa do Rafael, um amigo da Kirsty”.

“Mas e o apartamento?”

“Vamos vender. E dividir o dinheiro em dois.”

“Ah”, disse a mãe.

“Sinto muito”, disse Tess. “Só achei que você deveria saber.”

“Tem alguém mais?”

Tess balançou a cabeça. Porque não tinha. George tinha voltado para sua casa em Nova York;

“Nem pra ele?”

“Não”, disse Tess.

Sua mãe encostou-se para trás, com as duas mãos no colo. “Então, o que aconteceu?”

“Eu não queria me mudar para Beckenham.”

Sua mãe concordou com um aceno, como se fosse uma resposta perfeitamente sensata.

Depois de um tempo, Tess disse: “Quero dizer, tinham mais coisas, além disso, é óbvio. Mas foi alguma coisa em relação à mudança que me fez pensar que eu, na verdade, não queria aquilo.”

Sua mãe não parecia estar ouvindo. Disse: “Eu nunca gostei de Beckenham, de fato”. Depois de uma pausa, ela disse: “Também nunca gostei do Dominic”.

Tess ficou com os olhos arregalados. “O quê?”

“Ele sempre me pareceu um pouco chato.”

“Chato?”

“Eu sei que a gente não deve dizer esse tipo de coisas, no caso de as pessoas voltarem, mas nunca entendi muito bem o que foi que você viu nele.”

Tess abriu a boca para defendê-lo, mas sua mãe disse: “E eu sempre me preocupei de que ele estivesse provocando o pior em você. Você sempre foi muito séria, sabe? Gosta de tudo arrumado e organizado. Mas sempre existiu um outro lado seu que é alegre e feliz. E eu achava que ele estava forçando com aquele apartamento. Achava que ele estava lhe fazendo velha antes da hora.”

Tess disse, magoada: “Você nunca disse nada”.

"Claro que não", falou sua mãe. "Como é que eu ia dizer? Tudo que a gente pode fazer quando nossa filha traz um namorado pra casa é recebê-lo de braços abertos."

Ah, pensou Tess com tristeza, *é assim que funciona?*

"As pessoas nunca dizem isso, mas um bom relacionamento é isso, na verdade", disse sua mãe, pensativa. "É fazer o outro rir, mesmo quando a vida o acerta no queixo. É disso que eu mais sinto falta no seu pai. A gente vivia rindo."

Mas ele não pagava as contas. Deixou uma bagunça financeira que te fez chorar.

"Ele não era perfeito", disse sua mãe. "Não é isso que estou dizendo. Mas fez do mundo um lugar melhor pra morar. E é isso que eu quero pra você. Quero lhe ver sorrindo de novo."

"Eu não andava sorrindo?"

"Não durante uns dez anos", respondeu sua mãe.

"George", disse Stephanie, "não tenho muito tempo".

"Não", disse George, comprimindo o celular. Detestava os telefonemas de Stephanie. Sempre pareciam uma inquisição.

"Soube que você não está mais dando aulas para o William."

"É", disse George.

"Por quê?"

"Não sei muito bem."

"Você não perguntou?"

"A empregada chegou com um bilhete: William quer desistir."

Houve um silêncio.

"Ele arrumou outro professor. Seu pai me contou hoje."

O silêncio foi mais prolongado.

"Foi bem constrangedor", disse Stephanie.

George não conseguiu pensar em uma resposta adequada.

"George", disse Stephanie amansando a voz, "estou preocupada com você".

Esta preocupação incomum com seu bem-estar era tão chocante que ele sentiu uma pontada de alerta.

“Acho que você deveria ir consultar o doutor Mishkin.”

“Estou bem.”

“Acho que você está deprimido.”

“Por não dar aula pro William?”

“Porque você só está vagando pela casa, sem fazer nada.”

“Toco o tempo todo”, respondeu George.

“Esta não é uma opção profissional.”

Poderia ser, pensou George, *se, pelo menos, você me deixasse sair à noite.*

“Acho que os antidepressivos poderiam fazer uma bruta diferença”, disse Stephanie. “só pra tirá-lo dessa.”

“Me tirar dessa?”

“Marquei uma hora pra você na quarta, às quatro da tarde.”

“E a Mia?”

“Combinei com a babá.”

George ficou quieto.

“Agora tenho que desligar”, disse Stephanie. “Estou telefonando entre duas reuniões.”

“A que horas você chega em casa?”

“Tarde”, disse Stephanie, e desligou.

“Você parece muito distraída esta manhã”, disse Oliver Bankes.

Tess levantou os olhos, culpada.

“Más notícias?”

“Não”, disse Tess, pousando seu celular, “só alguns problemas domésticos”.

“Ah, sei”, disse Oliver. “Conta de água, conta de gás, cano estourado, esse tipo de coisas. É sempre surpreendente quanto tempo a gente leva para resolver o básico.” Ele levantou o dedo no ar, como se tivesse testando a direção do vento. “Dá pra você dar uma chegadinha ao meu escritório? Gosto bastante das suas opiniões sobre a nova estratégia de *marketing*. Uma grande ofensiva para a Daisy Greenleaf. Material estimulante."

"Claro", disse Tess. "Me dê dois minutos."

Quando Oliver desapareceu em seu minúsculo cubículo de vidro, Tess olhou contornando seu monitor.

"Helen?"

Sua assistente levantou os olhos, grandes, apavorados.

"Você tem bastante coisa pra fazer, enquanto eu vou para uma reunião com o senhor Bankes?"

Helen concordou com a cabeça.

"Vou lhe dizer uma coisa", disse Tess. "Acho que você está se saindo tão bem com os choramingas e os exagerados, que talvez esteja na hora de ir para os mentirosos."

Helen tremeu com a excitação das novas honrarias.

Tess voltou a olhar para a mensagem de Dominic. Dizia: *Preciso separar as coisas do apartamento. Roupas* vintage*?*

Talvez tenha chegado a hora de vender todas, pensou Tess. *Passar uma borracha em tudo e seguir em frente.*

A pior coisa em sacrificar a sua felicidade para honrar seu compromisso com a pessoa com quem você casou, pensou George, *é que você espera que ela se sinta agradecida. O que é ridículo, é claro. Em primeiro lugar, Stephanie nunca se mostrou grata por nada, exceto, talvez, quando fui correndo até o tintureiro especializado apanhar um vestido social preto bordado com cristais, segundos antes de eles fecharem. Em segundo lugar, Stephanie não sabe que eu a deixaria se Mia não existisse. Em terceiro lugar, não vejo mais a Stephanie. Ou ela está no trabalho, ou na cama com a porta fechada. Portanto, demonstrar-me qualquer tipo de emoção — felicidade, medo, tristeza, gratidão — é completamente impossível.*

George, que tinha ficado amontoando roupas na máquina de lavar, sentou-se nos calcanhares. A situação toda estava piorando. Às vezes, ele sentia que Stephanie estava empenhada em fazer com que fosse impossível ele ganhar dinheiro. Recentemente, ele tinha tornado a levantar a ideia de terem uma babá permanente. Stephanie poderia arcar com isso. Eles tinham o quarto. Era até mesmo possível que, com o passar do tempo, o dinheiro que George conseguisse ganhar com as apresentações pudesse cobrir seu salário.

"Mia não ia gostar disso", disse Stephanie.

"Se a gente entrevistasse com cuidado e encontrasse alguém de quem ela realmente gostasse, acho que ela ficaria bem", disse George.

"Eu também não gostaria", disse Stephanie. "Não quero ter que conversar com uma estranha logo de manhã."

Isso era algo com que George havia se preocupado. Stephanie não era muito boa em controlar seu humor, mesmo em situações favoráveis, mas as manhãs eram particularmente ruins. Suas palavras caíam como um corrosivo em feridas abertas. *Temos que encontrar alguém que consiga ignorar desaforos*, pensou George. *Ou talvez, uma babá experiente com pouco conhecimento de inglês?*

"Ficaria mais fácil pra gente sair", disse George. "Teria alguém pra tomar conta da casa."

"Quando é que a gente sai?", perguntou Stephanie.

"Aí é que está", disse George. "Se a gente tivesse uma babá permanente, a gente poderia sair. Poderíamos até viajar um final de semana só nós dois."

Stephanie olhou-o com tal ar de incredulidade que George sentiu-se ridículo.

"Acho que estamos bem deste jeito", ela disse. "Afinal de contas, o ideal é ter um dos pais cuidando da criança."

"Stephanie..."

"George, acho que poderíamos parar por aqui. Já esgotamos todas as possibilidades de discussão."

Quando ela se virou, George teve vontade de mostrar a língua para suas costas esguias. No entanto, isso, é claro, só comprovaria o que Stephanie sempre dizia: que ele estava se comportando essencialmente como uma criança.

Foi por estar tão preocupado com Mia e com a sua música, que George não havia realmente notado quão raramente via Stephanie. Até que, uma manhã, ela entrou em casa no momento em que ele e Mia tomavam café, e ele percebeu, com certa surpresa, que ela não havia passado a noite em casa.

"Você está bem?", perguntou com culpa, levantando-se.

"Ótima", disse Stephanie. "Cansada. Vou tomar uma ducha e me trocar."

"Você não vai voltar pra trabalhar?", perguntou George.

"Eu tenho que voltar."

"Mas você ficou lá a noite toda!"

"Não encrenque, George", disse Stephanie, e ele a ouviu subindo a escada apressada, com uma energia surpreendente para quem tivesse ficado vinte e quatro horas sem dormir.

O acordo em que Stephanie estava trabalhando parecia se arrastar por semanas. Até aos sábados ela ia para o escritório.

"Eles não podem esperar que você continue assim", disse George.

"Eu já disse que reclamar não ajuda."

"Só estou preocupado com você."

"Bom, não fique." Ela olhou para ele com mais atenção. "Você está tomando seus antidepressivos?"

"Estou", disse George, que não estava.

Tinha parecido mais fácil, em todos os aspectos, ir à consulta que ela havia marcado com o doutor Mishkin. O médico havia lhe feito algumas perguntas vagas, medido sua pressão, e George se viu na rua, poucos minutos depois, levando uma receita. Lamentava que Stephanie pensasse que ele estava deprimido, já que recentemente estava se sentindo melhor do que há muito tempo. Estava novamente vivo. A música permanecia em sua cabeça quando ele acordava, e ficava com ele o dia todo. Às vezes, ele se via entoando uma mudança de tom, ou batucando a superfície de madeira da cozinha com uma colher de metal, para tentar trabalhar o ritmo. Mia, encantada, juntava-se a ele. George reparou, para seu horror, que havia marcas no formato da colher por toda a tábua de carne.

George tinha muita coisa na cabeça. Assim, não achou especialmente estranho que Stephanie sempre terminasse as ligações quando ele aparecia, e, ocasionalmente, até sorrisse ao olhar para seu iPhone.

"Boas notícias?"

Ela levantou os olhos, perdida: "Não é nada."

Então, uma noite, George bateu na porta do quarto dela para dizer que Mia estava pronta para ir dormir, e perguntar se ela queria dar um boa-noite (normalmente ela não queria, mas ele sempre achava que tinha que perguntar). Encontrou Stephanie deitada de costas, numa lingerie de pequenos triângulos de renda preta, os cabelos espalhados nos lençóis vermelhos, sussurrando ao telefone.

"Ah, me desculpe."

"Você não sabe bater?", perguntou Stephanie furiosa, sentando-se num rápido movimento.

"Eu bati", disse George, olhando perplexo o sutiã com bojo, que dava a impressão de um excesso voluptuoso.

"O que você quer?"

"A Mia está pronta pra ir pra cama."

"Eu vou em um minuto, quando tiver terminado a minha ligação."

Lá embaixo, George sentou-se em uma das poltronas de couro, e rememorou as últimas semanas. Sentiu-se envergonhado por ter demorado tanto para entender. Também se sentiu cansado e velho, como se tivesse corrido uma maratona e, subitamente, percebido que todos tinham passado a linha de chegada há muito tempo.

Quando Stephanie finalmente apareceu, totalmente vestida, ele disse: "Você está tendo um caso?"

"Não seja idiota."

George respirou fundo. "Está saindo com alguém?"

"Você está?"

"O quê?"

"Você está saindo com alguém? Uma das outras mães? Escuto isso o tempo todo. Crianças brincando juntas. Flertes perto dos balanços."

"Não estou saindo com ninguém." Por um breve momento ele pensou em Tess. *Sem segredos culpados*, pensou.

Franzindo o cenho, Stephanie parecia quase decepcionada.

"Você não respondeu à pergunta", disse George.

"Não acho que você tenha o direito de perguntar."

George olhou fixamente para ela: "Somos casados. Temos uma filha".

"Ah, é", disse Stephanie, a voz ríspida de desagrado. "O pai extremoso. Você tem ideia, George, de como você ficou chato?"

Houve uma pausa.

"Quero o divórcio", disse Stephanie.

Disse isso tão friamente que ele não teve certeza de ter ouvido. "O quê?"

"Eu tentei. Tentei muito. Minha empresa prefere sua equipe sênior em relacionamentos estáveis, mas não acho que seja possível continuar mantendo esta farsa."

"E a Mia?"

"Quero que você saia", ela disse.

"E a Mia?" ele tornou a perguntar.

"Eu arrumo uma babá."

"Mas você não quer uma babá."

"Acho que você não entendeu bem. Quero o divórcio, quero que você vá embora, e quero a guarda total da Mia."

"Não faça isto", disse George.

"Não faça o quê?"

"Não comece uma briga. Temos que fazer o que for melhor pra Mia. Ela tem três anos."

"Eu sei quantos anos ela tem, George. Ela é minha filha. A meu ver, não é bom pra ela ver os pais se atacando. Uma separação definitiva é melhor em todos os sentidos."

"Não, não vou deixar você fazer isso", disse George.

"Não acho que você possa me impedir."

"Se você quer o divórcio", disse George, "tudo bem. Eu até me mudo. Mas você não pode me tirar da vida da Mia".

"Pode ser melhor pra ela."

George sacudiu a cabeça, incrédulo: "Como é que você maquinou isso? Cuido dela desde que nasceu!"

"Durante a semana, George. E ela fica com uma babá três tardes. Nos finais de semana eu assumo sozinha. Sou eu quem se levanta pra atendê-la à noite."

Ele ficou olhando fixamente para ela.

"Em minha opinião, um pai desempregado com problemas mentais não é o cuidador ideal para alguém com três anos."

George recuperou a voz. "Do que você está falando?"

"Depressão clínica."

George gritou: "Eu não tenho depressão!"

"Não acho que ajude você perder a paciência."

Cego de raiva, George respirou fundo e se obrigou a se acalmar: "Não estou deprimido".

"Se eu fosse você, George, me sentaria e pensaria em tudo com bastante cuidado. Pessoalmente, não acho que você esteja numa posição muito forte. Em nenhum sentido, mas, sem dúvida, procure se aconselhar." Ela sorriu com doçura. "Se conseguir levantar dinheiro pra um advogado."

"Chama-se *O Artista*", disse Ellie.

Elas estavam em uma lanchonete do tipo norte-americana, no Soho. Era tarde. Ellie estava falando e comendo rabanada ao mesmo tempo. Tess olhava com alguma ansiedade seu prato com carne curada. Não sentia a menor fome.

"Todo mundo está falando dele", continuou Ellie. "Vai concorrer a todos os prêmios. Kirsty assistiu e diz que vai ser um dos melhores filmes franceses de todos os tempos. Se passa na Hollywood dos anos 1920, e tem tudo o que precisa: *glamour*, estilo, humor, música, momentos fantásticos e deliciosos com o cachorro..."

"O cachorro?"

"Um Jack Russell chamado Uggie."

Tess olhou para ela: "Como é que você sabe essas coisas?"

Ellie ficou surpresa: "Sei lá. Só sei que sei". Olhou para o prato intocado de Tess. "Posso pegar um pouco das suas fritas?"

"Vá em frente."

Ellie inclinou-se e se serviu. "O engraçado é que Kirsty disse que na noite em que ela foi, algumas pessoas saíram na metade porque não tinha fala nem cor. O que é mesmo estúpido, porque era essa a intenção. Esse é o propósito da coisa toda. É mudo. Branco e preto. Não foi feito pra ser como a vida real."

Não, pensou Tess, lembrando-se do seu apartamento silencioso e vazio em Brixton. Disse: "Então, do que se trata?"

Ellie deu um gole na cerveja. "É uma história de amor."

"Ah", exclamou Tess, melancólica.

George encontrou um quarto na Avenida B. A porta era fina como papel. Um único chute seria o bastante para pô-la abaixo. Não se importou. Não tinha nada de valor. À noite, ficava deitado acordado, ouvindo discussões e gritos. Durante o dia, ia até a Biblioteca Tompkins Square, pesquisar desesperadamente tudo que pudesse sobre guarda de filhos. Largou todos os seus alunos. Afastado do piano, não podia tocá-lo, mas não sentiu falta. Parecia sem importância.

Por outro lado, sentia falta de Mia com uma urgência física que doía. Havia um buraco em seu coração. A possibilidade de ela estar chorando fazia com que fechasse os olhos de dor. A possibilidade de ela não estar chorando, de estar calada, era pior. É isso o que as crianças fazem quando perdem a esperança. Elas param de protestar, porque aprenderam que não adianta.

Dois dias depois de Stephanie tê-lo posto pra fora — ameaçou alegar que ele a estava maltratando fisicamente, caso ele não saísse — George procurou aconselhamento legal gratuito. Preencheu um formulário. Esperou durante três horas. Finalmente, uma mulher com olhos pretos e um rosto magro e branco chamou seu nome. Ele a seguiu para dentro de um cômodo pequeno, que cheirava a tinta.

"Ah", ela disse. "Vou direto ao assunto. Pelo que vejo, o ponto crucial aqui não é a guarda, mas sua situação na imigração. Seu direito de ficar nos Estados Unidos. Se o senhor e sua esposa se divorciarem, o senhor terá que ir embora."

Ele olhou para ela horrorizado. Entretanto, ela estava de costas para ele, puxando o cordão da persiana, fazendo com que a luz do Sol incidisse em sua escrivaninha em linhas brancas.

"Mas minha filha está aqui", ele disse.

Ela se voltou para encará-lo: "Não faz diferença".

"Ela nasceu aqui. É cidadã norte-americana."

"Sua esposa tem o direito de ficar, o senhor, não."

"Então, o que posso fazer?"

"Sua melhor opção é conversar com sua mulher. Aconselhamento, mediação, uma terceira parte neutra."

"Ela não vai falar comigo."

"Continue tentando." Ela se sentou, pegou uma caneta, e a rodopiou rapidamente no apoio dos seus dedos. A caneta adejava para lá e para cá, como pás de um helicóptero que não entram em funcionamento. Parecia cansada. Parecia distraída. Parecia muito jovem.

George olhou para ela com súplica nos olhos. "Não tem nada mais que a senhora possa fazer?"

"Posso explicar todas as opções com um pouco mais de detalhes", ela disse, "mas tenho que lhe prevenir. Não me parece boa coisa".

Tess estava na Marks & Spencer, em Brixton. Era sábado à tarde. Até agora, em sua cesta, ela tinha uma embalagem com cinco calcinhas, algumas meias-calças fio 40, preto opaco, e uma camiseta térmica. Não tinha muita certeza da camiseta térmica. Nunca tinha comprado uma, mas, recentemente, andava se irritando bastante ao sentir frio. Parecia idiota, na verdade, tremer durante um inverno britânico, quando havia a opção de se vestir de maneira mais sensata.

"Que cor você diria que é esta?", perguntou uma senhora idosa e gorda, com um chapéu de feltro azul.

Por um minuto, Tess ficou em dúvida sobre com quem a mulher estaria falando. "Ah", ela disse, "acho que é bege, não é?"

As duas contemplaram a roupa pendurada em uma arara diante delas. Tess não estava bem certa do que seria aquilo. Uma espécie de cardigã?

"Ando procurando alguma coisa parecida com esta há muito tempo", disse a senhora.

"É mesmo?", disse Tess. Queria desesperadamente sair de fininho e terminar suas compras, mas não pretendia ser grosseira. Provavelmente aquela pobre e simpática velhinha não tinha conversado com ninguém o dia todo. *Embora eu também não tivesse*, pensou Tess, levando um susto.

A senhora inclinou a cabeça de lado, refletindo. "Não tenho certeza. Só tem nesta cor."

"Acho que a senhora deveria levar", disse Tess, pensando que ela precisava de um pouco de incentivo. "Antes que acabe", acrescentou prestativa.

"Não sei. Será que vai cair bem em mim?"

Minha vida pode estar uma droga, pensou Tess, *mas pelo menos posso tentar fazer outras pessoas um pouco mais felizes.* "Sempre dá pra tingir*."

A senhora levantou os olhos ofendida: "Eles não recomendam dieta na minha idade, sabia?"

Às vezes, nas longas semanas que se seguiram, George pensava em voltar para casa, voltar para Londres. *Conheço Londres*, pensou. *Vou estar em terreno firme. Vou conseguir lutar.* Ficava deitado na cama sonhando com os velhos amigos, imaginando um exército do *Senhor dos Anéis*, todos que ele conhecia armados até os dentes, vindos em sua defesa. Seus sonhos de batalha eram tão vivos que acordava gritando e socando o ar, os gritos estrangulados em sua garganta. Numa das vezes até invocou seu pai.

No entanto, se as noites eram muito agitadas, as manhãs, com seu silêncio, eram piores. Com a primeira abertura cinzenta de luz, ele sabia que nada havia mudado, que não estava chegando nenhuma ajuda, que o dia era apenas mais uma pilha de lama a ser atravessada. O problema era que tinha investido muito pouco em Nova York. Não tinha amigos a quem recorrer. Às vezes, sentava-se em seu quarto frio, com o celular na mão, perguntando-se se deveria ligar para Rhys. Às vezes, até pensava se

* Aqui há um jogo de palavras na frase original. Tess diz: *You could always dye it*, onde *dye it* (tingi-lo) é confundido com *diet* (fazer dieta). (N. T.)

deveria ligar para Mo, mas o que eles poderiam fazer? Mesmo que viessem a Nova York, não havia nada de prático que pudessem oferecer. Rapidamente, pensou em telefonar para Walter. Contudo, fazia quatro ou cinco anos que não falava com ele. E ele era um advogado inglês, não norte-americano. Não saberia nada sobre vistos e imigração.

Assim, George ficava em sua cama estreita e dura, em seu quarto sujo e alugado, com os pensamentos zumbindo na cabeça como moscas batendo contra a vidraça.

Tentou gastar o mínimo possível. Sabia que seu dinheiro acabaria logo. Então, não comia com muita frequência. De qualquer modo, na maior parte do tempo não tinha fome, mas estava sempre cansado. Quando saía, logo se via sentado em um muro ou em um banco, olhando para o chão. Pensou se estaria deprimido. *Que irônico*, pensou, *que eu tenha ficado tão ofendido com a ideia de tomar antidepressivos. Se eu os tomasse agora, poderiam me ajudar a reagir.*

Todos os dias ele deixava um recado de voz para Stephanie. Dizia sempre a mesma coisa: "Por favor, podemos conversar? Tudo o que eu quero é o melhor pra Mia. Por favor, podemos conversar?" Ela nunca retornava a ligação.

Então, certa manhã, o telefone tocou. Por um momento, perplexo, ele só ficou olhando. Fazia tanto tempo que não falava com ninguém, que nem pensou em ver quem estava ligando.

"Alô?"

"George?"

Não conseguiu falar. Era como se alguém tivesse uma mão apertando a sua garganta.

"Vou direto ao assunto", disse Stephanie. "Andei repensando as coisas."

"O que você quer dizer com isso?"

"Mudei de ideia. Estou preparada pra que você veja a Mia."

"Quando?"

"Bom, acontece que eu tenho uma reunião esta tarde, e minha irmã me deixou na mão. Sei que é em cima da hora, mas fiquei pensando se você estaria livre."

George disse numa voz esganiçada: "Posso estar".

"Ótimo. Você pode vir às duas horas? A empregada abre a porta. Dá pra ser pontual? Ela vai ter que sair quase imediatamente."

"Dá."

Stephanie desligou.

George ficou ali sentado, olhando para o telefone. Não questionou nada. Se você fica numa solitária durante seis semanas e o carcereiro destranca a porta, você não pergunta por quê.

Pela primeira vez em dias, ele se barbeou adequadamente. Ficou chocado ao ver como estava magro e branco. Lavou-se o melhor que pôde na pia pequena e suja. Cortou as unhas. Achou sua última camisa limpa. Foi para Greenwich Village tão cedo, que chegou em frente à casa à uma e meia. Esperou quinze minutos. Depois, não conseguiu esperar mais.

Uma hispânica de meia-idade, com avental branco, atendeu à porta.

"Sou o pai da Mia."

Ela não disse nada. Afastou-se e o deixou entrar.

Mia estava sentada no sofá vermelho. Não se mexeu. Seus olhos ficaram enormes. George sentou-se de frente para ela. O espaço entre eles esticou-se como um deserto. Ele queria estender a mão para ela, mas não teve coragem. Tinha decepcionado-a. Tinha abandonado-a. Não tinha o direito de encostar-se nela.

"Sinto muito", ele disse. "Sinto demais."

Abaixou a cabeça, incapaz de continuar.

Então, sentiu a mão dela no seu pescoço. Puxou-a para ele, cego pelas lágrimas, seu rosto no cabelo dela, respirando seu perfume, apertando-a com força, osso com osso, carne com carne, e eles balançaram para lá e para cá, enquanto George tentava, com todas as forças, estancar o sangue da grande ferida da separação.

Fazia frio no bar em St. Pancras — lindo, mas frio. Tremendo, Tess sentou-se sob o imenso teto de vidro abobadado aguardando Kirsty, que estava vindo de Paris no Eurostar. Pensou em pedir uma taça de champanhe enquanto esperava, mas tinha uma leve preocupação com álcool em um estômago vazio. Seu dia na Daisy Greenleaf tinha sido ridiculamente atarefado. O grandioso e ambicioso plano de *marketing* de Oliver poderia ter consumido o dia todo de trabalho, ou pelo menos vinte pessoas. Contudo, a maior parte dele, como sempre, tinha ido parar na sua mesa. Tess estava começando a pensar se não era hora de conversar com ele sobre uma promoção. Ela era, sem sombra de dúvida, seu número dois nesses dias. O que isso fazia dela? Diretora administrativa? Tess sorriu. Tinha apenas trinta e três anos, e já estava dirigindo uma empresa do West End.

E, então, viu Kirsty. Todo mundo também viu Kirsty. Cabeças se viraram. O bar ficou silencioso. Kirsty usava um vestido azul-noite, com uma gola alta que se lançava em um V profundo, bem acinturado, com quatro botões verticais. O tecido, bem encorpado, balançava para lá e para cá e ia até a panturrilha. Vestia luvas na altura do cotovelo, e seu cabelo estava afastado do rosto. Como sempre, seus olhos de gata estavam realçados com um delineador preto. Os lábios eram de um vermelho vivo. Caminhava com displicência, sorrindo, e Tess ficou observando-a de boca aberta. Era como se o New Look de 1947 tivesse saído de uma vitrine de museu.

"Você gosta?", perguntou Kirsty, dando uma rápida virada de passarela, fazendo com que o vestido ondulasse antes de se acomodar junto ao quadril.

"É incrível!", disse Tess. "Onde você encontrou isso?"

"Ah, numa das lojas de roupas *vintage* de Paris."

"Não é Dior?", perguntou Tess, com dificuldade para respirar.

Kirsty riu. "Não, é uma cópia. Mas é boa".

"Muito boa", disse Tess. Esfregou o tecido. "Seda. E olhe só o drapeado no pescoço."

"Então vamos lá", disse Kirsty. "Quando é que você vem pra Paris? Você também pode ficar deste jeito."

"Duvido. Sou muito mais baixa do que você."

"Vamos tomar alguma coisa", disse Kirsty, subindo no banquinho do bar, e chamando a atenção de todos os homens. Olhou para o rosto de Tess e tornou a rir. "Você não consegue tirar os olhos, consegue?"

"É tão lindo!", disse Tess.

"Eu sabia que você estava passando tempo demais no trabalho. Você se esqueceu de como se divertir."

"É que ultimamente andei pensando que já não era obcecada pela moda *vintage*; mas sou. Como a pessoa que fez esse vestido. Elas realmente se importavam, queriam copiar cada ponto."

"Ainda dá tempo para aquela loja em Brixton."

A animação de Tess murchou. "Era só um sonho", ela disse.

"Você poderia fazê-lo virar realidade."

"Não sei." Ela baixou os olhos para seus sensatos sapatos de trabalho. A separação de Dominic tinha esgotado toda sua pouca reserva de coragem. "Talvez eu esteja velha demais."

"Velha demais?" Kirsty riu. "A vida está só começando."

Elas pediram champanhe. Kirsty contou a Tess sobre a galeria, o apartamento, as lojas parisienses, e sobre Philippe. Tinha uma óbvia adoração por ele. Tess esforçou-se para ouvir tudo o que Kirsty dizia, mas tinha a sensação de estar assistindo a um filme. Parte disso era por causa do drama arquitetônico do lugar onde estavam — o esplendor vitoriano de St. Pancras. Parte porque Kirsty estava vestida com roupas da década de 1940, o que fazia com que parecesse uma atriz de Hollywood. E era, também, porque aquela era uma história que estava chegando ao fim. Kirsty se casaria com Philippe. Ela sabia disso. A galeria seria um retumbante sucesso, eles teriam bebês franceses, e Kirsty seria feliz para sempre. Sentada no bar, Tess sentia-se como a espectadora da vida de alguém com uma história muito mais interessante. Não queria falar sobre a Daisy Greenleaf Designs. Não queria falar sobre o pequeno apartamento que alugara em Brixton. Não havia nada a dizer sobre roupas *vintage*, a não ser que sua coleção estava toda encaixotada no sótão da casa de sua mãe, em Kent.

Depois de tomar sua segunda taça de champanhe, Tess começou a se sentir deprimida. Kirsty nunca havia se deixado tolher pela precaução. Sempre tinha vivido o momento, assumido riscos e feito o que tinha vontade. *Essa é a maneira certa de viver*, pensou Tess. *Não da maneira como eu vivo. Enrodilhada como um rato do campo em um ninho de papel de seda. Até mandei embora o único homem que poderia ter me feito feliz.*

Ela voltou para o presente para ouvir Kirsty dizendo: "Tenho um pouco de fofoca. Você se lembra do Gareth?"

Tess franziu o cenho: "Gareth?"

"O irmão do Rhys. Aquele que foi embora pra América do Sul pra me esquecer."

O rosto de Tess relaxou. "Ah, o Gareth. Eu me lembro dele. Sempre gostei dele."

"Bom, ele encontrou um amigo meu no alto de uma montanha em Machu Picchu."

"Onde?"

"Naquele lugar antigo, inca, do Peru."

"Ah", disse Tess, e mais uma vez, por comparação, sentiu a extrema falta de graça da sua vida.

"E pelo que parece, a mulher do George anda falando no Facebook sobre o divórcio dela."

Tess arregalou os olhos: "O quê?"

"A mulher do George, a Stephanie."

Tess balançou a cabeça: "Não estou entendendo".

"Gareth é amigo da Stephanie no Facebook. Vai entender por quê. Não acho que ela gostasse de nenhum dos velhos amigos do George."

Tess sentiu-se como se não conseguisse respirar. "Repita pra mim, o que foi que a mulher do George disse."

"Alguma coisa sobre um divórcio. E de estar decidida a resolverem, juntos, o que for melhor para a filha. O que geralmente significa que estão brigando pela guarda."

"É."

"Tess?"

"O quê?"

"Você ficou muito pálida. Você está bem?"

"Só estou um pouco tonta", disse Tess.

"Quer que eu peça alguma coisa?"

"Quero", disse Tess. "Você pode me arrumar o telefone do George?"

É difícil quando você tranca os seus sentimentos, forçando-os para longe como se estivesse entulhando um velho e úmido armariozinho do porão com roupas velhas, porque quando você gira a chave enferrujada e puxa as linguetas emperradas, tudo voa para fora exatamente como era antes, mas mais velho, mais sujo e mais surrado. E é tão difícil lidar com aquilo como fazia antes, porque agora está escorregadio pela umidade, pelo mofo, e pela sujeira indefinida.

Tess estava tão perdida como quando George partira na primeira vez. No entanto, agora, depois de todo esse tempo, sentia que tinha ainda menos motivos para procurá-lo. A situação estava toda emaranhada e complicada, como cabelos num ralo. Fazia quase um ano que não o via. Será que ele, ao menos, se lembrava dela? Se ele se lembrasse, ia querer vê-la? Afinal de contas, se as histórias fossem verdadeiras, ele tinha acabado de passar por um divórcio. Você não sente vontade de reviver velhas histórias, quando acabou de passar por um divórcio.

Para começo de conversa, Kirsty não deu mole para Tess. "Você nunca me contou nem que gostava dele."

"Não tinha motivo. Não podia dar em nada."

"Como *Desencanto*. Muito inglês. Paixão reprimida e ombreiras."

"Kirsty, isto não está ajudando."

"Bom, você não deveria guardar segredos das suas amigas."

Mas não tinha nada pra contar, pensou Tess.

Depois que Kirsty se acalmou, prometeu ligar para Rhys — porque Tess já não via Rhys há tempos. Ele lhe deu o último número que tinha de George. Também explicou que normalmente não telefonava para ele, porque sempre entrava em contato com ele por e-mail, "mas nem pense nisso, porque o George não responde e-mails há meses. E ele nunca foi do tipo de redes sociais, foi? Nem mesmo dá uma olhada no Facebook. Agora que estou pensando nisso, Mo foi o último que, de fato, o viu, mas não disse nada sobre divórcio. Se bem que isso não me surpreenderia, porque depois que o Mo passou a noite em Nova York, Stephanie ficou louca da vida e acusou ele e George de terem um caso".

"Ele disse o quê?"

"Que eles tinham um caso", disse Kirsty, que estava telefonando da galeria em Paris. Subitamente cansada de sua imitação desabalada de Rhys, acrescentou numa voz normal: "Mas Rhys sempre foi um pouco dramático".

Assim, Tess sentou-se à sua escrivaninha na Daisy Greenleaf Designs e ficou olhando para o número que havia anotado em seu telefone, perguntando a si mesma se George teria se assumindo e estaria se esbaldando em *nightclubs gays*, ou não conseguira se assumir e estava fechado em quatro paredes, sem internet e com um *laptop* quebrado. Seria verdade que ele estava divorciado? Não conseguia suportar a ideia de ele estar lutando pela guarda de Mia — não depois da maneira como havia falado dela. Por várias vezes, encontrou seu nome e seu número, e seu polegar ficou passando sobre a tecla de chamada, mas não conseguiu ligar. Como é que você pode ligar para alguém, depois de um ano sem ver a pessoa, baseada em uma fofoca ouvida no alto de uma montanha no Peru?

Por fim — e não houve orgulho nisso — ela se sentou no sofá de seu minúsculo apartamento em Brixton, e detonou quase uma garrafa inteira de vinho tinto para ganhar coragem. Podia sentir seu coração martelando enquanto esperava que ele atendesse. Mas, então, quando abriu a boca para falar, entrou uma gravação com voz de mulher pedindo que deixasse uma mensagem. Tess hesitou, mas não disse nada. Seria a voz de Stephanie? Aquele número estaria certo?

"Foi direto prà gravação", ela disse a Kirsty ao telefone. "E é uma mulher, e eu fico achando que pode ser a Stephanie."

"Por que você simplesmente não deixa uma mensagem?"

Aquela era a solução óbvia, mas o que ela diria? "Oi, George, aqui é a Tess. Oi, George, voz do passado — você se lembra de mim, a gente se encontrou na festa da Kirsty, em Kennington? Oi George, aqui é a sua alma gêmea."

O que estou fazendo? ela sussurrou para si mesma, deitada sozinha, à noite. *Eu não o conheço, George. Não tenho ideia se alguma vez você chegou a pensar em mim.* E ficava virando o travesseiro sem parar, tentando encontrar um ponto frio, brava consigo mesma pela falta de coragem.

Cerca de uns quinze dias depois que Kirsty lhe deu o telefone de George, Tess estava sentada em seu apartamento, num sábado à tarde, terminando seu último relatório de *marketing* para a Daisy Greenleaf, quando ouviu a campainha. Apressou o botãozinho de intercomunicação e disse: “Alô?”

“Tess?”

Ela prendeu a respiração.

“Posso subir?”

Ela se olhou no espelho do corredor e ajeitou o cabelo. Esperou alguns segundos, respirou fundo, e abriu a porta. E ali, subindo a escada, sacudindo seu longo cabelo loiro para longe dos olhos, estava Dominic.

“Entre”, ela disse.

Mas depois que os dois estavam juntos no corredor, nenhum deles sabia o que fazer. Não se falavam há semanas. O apartamento fora vendido. Tinham dividido todas as suas posses. Como é que a gente fala com uma pessoa com quem compartilhou a vida por mais de dez anos, mas que agora tem menos envolvimento em seu dia a dia do que o carteiro?

“Como você está?”

“Estou bem”, disse Dominic. “E você?”

Daqui a pouco a gente vai falar sobre o tempo, pensou Tess. “Aceita uma xícara de chá?”, perguntou, partindo para a opção fácil.

“Aceito”, disse Dominic, parecendo pateticamente agradecido. “Aceito, obrigado.”

Assim, Tess levou-o até a cozinha minúscula, e ele se sentou em uma das duas cadeiras, enquanto ela punha a chaleira no fogo. Era estranho vê-lo novamente. Conseguia ser objetiva e ver que ele era mesmo bonito, apesar do nariz adunco. Muito saudável, loiro, tipo californiano. Um bom partido para qualquer menina. *Mas quando a gente estava se separando, por um tempo não conseguia ver isso. Porque nenhum homem chegava aos pés do George.*

Ela disse: “Ainda sem açúcar?”

“Sem açúcar.”

Ela encontrou duas canecas. “E aí, como você está?”

“Bem”, disse Dominic. “E você?”

“Bem”, ela disse.

A chaleira apresentou seu espetáculo costumeiro, ressoando como um exaustor enguiçado conforme sua carapaça de metal ia se esquentando.

“Na verdade, eu só estava passando”, disse Dominic.

Tess despejou água fervente nas xícaras. “Como estão seus pais?”

“Bem.”

“E sua irmã?”

“Bem, obrigado.”

Tess pescou os saquinhos de chá e os jogou no lixo. *Teria sido sempre tão ruim?* pensou. *A gente nunca tinha nada pra conversar?*

“E a sua mãe?”, perguntou Dominic.

Tess colocou as duas canecas na mesa. “Como é que você está, de verdade?”

Dominic desviou o olhar.

“É muito bom ver você”, disse Tess, “mas você podia ter telefonado. Só estou pensando por que você quis vir aqui”.

Dominic parecia incapaz de responder.

“Vai ver que você queria checar se eu tinha aumentado minha aplicação isenta de impostos.”

Dominic lançou-lhe um rápido olhar de seus olhos extremamente azuis.

“Eu estava brincando”, disse Tess.

“Ainda não entendo por que terminamos”, disse Dominic repentinamente. “Fico pensando a respeito, e não consigo nem chegar perto de um motivo. E agora que o apartamento foi vendido, ficou pior. Durante meses esperei você mudar de ideia. Eu sei que você disse que não mudaria, mas achei que tinha chance. Porque nunca houve realmente um motivo. E você não fica anos e anos com alguém e depois rompe com a pessoa do nada. Não se faz isso. Não faz nenhum sentido.”

Tess sentou-se como se sua cadeira fosse feita de vidro.

“Fiquei cismando que alguma coisa devia ter acontecido, mas não consegui descobri o que foi. Porque nada parecia ter mudado. Revi todos os motivos, pensei neles e não cheguei a uma conclusão.”

Tess experimentou o chá. Queimou sua boca.

“É uma coisa que não tem lógica”, disse Dominic.

Foi essa palavra — a palavra preferida de Dominic — que a deixou envergonhada. Não deveria ter deixado aquilo daquele jeito, sem explicação ou desculpa. Era cruel — o jeito de escapulir de um covarde. Ele merecia mais do que aquilo. Tess respirou fundo. Lentamente, e com hesitação, temendo a reação dele, mas desesperada para que entendesse, contou-lhe sobre George — como eles haviam se encontrado duas vezes e nada tinha acontecido, mas como o fato de conhecê-lo tinha feito com que percebesse que não era feliz, porque eles se encaixavam perfeitamente, como se o destino, ou a sorte quisesse que ficassem juntos. Contou a ele que tinham concordado em não se ver mais, e ele voltara para Nova York, para sua mulher e sua filha. Disse que nada daquilo fazia sentido, mas, ao mesmo tempo, era mais forte do que qualquer coisa que tivesse experimentado. Contou que se sentia solitária e triste, e que não gostava de estar sozinha, mas sentia ser mais honesto do que dividir a vida com alguém que não fosse George. E que sentia muito, muito. E esperava que Dominic encontrasse alguém que o amasse da maneira que ele merecia ser amado, sem reservas ou arrependimento.

Depois que terminou de falar, houve um longo silêncio. Dominic ficou muito triste e quieto. Finalmente, disse: "O que aconteceu com ele?"

"Não sei." Depois, Tess acrescentou apressadamente: "Corre uma fofoca de que ele largou da mulher, mas ninguém tem certeza. E ninguém consegue entrar em contato com ele."

"Largou da mulher?"

Tess assentiu.

"Então, ele está livre", disse Dominic, "e você está livre".

Sem graça, já que sua liberdade tinha sido conseguida às custas dele, Tess tornou a concordar com a cabeça. "Apesar de estar em Nova York", ela disse, tentando sorrir. "Sem responder e-mails, nem atender ao telefone."

Dominic disse: "Você tem que ir atrás dele".

Tess olhou para ele, perplexa.

"Se é assim que você se sente, você tem que ir".

"Até Nova York?"

"É."

Como não conseguisse entender como é que ele podia dizer aquilo depois de ela o ter tratado daquele jeito, depois de tê-lo abandonado e magoado, ela perguntou: "Por quê?"

"Por quê?", disse Dominic intrigado. "Porque é a única coisa lógica a ser feita."

"Portanto, estou pronta pra liberar um acesso limitado para você", disse Stephanie.

George esperou.

"Onde é que você está morando?"

Ele balançou a cabeça negativamente.

"O quê?", perguntou Stephanie.

"Não posso levar ela lá. A vizinhança não presta."

Stephanie levantou uma sobrancelha.

"É o que eu consigo pagar."

"Entendo." Stephanie respirou fundo, como se ele estivesse abusando da sua paciência de propósito. "Então, é melhor ser aqui. É claro que algumas das portas internas serão trancadas. Prefiro manter nossa vida completamente separada, mas estou disposta a ser generosa. Acesso numa base regular?"

"Sim", disse George.

"Como é que isto se encaixa com o seu trabalho?"

"Não estou mais dando aula."

Stephanie novamente demonstrou surpresa.

"Não dava", ele disse. "Não com toda esta incerteza."

Stephanie deu uma olhada no relógio. "Tenho que ir. Toda tarde? Dá pra você? Até eu voltar do trabalho?"

"Seria melhor todos os dias."

Ela estreitou os olhos. "O que você quer dizer com isto?"

"Me use como uma babá. Eu me ajeito com as horas que você quiser."

Stephanie olhou-o por um longo tempo. "O que você quer em troca?"

"Comida. E dinheiro que dê pra pagar o meu aluguel."

Ela pensou nisso. "As horas que eu quiser? Todos os dias?"

George concordou.

"Acho que provavelmente esta é uma proposta que não posso recusar", disse Stephanie. "Desde que você foi embora, a agência me mandou três babás, e todas elas eram totalmente inviáveis." Ela pegou seu casaco. "Sob a condição, é claro, que isso seja totalmente arbitrário. Se acontecer alguma coisa de que eu não goste, a coisa para por aí. Deu pra entender?"

Tess pegou um táxi na estação Pole.

"Branksome", disse.

A ida à casa de sua avó lhe trazia inúmeras lembranças de quando era criança e ia para o litoral — a grande toalha de praia cor-de-laranja, baldes cheios de conchas, sanduíches de pasta de peixe, e sorvete de morango. Seu pai sempre fazia palhaçadas, uma hora era Long John Silver, o pirata de *A Ilha do Tesouro*, noutro momento, uma lagosta fervendo. Na praia, segurando rédeas imaginárias, eles saltavam o quebra-mar. Sentados no passeio, regiam coros de gaivotas. Tess tinha embarcado em todas as suas brincadeiras, era o Robin do seu Batman, a Branca de Neve dos seus sete anões.

Sorriu. Por alguma razão, ele sempre tinha chamado sua avó de Ma. Ela não deve ter gostado disso, pensou Tess. Era muito reservada para ser chamada de Ma. E dava valor para as delicadezas sociais como tirar a casca dos sanduíches, colocar o leite em uma jarra, a geleia em uma tigelinha com uma colher de prata.

Quando o carro parou em frente à casa da sua avó, Tess se questionou, pela primeira vez, se a provocação do seu pai teria sido desrespeitosa. Talvez o fato de chamá-la de Ma tivesse sido uma maneira de colocá-la no seu devido lugar. Eles não se gostavam. Mesmo criança, ela sabia que sua avó não o aceitava. Sorria educadamente quando ele fazia palhaçadas, mas seu sorriso nunca envolvia os olhos. Na maior parte das vezes, olhava para ele com uma curiosidade intensa, mas destacada, como um cientista observando o comportamento imprevisível de um camundongo drogado.

Ao pagar o táxi, Tess viu sua avó parada na porta de entrada, minúscula, como uma margarida numa moldura gigantesca.

Na sala de visitas, a mesa já estava posta para o chá; uma toalha de renda branca, xícaras e pires pintados com rosas cor-de-rosa. Uma travessa com uma toalhinha trazia delicados *waffers* rosa, e biscoitos de amêndoa polvilhados com açúcar.

Tess disse: "Adoro vir aqui. Você faz com que eu me sinta uma princesa".

"E é como você deveria se sentir", disse a avó.

Tinha quase noventa anos, cabelos de um branco prateado, e olhos azuis esmaecidos. Movia-se com muita lentidão, agora. Andava sempre com uma bengala, mas era teimosa e não queria ir para uma casa de repouso. "Estou bem", dizia com firmeza. "Morei aqui a vida toda. Tenho ótimos amigos em Branksome, e um médico que vem sempre que preciso".

Quando jovem, parecia-se muito com Tess, baixa, cabelo escuro e sedoso — dava para ver isso em todas as fotos da sala. *Aquele era o tempo*, pensou Tess, como sempre fazia ao visitar sua avó, *em que a moda era quadris largos e cintura fina. Hoje em dia, a gente se preocupa com um traseiro gordo num jeans.*

"Vou fazer o chá", ofereceu Tess.

Na cozinha, enquanto esperava a chaleira ferver, deu uma olhada no jardim dos fundos. Quando criança, costumava ajudar seu avô com a horta. Ele fora professor de Matemática na escola secundária local, mas também era um homem profundamente prático. Tinha mão para tudo: encanamento, carpintaria, eletricidade, manutenção de carro. Até o suporte para as vagens, era um feito de engenharia. Ele costumava dizer, inclinando-se, para que ela pudesse ver a seriedade em seus olhos: "O prazer no trabalho confere perfeição ao resultado".

O que é verdade, pensou Tess. *Eu costumava encontrar minhas melhores peças de moda* vintage *—aquelas que faziam com que eu prendesse a respiração de tanto entusiasmo — quando passava horas perambulando alegremente em algum velho e empoeirado bazar de caridade*. Lembrou-se da maneira como ele dava nó num barbante, como limpava suas ferramentas de jardinagem antes de guardá-las de volta no barracão, como etiquetava as latas das tintas que sobravam com os nomes das cores e os quartos que haviam decorado. *Que coisa estranha*, pensou, *que meus avós tão equilibrados e conser-*

vadores tenham gerado uma filha tão avoada e impulsiva como a minha mãe! Talvez seja isso o que aconteça. Você se rebela contra a maneira como foi criada. Então, isso se alterna a cada geração: sensata, louca, sensata, louca. O que faz de mim sensata, pensou com tristeza.

Na sala de visitas, Tess colocou o bule no pequeno aparador, cobrindo-o com um abafador. "E aí, como vai você?"

"Acho que a pergunta é como vai você?" rebateu a avó.

Tess, que nunca tinha tido muita certeza sobre o que sua avó achava de ela morar com um homem sem ser casada, disse: "Estou bem. De verdade. Estamos muito melhor separados".

"E vocês venderam o apartamento?"

"Vendemos." Depois de um tempo, ela disse: "Sinto falta dele, às vezes, mas era a coisa certa a ser feita. Foi quando estávamos pensando em mudar para um lugar maior, que pensei: não tenho certeza de que queira fazer isso".

"Um casamento concentra a mente", disse a avó.

Embora nunca tivesse sido realmente o casamento o que a incomodara. Aquilo parecia simplesmente uma representação exigida pela mãe de Dominic. Uma desculpa para saltos altos e chapéu.

"Mas casamento às pressas, arrependimento à vista, como costumavam dizer", disse a avó.

Tess sorriu, mas especulou se ficar em dúvida por mais de uma década poderia de fato ser descrito como às pressas.

"E essa foi a única razão?"

"O quê?"

"Dúvidas em geral?"

"Foi", disse Tess. Então, repentinamente, não quis continuar mentindo. "Não."

"Achei que não", disse a avó com evidente satisfação.

Tess olhou para ela, surpresa.

"Sua mãe sabe?"

Tess sacudiu a cabeça.

"Então", disse a avó, devolvendo a xícara para o pires, com cuidado, "quem é ele?"

Tess contou a ela sobre George.

Ao terminar de falar, ficou em dúvida sobre se sua avó continuava ouvindo, porque ela estava olhando para um ponto do cômodo, algum lugar atrás de Tess, e sua cabeça estava ligeiramente inclinada para um lado, como se estivesse ouvindo um som distante. Tess terminou seu chá morno, e colocou a xícara e o pires de volta na mesa.

Sua avó disse: "Eu me lembro do meu pai me contando que alguns estudiosos dizem que o estudo de História é inútil, porque nunca haverá exatamente as mesmas pessoas, exatamente nas mesmas circunstâncias, o que faz com que não se aprenda nada com o passado".

Tess esperou.

"Mas acho que a gente aprende com o passado. Ou, pelo menos, com as pessoas que nos contam suas histórias. Assim, vou lhe contar uma coisa que me aconteceu há muito tempo. Nunca contei pra sua mãe. Não quero particularmente que ela saiba." Ela olhou para Tess aguardando uma confirmação. Tess concordou.

"Eu amei seu avô. Você sabe disso. Ele foi um bom homem."

Por um momento, ela não disse nada. Ficou apenas ali, com as mãos no colo, olhando para algum lugar que Tess não podia ver.

"Eu tinha vinte e dois anos. Fim da guerra. Estávamos cansados e famintos. Sujos. Fizemos o possível, mas não havia água quente, nem sabão. Meu pai estava lutando na França. Minha mãe estava exausta. Muitas noites atormentadas com sirenes e ataques aéreos. Uma vez eu a peguei dormindo em pé, ainda de avental, encostada na pia da cozinha. A Inglaterra estava muito deprimente. A gente ficava horas na fila. Às vezes, a gente nem sabia que fila era aquela. A praia estava interditada por arame farpado, e por toda parte havia cartazes que diziam todas as coisas que não se podia fazer. Havia horas que parecia que não se podia nem mesmo sorrir. Algumas pessoas gostavam daquilo. As que gostavam de regras e regulamentos, mas o restante de nós estava farto. Principalmente os jovens. Tudo o que a gente queria era um pouco de vida. Estávamos cansados do frio, do escuro, do medo, da comida ruim, e de tudo o que mais queríamos, que estava impedido pela guerra. Numa tarde, pedalei minha bicicleta pelo bosque de pinheiros. Era lá que eles armazenavam toda a munição. Não dava pra ver.

Não sei como é que eles faziam, mas ficava tudo completamente escondido. E se viam por toda parte os caminhões com estrelas brancas. Caminhões norte-americanos. No final da guerra, havia milhares de soldados norte-americanos em Dorset. Um grande acampamento militar. Estavam se preparando para o Dia D. A invasão da Europa. A roda da frente pegou em alguma coisa, uma pedra ou uma toca de coelho. Voei por cima do guidão. Fiquei ali, deitada, nos espetos dos pinheiros, pensando: o que foi que quebrei? Estava com medo demais pra me mexer. Eu me lembro de olhar pra cima, por entre as árvores, e que o céu estava muito azul. Então, ouvi a voz dele: 'Você está bem?' Vinha direto de um filme. Ele se agachou ao meu lado. Disse: 'Não tenha pressa'. A bicicleta estava toda torta, mas ele a endireitou. Alinhou a roda da frente, de modo que ela ficou como nova. E então, ele a deitou e me perguntou se eu conseguia ficar em pé. Nunca tinha visto um homem como aquele. Tinha um sorriso maravilhoso. Me deixou sem fôlego. Estava muito à vontade; era completamente diferente de qualquer inglês que eu conhecesse — franco, despreocupado, relaxado. Disse: 'Eu me chamo James', e estendeu a mão. Eu disse: 'Sou Iris', e ele disse; 'É um nome muito bonito', e eu me lembro de ter desejado que aquele momento durasse pra sempre. Mas, aí, ele me ajudou a me levantar, e não tinha nada de errado, nem mesmo um tornozelo torcido. Não havia desculpa pra eu não ir embora. Então, montei de volta na minha bicicleta e me pus a caminho, mas me virei e acenei, e ele acenou de volta. Alguns dias depois, arrumei um jeito de pedalar no mesmo percurso pelo bosque, e vi alguns soldados norte-americanos, mas ele, não. Não conseguia parar de pensar nele. Era como se o momento em que eu tinha caído da bicicleta fosse o final de uma vida e o começo de outra. Minha vida tinha sido insípida, mas agora eu conseguia vislumbrar alguma coisa diferente. Achei que nunca mais ia vê-lo, mas então minha amiga Jean disse que o ministro metodista tinha convidado alguns ianques para o chá, no *hall* da igreja, e se eu não queria ir. Não perguntei pra minha mãe. Ela diria não. Pensei, dez minutos. Vou ficar dez minutos. Que mal há nisso? E lá estava ele. Eu o vi assim que entrei. Ele se levantou e me deu um sorriso enorme. Era como ficar ao Sol depois de meses de chuva. Conversamos a tarde toda. Ele me contou que morava em uma fazenda na Louisiana com seus pais e duas irmãs. Conversamos sobre as palavras inglesas que ele não entendia. Contei a ele sobre meu irmão, Tommy, e como meu pai lecionava História no nível secundário, e como a minha casa estava cheia de livros sobre a Guerra Civil Inglesa. E então, eu disse pra ele: 'Você gostaria de vir conhecer a minha família? Sei que minha mãe ficaria encantada'. O que era uma mentira, era óbvio, mas ele não precisava saber. E ele respondeu: 'Ficaria honrado'. Pouco tempo depois, Jean me perguntou: 'Por que você falou isso? e eu respondi: 'Falou isso o quê?' E ela disse: 'Agora é problema seu'. Ele veio no domingo seguinte. Contei pra minha mãe que estavam pedindo pra todas as famílias locais receberem um norte-americano pro chá. Ele trouxe pêssegos em calda e chocolate pra ela, chicletes e balas pro Tommy. Sentou-se com o Tommy, no jardim, olhando todas as suas fotos de avião. Tinha a maior paciência. Parecia muito grande e forte, perto daquele garotinho magro e ossudo. Minha mãe e eu fomos pra cozinha preparar o chá. É claro que ela não se deixou enganar nem por um minuto. Disse: 'O que você está fazendo?' Eu disse: 'Eles estão do nosso lado, temos que ser simpáticos'. Ela disse: 'Não é vida pra você'. Fiquei brava. Disse: 'Só o convidei para o chá', porém, ela olhou pra mim e corei. Porque tinha razão, eu não queria que ele viesse só para o chá. E, então, ele foi se sentar na sala de visitas, e tocou piano pra nós. E também cantou. Tinha uma voz linda de tenor. Contou que já tinha tocado com Louis Armstrong uma vez. Eu disse: 'É mesmo?' E ele riu e disse: 'Iris, você não devia acreditar em tudo que um homem diz. Principalmente quando ele está querendo impressionar você'."

Houve uma pausa. Tess perguntou: "Ele era negro?"

"Ah, era", disse a avó.

Ficaram ali um tempo, deixando reviver os fantasmas do passado. A avó parecia muito cansada. Disse: "Naquela época, havia lutas raciais na América, segregação no sul. Minha mãe queria me proteger. Disse que se eu fosse embora com ele, não teria uma vida. Eu disse que não me importava. Ele tinha me deixado mais feliz do que qualquer pessoa que eu conhecesse. No entanto, no final, não fui contra ela. Quando ele me pediu em casamento, eu disse não."

"O que aconteceu com ele?"

"Não sei. ele nunca escreveu. Não tinha motivo pra isso. Por que escreveria para a garota que o tinha rejeitado?"

"E aí ele foi embora", disse Tess.

"Um ano depois, conheci seu avô. Meus pais ficaram felizes. Parecia um bom companheiro. Era professor, como meu pai. Era equilibrado e responsável, capaz de me sustentar." Ela olhou para suas mãos no colo. "Mas nunca vou saber se tomei a decisão certa", ela disse.

"Não cabia a você tomar a decisão. Sua mãe a impediu", disse Tess brava, vindo em sua defesa.

A avó olhou para ela, os olhos muito azuis. Disse: "A gente diz essas coisas, não é? Mas nunca é realmente verdade. A vida lhe pertence, não é de ninguém mais. Na maioria das vezes, a única coisa que nos impede somos nós mesmos".

Tess pensou: *é isso mesmo que acontece*? Sentiu-se envergonhada.

Sua avó inclinou-se para a frente. Tinha um ar de urgência, como se precisasse que Tess entendesse. "Não repita o mesmo erro. Seja o que for que faça, não cometa o mesmo erro que eu. Vá pra Nova York. Encontre esse rapaz e diga a ele que o ama." Fez uma pausa. "Porque, se você não for, vai ficar pensando nele pelo resto da vida."

"Que notícia maravilhosa!"

"Não é?" concordou Ellie, sua voz ao telefone soando quase histérica. "Não consigo ficar parada. Quero sair correndo pela rua, gritando."

"Editora-chefe", disse Tess. É incrível! Você tem sua própria assistente?"

"Tenho. E ganho mais dinheiro. E as despesas."

Tess, que lutava para segurar o celular e o guarda-chuva num temporal, abrigou-se sob a proteção de uma fachada. "Precisamos marcar um encontro e comemorar. Você está livre esta semana?"

"Não", disse Ellie. "Tenho compromisso todas as noites. Não pode ser depois do fim de semana?"

"Eu não vou estar aqui", disse Tess.

Houve uma pequena pausa de perplexidade.

"Você não vai..."

"Vou."

"Você vai pra Nova York?"

"Segunda de manhã."

"Não acredito!"

"Nem eu. Estou apavorada."

"O que você vai fazer quando chegar lá?"

"Tenho um endereço. Espero que seja o endereço dele."

"Sabe de uma coisa? Nunca pensei que você faria algo desse tipo. É tão fora do seu perfil!"

"Mas o mais gozado é que eu me sinto mais eu mesma do que jamais me senti em toda minha vida", afirmou Tess.

"O que o Oliver disse?"

"Não ficou muito satisfeito."

"Ele fez um drama pra liberar você?"

"É, mais ou menos isso. Eu disse que precisava de duas semanas de folga por razões pessoais urgentes. 'Posso ter uma licença não remunerada?' E ele perguntou: 'Quando?' E eu disse 'Já'. E ele disse: 'Impossível. Estamos no meio de uma campanha de *marketing*'. E eu disse: 'Então, quando posso sair?' e ele disse: 'Talvez daqui a uns dois meses'."

"E o que você fez?"

"Me demiti", disse Tess.

"Nãaao!"

"Sim."

"Você saiu da Daisy Greenleaf Designs?"

"Bom, eu nunca fui mesmo apaixonada por aquele trabalho."

O táxi estacionou em frente a um conjunto de casas altas, construídas em sequência. A rua estava quieta. As mãos de Tess tremiam tanto que as notas de vinte dólares pularam de sua bolsa e se espalharam pelo lustroso banco marrom. Seu coração estava disparado. *Tudo o que quero*, pensou, enfiando o dinheiro de volta na bolsa, *é dar meia-volta, ir para o aeroporto e voltar para casa. Não quero bater na porta do George. Não quero ficar ali, esperando para ver se ele me reconhece. Por que estou aqui? Por que voei meio mundo para ver alguém que mal conheço? O que vou fazer se ele tiver saído? Não posso deixar um recado. Não posso deixar um recado para dizer: "Oi George. Aqui é a Tess. Estava só passando por aqui." Mas é pior se ele estiver em casa. Porque aí eu vou ter que encará-lo. E não sei o que dizer. Não posso explicar.*

Talvez, ela pensou, enquanto saía do táxi com dificuldade, e ficava parada na calçada com sua mala pateticamente pequena (porque, afinal, o que você coloca numa mala, quando não sabe aonde está indo, ou quanto tempo vai ficar?), *eu devesse ser completamente direta. Talvez eu devesse dizer simplesmente: "Não sei por que estou aqui. Dominic me disse pra vir. Minha avó me disse pra vir". E deixá-lo decidir se sou agradavelmente honesta ou profundamente louca.*

Ela sabia que se esperasse demais, desistiria. Assim, enquanto o carro se afastava, um luminoso ponto amarelo desaparecendo rua abaixo, ela olhou para o número 124. Grandes degraus de pedra, providos de corrimões pretos de ferro batido, levavam para a porta de entrada. E então, lá estavam, os números se destacando em latão numa porta polida de madeira marrom.

Não posso fazer isso, pensou Tess. *Não posso fazer isso.*

Pegou sua mala e subiu a escada correndo. Parou lá no alto, sem fôlego. A distância, bem longe, ouviu o som grave de um carro de bombeiros. Contudo, aquela rua, aquela rua em especial, ladeada de árvores, estava completamente vazia. As pessoas ricas nunca saem para passear?

Tocou a campainha.

Nada aconteceu.

Nervosa, ela recuou um degrau.

Então a porta se abriu e lá estava ele, olhando para ela. Era George, o mesmo George, o homem em quem ela pensara durante meses, o homem por quem voara milhares de quilômetros, mas numa versão mais detalhada, porque o George de sua mente havia se tornado mais uma sensação, um toque, o som de uma voz, e ela havia se esquecido de que o verdadeiro George era físico e substancial, podia ocupar um espaço diante de uma porta de entrada em Manhattan. Ele ficou ali, olhando para ela, familiar e, ao mesmo tempo, estranho — mais velho, talvez, ou mais cansado — e ela sentiu um leve e alegre sobressalto de reconhecimento. Abriu a boca para dizer algo (George! George! É você!), mas as palavras não saíram. Então eles ficaram ali parados, olhando um para o outro. Tess sentiu como se o mundo pudesse parar para sempre naquele preciso momento, numa segunda-feira às duas e meia da tarde.

George segurava uma garotinha que olhava para ela com uma expressão muito séria. Ela pensou: *ele não está me reconhecendo. Não está me reconhecendo de jeito nenhum.* E seu coração ficou apertado de vergonha.

Os olhos de George arregalaram-se. Ele disse: “Tess?”, e fez um pequeno movimento, como se estivesse se preparando para vir em sua direção. Então, parou, mudando a menininha de braço.

Tess não conseguia se mexer. Estava paralisada no degrau.

Ele disse: “Mas o que você está fazendo aqui?”

Tess disse: “Me disseram que Nova York é um bom lugar para roupas *vintage*”.

George ficou com os olhos fixos. A menininha também. O tempo se esticou ao máximo, como um fio comprido de goma de mascar.

Então, ele disse: “Entre”.

Dentro, o hall estava escuro e frio. Ele disse: “Dê uma boa empurrada nela”, e a porta de entrada se fechou atrás dela com um som pesado, como se múltiplas fechaduras estivessem voltando a se encaixar. Encostada à parede, havia uma mesa semicircular, forrada de papéis e sacolas plásticas, e além dela um carrinho de bebê com uma cadeirinha roxa. Tess seguiu-o por uma porta à esquerda até um cômodo que tinha a extensão da casa. Uma luz fria e acinzentada emanava do assoalho encerado de madeira. No outro extremo, portas-balcão, cobertas por um gradeado branco de proteção — tiras de metal cruzadas no formato de losangos. O cômodo estava, ao mesmo tempo, vazio e desarrumado, como um grande armazém onde alguém tivesse despejado os produtos de um bazar de caridade. Cheirava a alguma coisa em decomposição: o coração de uma maçã, pele de galinha, ou folhas de chá preto apodrecendo no lixo.

George apontou um sofazinho vermelho. "Sente-se. Vou trazer café." Entretanto, ele não se mexeu. A menininha estava com a cabeça em seu ombro, os braços ao redor do seu pescoço. Olhava para Tess com desconfiança. Ele disse: "Mia não anda bem".

Tess olhou para a nuvem do cabelo de Mia.

"Estávamos indo para o parque", ele disse.

"Vim numa má hora?"

Ele pareceu chocado. "Não, de jeito nenhum."

Comportavam-se com educação, cada um esperando que o outro falasse.

Por fim, Tess disse: "Posso fazer o café, se você quiser".

Ele recuou como se ela o tivesse ameaçado com um bastão de beisebol. "Não, eu faço." Deu meia-volta e tentou colocar Mia em uma poltrona de couro, mas ela começou a chorar, grudando nele com braços e pernas como um macaco, e Tess se sentiu terrivelmente culpada — a intrometida, a intrusa, fazendo uma criancinha gritar de ansiedade. Ela disse: "Estou falando sério. Me mostre onde ele fica e eu faço", mas George não ouviu porque os gritos de Mia foram aumentando de volume, e ele ainda estava tentando colocá-la na poltrona. Ela continuava agarrada a ele, e seu peso o tinha dobrado em dois, puxando sua cabeça até o braço da poltrona. Os dois estavam lutando, ele e Mia, uma Hidra com muitos membros em um pequeno amontoado barulhento.

Tess ficou ali, sem saber o que fazer. Colocou a mala no chão, ao lado do sofá, e tirou seu casaco rosa-choque. George e Mia ainda estavam enrolados um no outro. Seria melhor ir embora? George gostaria que ela fosse? Tinha quase decidido ir, quando George, num súbito solavanco desajeitado, ficou de pé. Agora, ele e Mia oscilavam perigosamente próximos à mesinha de centro de vidro. Em pânico, Tess abriu os braços para ampará-los, caso caíssem, gritando acima dos uivos renovados de Mia: "Não preciso de café!" Ele, porém, ele não estava ouvindo, porque já era esforço demais manter o equilíbrio, murmurando o tempo todo, num tom baixo e insistente: "Tudo bem, Mia, tudo bem. A gente faz juntos, a gente faz juntos".

Depois de um bom tempo, ainda agarrada a ele, mas confortada gradualmente pela pressão dos seus braços e a repetição de suas palavras, Mia parou de gritar, mas continuou chorando de um jeito abandonado e derrotado. Depois, se aquietou.

O silêncio, depois de toda a barulheira, golpeou os ouvidos de Tess como o toque de um tambor. Ela disse: "Me mostre onde..." e ele disse: "Ela não anda bem..." e os dois se calaram.

O cabelo de George estava espetado. Sua camisa tinha saído de dentro da calça.

Tess disse: "Posso voltar numa outra hora", apesar de não ter nenhum lugar para ficar em Nova York.

George olhou para ela com uma expressão exausta, como se ela tivesse acabado de sugerir que fossem dar uma corrida.

A menininha respirou fundo em meio a soluços, e soltou o ar com um suspiro. Seus olhos, depois de todo aquele choro terrível, estavam se fechando.

Ele disse: "Enquanto eu estiver com ela no colo, acho que ela fica bem".

Tess disse: "Pra mim, tanto faz o café".

"A gente podia tomar chá."

Ela concordou.

"Se eu tiver algum."

Inesperadamente, ele sorriu. O coração de Tess deu uma reviravolta. Os dois ficaram ali, imóveis, a menininha semiadormecida no ombro dele.

Tess disse: "Então, esta é Mia".

George continuava sorrindo. Tess quis beijá-lo na boca.

"Não foi uma boa apresentação", ele disse.

"Quantos anos ela tem?"

"Acabou de fazer três. Sei que as pessoas sempre dizem isto, mas normalmente ela não é assim. Em geral, ela é bem alegre."

"Eu me lembro de você me contando sobre ela."

Por um rápido momento, o tempo recuou, e eles estavam de volta no apartamento de Kirsty, na festa de aniversário. Olharam um para o outro, lembrando-se.

"Ela não anda bem", ele tornou a dizer.

E você? Tess queria perguntar, *como está você? Todo mundo está preocupado com você. Rhys diz que você não tem respondido e-mails nem telefonemas há meses.* No entanto, não conseguiu pensar numa maneira de colocar a pergunta.

George virou-se desajeitadamente em direção ao final da sala, para as portas-balcão. "Tem certeza de que não quer que eu faça café?"

"Talvez um copo de água", ela disse, porque ele queria muito lhe oferecer alguma coisa.

Assim, eles deixaram a sala de estar, com seus sofás e poltronas de couro, e foram para a sala de jantar, com a grande mesa escura coberta por pilhas de jornais, roupas jogadas, e brinquedos de plástico amarelo. Agora estavam na cozinha. Havia uma pia quadrada e armários brancos com puxadores cinza de estanho, e uma bancada com um tampo de madeira gasto e lustroso pelo uso. Na parede, ladrilhos laranja e verde. *Uma cozinha rústica e rural*, pensou Tess, *numa das cidades mais caras do mundo.*

"Me desculpe pela bagunça", disse George. "A empregada foi embora. Houve uma discussão." Ele se calou, sem graça. Disse: "Tem água filtrada na jarra".

"Eu pego. Você está com as mãos ocupadas."

Observando-a, ainda segurando a filha adormecida, George recostou-se na projeção de uma parede — onde houvera um batente de porta, antes que fosse tudo derrubado para uma vida confortável de família — e disse: "E aí, quanto tempo você vai ficar?"

Tess encontrou um copo comprido no escorredor de madeira e o encheu de água. Disse: "Ainda não sei".

Fez-se um silêncio vazio.

"É algum feriado?" ele perguntou.

Ela podia sentir os olhos dele em suas costas. "Mais ou menos."

"Não é trabalho?"

"Não." Ela se virou. "Saí do emprego."

Ele pareceu surpreso.

"Foi uma boa coisa. Não tinha nada a ver comigo."

Ele concordou. "Você está procurando alguma outra coisa?"

"Estou."

Ele disse, hesitante: "Você poderia vir pra Nova York. Tentar alguma coisa diferente."

O coração dela deu um salto. Queria contar a George que havia se separado de Dominic, mas ninguém nunca disse que era uma boa coisa ficar nua e se oferecer como um presente, toda amarrada com uma fita vermelha. Portanto, só ficou ali, olhando para ele, muda, e tudo ficou mais complicado, como um lugar cheio de becos sem saída, com consertos, barreiras, e lâmpadas públicas quebradas.

Ele disse: "Espere um pouco". Afastou-se dela, de volta para a sala de estar na parte da frente da casa. Ela observou enquanto ele parava ao lado do sofá vermelho na *baywindow*, e com muita delicadeza começava a baixar Mia para colocá-la sobre as gordas almofadas de penas. Tess prendeu a respiração. Talvez ele estivesse colocando Mia ali para poder se concentrar no que diria em seguida. Ela esperava que fosse isso. Queria que ele se concentrasse no que diria em seguida.

Mas não funcionou. Mia acordou. Despertada subitamente, sentiu essa nova traição com intensidade. Começou a chorar com grandes uivos de desespero. Agora parecia que o som reverberando por todo o grande cômodo vazio era mais alto do que antes. Tess sentiu que aquilo tinha se tornado parte dela, tinha irrompido em sua cabeça como um vendaval. Pousou seu copo d'água. Foi até a *bay window*. Lá fora, o céu tinha escurecido para um tom lilás. Ela disse: "Volto quando Mia estiver se sentindo melhor".

"É", ele disse, distraído.

E, então, ela disse — sem saber o motivo, porque não planejava dizê-lo, não queria dizê-lo, não teria sonhado em dizer aquilo daquele jeito, sem preâmbulo nem aviso — "Você deixou a sua mulher?".

"Não", ele disse.

O choro ficou mais alto.

Ele disse: "Normalmente ela não é assim".

Tess pegou sua mala e seu casaco rosa-choque. Os gritos de Mia estavam dentro de sua cabeça, esfregando-a como uma esponja abrasiva.

"Acho melhor eu ir embora".

O rosto dele estava todo vincado de ansiedade. "O quê?"

Na porta da entrada ela o ouviu chamando seu nome, mas não parou. Estava começando a chover.

Foi tudo tão rápido, pensou George. *Me preparava pra dizer: "Não, espere, ela está cansada, vai pegar no sono já, já", porém, ela já tinha ido embora. Gritei: "Tess!" por cima do choro da Mia, contudo, ela não voltou. A porta da frente se fechou com força. Fiquei ali, segurando a Mia, minha cabeça encostada na dela, e então, de uma hora pra outra, ela adormeceu. Fechei os olhos. Não dava pra acreditar. Tess tinha estado a poucos metros de mim, na casa da Stephanie, em Nova York. Tess. E eu deixei que ela se fosse.*

George sentiu um ímpeto de raiva contra Mia. Um choro idiota, sem sentido. Depois, ficou bravo consigo mesmo porque culpar uma criança de três anos também era idiota. Contudo, agora que o choro tinha parado, conseguia pensar com clareza. Relembrou a conversa. O que foi que eu disse? Tudo o que conseguia lembrar era o lamento em altos brados de Mia. Entretanto, ele sabia, com uma acachapante certeza, que devia ter dito a coisa errada. Por que outro motivo ela teria ido embora? Ele tinha espetado suas esperanças, trinchado a possibilidade de um entendimento frágil. Sentiu-se mareado ao perceber a própria estupidez. Tinha que encontrar Tess. Tinha que localizá-la, fazer com que voltasse.

Procurou por seu celular. Levou cinco minutos para encontrá-lo. Alguma *coisa acontece quando cuido da Mia*, pensou George, *que me faz perder coisas o tempo todo.*

Não podia se arriscar a deitar Mia, mesmo que seu braço esquerdo estivesse dolorido por causa do peso.

Telefonou primeiro para Rhys.

Houve uma espécie de rugido no telefone. "Onde, diabos, está você?"

"Manhattan."

"Por onde tem andado?"

George, porém, não queria falar sobre isso agora. Disse: "Ouça, você tem o telefone da Kirsty?"

"Kirsty?"

"Kirsty. A Kirsty, de Brixton."

Houve uma pausa. Então, Rhys disse: "Vou mandar em mensagem de texto".

"Obrigado."

"Você vai me dizer o que está acontecendo?"

George disse: "Numa outra hora. Eu ligo, mas agora preciso desligar". Quase que dava para ele ouvir o espanto pelo telefone.

Alguns minutos depois, recebeu a mensagem de Rhys, com o número de Kirsty. Dizia: "Ligue pra mim, seu puto".

George respirou fundo. Kirsty respondeu quase imediatamente. Na mesma hora, ele fez uma imagem dela em sua cabeça — o cabelo longo e preto, a sobrancelha levantada, a expressão ligeiramente gozadora.

"Kirsty, é o George."

"George?"

"Em Nova York."

"Eu sei onde você mora. Só estava vendo se era você. Por onde tem andado?"

"Você tem o telefone da Tess?"

"Por quê? O que aconteceu?"

"Ela estava aqui agorinha mesmo. Apareceu do nada. E agora ela foi embora."

"Pra onde?"

"Sei lá."

"George, o que você fez?"

"O que você quer dizer com isso?"

"Você deve ter dito alguma coisa. Ela não iria embora do nada."

"Eu não disse nada. Foi só um mal-entendido."

"Que tipo de mal-entendido?"

George queria gritar no telefone: só me passe o número, só me passe o número. Disse: "É um pouco complicado".

"Você tem uma ideia do motivo pelo qual ela foi pra Nova York, não tem?"

"Ela está procurando trabalho."

"Ai, pelo amor de Deus!", disse Kirsty com desânimo.

"Por favor, por favor, me passe o número dela."

"Ela e o Dominic se separaram. Ela contou isso?"

Não dei chance, pensou George. O desespero invadiu-o.

Kirsty soltou um suspiro exagerado. "Tudo bem. Vou dar o número, mas se você a magoar, eu mato você, tudo bem?"

George disse: “Não quero magoá-la”.

“Então pense”, disse Kirsty. “Pense bem antes de ligar pra ela.”

Depois de desligar, George ficou ali, olhando para o número que tinha anotado. Nada fazia sentido. Mia estava quente e pesada, apoiada em seu ombro.

Todas as vezes que ele ligava, caía na caixa postal. No final, deixou um recado, mas tudo que disse foi: “Tess, é o George”.

Mia não reclamou quando ele a colocou no carrinho roxo. Ele levou um bom tempo para encontrar a capa de chuva do carrinho. Colocou cobertores à volta da menina. Não queria se arriscar a acordá-la, vestindo-lhe o casaco.

Chovia forte. O verde das árvores brilhava. Não fazia ideia do caminho a seguir. Por alguma razão, isso fez com que andasse mais rápido. Parou para ver se Mia estava bem, e ela estava tranquila, dormindo sob a cobertura de plástico, toda embaçada. Contudo, depois de um tempo, rodando com ela pelas ruas de Greenwich Village, começou a entrar em pânico. E se Tess tivesse chamado um táxi e ido para o aeroporto? Cada vez que chegava a um cruzamento, ficava ali, observando o trânsito. Viam-se guarda-chuvas por todo canto. As pessoas andavam apressadas, com a cabeça baixa.

A chuva ficou tão forte que batia no seu crânio como se alguém estivesse atirando cascalhos em sua cabeça. Não conseguiu ver Tess em lugar nenhum. E agora ele sabia, lá no fundo, que era inútil, porque as chances de encontrá-la eram nulas. Isso fez com que se sentisse pesado e abafado por dentro, como se estivesse cheio de pedras. Se não conseguisse encontrá-la, ela nunca saberia. Nunca saberia que pensava nela noite e dia, que constantemente revia em sua mente tudo o que ela havia dito, todas as vezes que sorrira, todos os momentos em que olhara para ele com aquela expressão de entendimento, mostrando que sabia quem ele era, que sabia por que ele tinha feito o que fizera. E era culpado por tudo. Ela havia lhe dado uma chance. E ele tinha acabado com ela.

E então ele se lembrou. Lembrou-se das roupas *vintage*. Deu meia volta e foi para a rua Christopher. A essa altura estava ficando difícil enxergar. O céu estava cinzento e a chuva caía tão forte que era como caminhar por dentro de uma cachoeira. As pessoas davam encontrões nele, fugindo do dilúvio, e os carros jogavam enormes quantidades de água.

Por favor, por favor, por favor, pensou George, enfrentando a chuva com dificuldade.

Então, virou uma esquina e viu um casaco rosa-choque. Ela estava ali, a seis, oito metros dele. Ele parou. Ela estava parada em frente a um brechó, olhando a vitrine, o cabelo escuro em longos fios lisos.

Gritou: "Tess".

Jorrou água do toldo para a calçada, como se uma calha estivesse transbordando, obscurecendo sua visão.

Ele levou um tempo para perceber a verdade. O casaco era vermelho, e não rosa. O cabelo dela era comprido demais. Sua ansiedade havia colocado a lembrança que tinha de Tess num corpo estranho — uma mulher mais alta, mais magra, sem atrativos em todos os sentidos.

Não era Tess. Tess tinha ido embora.

"Preciso voltar pra Londres."

"Por quê?"

"Você sabe o porquê."

"Seu pai?"

"Está ficando crítico."

"Seu irmão está lá. Ele pode cuidar dele."

George olhou para ela. Stephanie tinha aquela expressão de profunda impaciência, que ultimamente era comum sempre que falava com ele. George disse: "Pode ser minha última chance. Tenho que voltar antes que seja tarde demais".

"Então, o que eu devo fazer? Não dá pra encontrar uma babá de uma hora pra outra. A agência não funciona. A última vez que precisei deles, ficaram me mandando umas meninas que nem ao menos entendiam inglês."

O que, considerando a maneira como você fala com elas, provavelmente foi uma boa coisa, pensou George. Ele deu uma olhada no outro lado do cômodo, onde Mia, ainda de pijama, enfileirava sua coleção de bichinhos de pelúcia em filas bem organizadas.

"Me deixe levá-la comigo."

Stephanie encarou-o.

"Quero que ela conheça o avô."

"Um hospital dificilmente é um lugar adequado para uma criança de três anos", disse Stephanie.

"Não vamos ficar lá o dia todo."

"Não", disse Stephanie.

"Por que não?", perguntou George.

"Não acho uma boa ideia. Uma doença é extremamente deprimente." Olhou para o relógio. "Agora, se me der licença, tenho que sair pra trabalhar. Já estou atrasada."

"Quando você voltar, não estarei mais aqui."

Stephanie, que tinha lhe dado as costas muito bem cortadas para pôr as chaves na bolsa, virou bruscamente para encará-lo. "O quê?"

"Meu voo sai hoje à tarde."

"E a Mia?"

"Eu disse. A melhor solução é levá-la comigo. Se você não deixar, vai ter que arrumar uma babá. Você decide."

Ela olhou para ele, perplexa. "O que deu em você?"

Tess, pensou George. *Tenho que encontrar a Tess.*

"Normalmente você nunca é tão agressivo."

Ele não disse nada.

"Isso é chantagem."

"Não", disse George. "É uma oportunidade pra você se concentrar no trabalho, enquanto a Mia tem um breve feriado com seus parentes ingleses."

"É completamente fora de propósito", disse Stephanie, "você aparecer com uma coisa tão importante quanto esta, quando estou com a cabeça cheia. Não entendo por que seu irmão não pode se virar sozinho".

George esperou.

Stephanie respirou fundo. "Você me colocou num beco sem saída. Não gosto de ter que escolher entre duas alternativas péssimas. A Mia pode ir, mas quero-a de volta em uma semana." Olhou-o desconfiada. "Tem alguma coisa acontecendo, George? Você anda bem estranho."

"É melhor você ir", ele disse.

"É." O telefone dela tocou. Stephanie deu uma olhada, fez uma careta, e atendeu a ligação. Com um olhar para trás, saiu de casa já negociando termos com algum advogado distante, que também não tinha interesse no café da manhã.

Mia levantou os olhos, viu sua mãe indo embora, e se voltou para seus brinquedos. George, atônito, encostou-se na bancada de madeira como um boxeador que, inesperadamente, tivesse saído vencedor em um *round* sofrido.

Quando seu celular tocou, Tess virou-se e puxou o travesseiro sobre a cabeça. Devia ser Oliver. Tinha sido ele todos os dias da semana anterior, desde que ela voltara para Londres. "Acho que é possível que nós dois tenhamos sido um pouco precipitados"; "A Daisy Greenleaf não funciona sem você; "Você consideraria a possibilidade de voltar?; "Você está jogando pesado, Tess"; "Quais são os seus termos?"

Oliver, por favor, ela pensou. *Me deixe em paz.* Sentia-se como alguém que tivesse deixado a casa de maneira rápida e graciosa, com vestido de baile e tiara, para descobrir que está chovendo, não tem táxi, e está usando botas de borracha. *Eu fiz uma grande jogada. Parecia o máximo. Larguei meu trabalho, voei para Nova York pra ver o homem que eu amo, e agora você me pede pra me inserir de novo na minha velha vida, como uma fatia de pão branco em uma torradeira. Não posso fazer isso. Ainda não. Fui humilhada. Arrisquei. Joguei tudo no vermelho e deu preto. Perdi tudo. E, no momento, não consigo sentir nada em relação à papelaria.*

Não consigo sentir muita coisa com relação a coisa nenhuma, pensou Tess, com a cabeça debaixo do travesseiro.

Às vezes, contra a vontade, ela se lembrava de Nova York. Lembrava-se do ar denso e morno depois da chuva, das fachadas das lojas que cheiravam a cominho, pão quente e baunilha, das ruas — *Walk, Don't Walk* — cheias de táxis amarelos e largos ônibus brancos.

Tudo de que ela se lembrava tinha a lógica peculiar de um sonho, fazendo perfeito sentido e sem o menor sentido ao mesmo tempo. Ele tinha ficado tão feliz ao vê-la! Ela sabia disso. Quando ele foi colocar Mia no sofá vermelho, ela havia tido a certeza de que ele estava prestes a dizer alguma coisa importante. Sentiu que eles estavam à beira de algo novo.

Contudo, ele não tinha deixado a esposa. Então, nada havia mudado. Ele não estava livre. Eles estavam empacados no mesmo caos sem esperança de antes.

Não é possível que alguém tenha que batalhar tanto para encontrar sua alma gêmea, pensou Tess. *Pensei que eu e George estávamos fadados a ficar juntos. Mas talvez não. Vai ver que é isso que toda esta confusão horrorosa está tentando me dizer. Você tentou fazer a coisa dar certo, mas não deu. Agora chegou a hora de abrir mão.*

Kirsty, é claro, tinha dito que largaria tudo e viria fazer uma visita, mas tinha acabado de descobrir que estava grávida de dez semanas. Tanto ela quanto Philippe estavam encantados. No entanto, Kirsty não estava achando a coisa fácil. No momento, passava os dias vomitando ou jogada numa cadeira como se estivesse morta. Tess não deixou que ela viesse.

"George me telefonou", disse Kirsty ao telefone.

"É mesmo?", disse Tess, contida.

"Eu disse que não queria falar com ele."

"Ah."

"Acho que tive uma reação bem furiosa."

Tess encolheu-se ao pensar em Kirsty gritando com George ao telefone.

"Tess?"

"Hã?"

"Você está bem? Estou preocupada com você."

"Não fique. Estou bem."

"Venha pra Paris."

"Não. Agradeço, mas só preciso ficar sozinha um tempo. Acho que, provavelmente, vou ter que voltar pra Daisy Greenleaf, mas ainda não. Vou ficar alguns dias sem trabalhar."

"É minha culpa", disse Kirsty. "Eu nunca deveria ter dito o que o Gareth me contou."

"Como é que você ia saber?", disse Tess.

Por fim, com um peso no coração, Tess telefonou para Oliver e disse que voltaria a trabalhar na segunda-feira. Oliver teve uma reação patética de gratidão. Em seguida, Tess pôs sua roupa de cama para lavar, limpou e arrumou o apartamento, e se vestiu pela primeira vez em uma semana. Dava para fechar seu cinto num furo a menos. *O sofrimento emagrece*, pensou. Sem nenhum motivo especial, resolveu ir até Covent Garden. Contudo, no último minuto, abotoando o casaco, mudou de ideia. *O South Bank*, pensou. Uma grande extensão do Tâmisa, cinzenta e suja, vai bater com o jeito que eu estou me sentindo.

Infelizmente, enquanto Tess descia os degraus de pedra da ponte Waterloo, o Sol irrompeu através de uma cortina negra de nuvens, e brilhou com generosidade. A calçada ao lado do rio estava apinhada de turistas sorridentes que tiravam fotos uns dos outros, e a desolada expansão acinzentada que Tess tinha na lembrança parecia limpa e clara. *Não dá nem pra confiar mais em ambientes depressivos*, pensou. Caminhou até as mesas armadas que expunham livros de segunda mão, e leu os títulos nas lombadas. *Finais felizes*, pensou com tristeza. *Todas essas histórias com finais felizes.*

O homem ao lado dela estava perto demais. *Que grosseria*, pensou. *Ninguém ouviu falar em espaço pessoal*? Olhou para outro lado e fingiu estar interessada em *101 Maneiras de Cozinhar com Lentilhas*.

"Tess?"

Ela levantou os olhos. O homem olhava fixamente para ela.

"Sim?", ela disse, desconfiada.

"Não está me reconhecendo?"

Tess piscou. Esforçou-se. No fundo de sua memória houve algumas vibrações ligeiras. "Dá pra você me ajudar?"

"*Cappuccino*?", perguntou.

Não, ela pensou, *não pode ser*. "Colin?"

Ele sorriu. Tess ficou tão chocada que não conseguiu pensar no que dizer. Era como se os fantasmas de Shakespeare tivessem irrompido do lado de fora do Globe Theatre.

"Você está tão diferente!", ela disse.

"Mais gordo, provavelmente", ele disse.

Não, ela pensou, *mais gordo não. Vivo. Você está diferente porque está bem*. Estava barbeado, com os cabelos grisalhos curtos. Usava uma camisa preta, aberta no pescoço, calça preta, e uma jaqueta cinza com lapelas estreitas. Olhando com atenção, dava para ver uma porção de linhas fininhas ao redor dos olhos, como se ele tivesse passado anos se esforçando para enxergar contra o sol, ou se encolhendo por causa de muita dor. Nada, porém, ligaria este homem à trouxa de trapos fedidos em que costumava se aconchegar na fachada próxima à Daisy Greenleaf Designs.

"Você sumiu", ela disse.

"Você tem tempo pra um café?"

"Tenho. Tenho tempo sobrando."

Assim, eles arrumaram um lugar em uma das redes norte-americanas, e Tess ficou esperando enquanto Colin ia até o balcão. Ficou observando-o, apreciando sua transformação. *Sempre pensei no que teria acontecido com ele. Às vezes tinha medo de que ele tivesse morrido, que tivesse sido enterrado sem uma cerimônia, sem ninguém no seu funeral. E agora, aqui está ele, vindo em minha direção com uma bandeja de plástico marrom, equilibrando-a com cuidado para não derrubar nada.*

"E aí, como você está?" ele perguntou, colocando tudo na mesa.

"Não, você primeiro", ela disse com firmeza.

De início, Colin tentou se esquivar de falar. Disse: "Você não vai querer saber. Você não vai querer saber sobre mim". Ela conseguiu tirar dele que estava morando em uma cidadezinha perto de Cambridge, e que ia duas vezes por mês a Cambridge para fazer *check-ups*. No entanto, depois, ele só balançava a cabeça quando ela fazia perguntas. Por fim, ela disse: "Bom, então nós vamos ter que ficar aqui, sentados em silêncio. Porque não vou dizer uma palavra até você me contar o que aconteceu".

"Você sempre foi assim mandona?" ele perguntou.

"Sempre", ela respondeu, animada.

Então, ele desistiu.

Lembrava-se da visita dela no hospital. "Não posso dizer quanto isto significou pra mim. Ali, eu me senti mais sozinho do que jamais senti em toda a minha vida. E então, lá estava você. Você me perguntou o que eu queria, o que você poderia me trazer. Não acreditei que você fosse real. Achei que provavelmente fosse um anjo."

Tess sorriu.

"E aí você me perguntou quem você poderia procurar. Aquilo doeu. Porque o problema era esse. Eu tinha me afastado de todo mundo, e não podia voltar. Você não tinha como saber, mas eu tinha perdido tudo e não tinha como consertar."

Ah, pensou Tess. *Nunca tive intenção de magoá-lo.*

"E então, um dia a enfermeira veio e disse: 'Sua mulher está aqui'. E ela estava. Logo ali, no hospital. Ela nunca tinha parado de me procurar, desde o dia em que eu sumi. Nunca desistiu. Não é tão fácil achar alguém que esteja resolvido a desaparecer. Ela teve sorte. Eu tive sorte. Uma amiga dela trabalhava no hospital e me reconheceu. Então ela veio e deu um jeito de eu ser transferido. E depois me levou pra casa."

"Ela nunca desistiu", disse Tess.

"Não." Colin sorriu. "Não sei bem o que fiz pra merecê-la."

"Mas por quê? Por que você foi embora?" Ela se arrependeu da pergunta quase na mesma hora. Estava sendo invasiva demais. Dava para perceber isso pela ligeira tensão dos músculos ao redor da boca dele.

"Costumavam chamar isso de esgotamento. Agora existem todos os tipos de nomes extravagantes pra isso, mas basicamente eu dancei. Nada fazia sentido." Ele olhou para ela. "Se alguma outra pessoa me perguntasse, eu teria mudado de assunto. Feito uma piada, mas você merece uma explicação. Por um bom tempo, você foi a única pessoa do mundo que demonstrou algum interesse por mim."

"Não quero que você me conte, se for doloroso", disse Tess sem graça.

"Não é doloroso. Só estou envergonhado. Dizem que às vezes acontecem coisas que desencadeiam lembranças do passado. Perdi meu emprego e alguma coisa surtou na minha cabeça. Saí de casa e não voltei. Não me lembro de nada. Só sabia que não podia voltar. Fiz com que todos passassem o inferno. Não sei por que ela continuou me procurando, mas continuou. E cá estou eu."

"Você tem filhos?"

"Dois, um menino e uma menina. Eles cresceram enquanto eu estava longe. É difícil eu me perdoar por isso."

"Você estava doente."

"É", Colin concordou. "É isso que minha esposa diz. Como uma febre. Alguma coisa de convalescença demorada."

"E agora você está bem?"

"Muito bem." Ele sorriu. "Tive que passar por um longo tratamento de dentes."

"Você está trabalhando?"

"Num abrigo de sem-tetos. Parecia ser o mínimo que eu podia fazer."

Os olhos de Tess encheram-se de lágrimas.

"O que foi? Fiz você chorar?"

Ela balançou a cabeça. "Só me lembrei de uma coisa que você me disse uma vez. Você me disse que não havia segunda chance. Que as pessoas dizem que há, mas que não há."

"Eu disse isso?"

Tess assentiu. "Mas não é verdade, é? Veja você."

"Claro que não é verdade. Não acredito que eu tenha dito isso. Ou que você tenha acreditado."

Tess baixou os olhos para a mesa.

"Então, vamos lá", disse Colin.

"O quê?"

"Sua vez."

"Não tenho nada pra contar", disse Tess.

"Tem alguma coisa a ver com segunda chance o que a está fazendo chorar."

"Eu não quero falar sobre isso", disse Tess, baixinho.

"Bom, eu não vou embora enquanto você não contar."

Quando Rhys espiou pela fresta da porta de entrada da casa em Hackney, ficou de boca aberta de tão perplexo.

"Não é você", ele disse.

"Sou eu e a Mia", disse George.

"O que você está fazendo aqui?"

"Posso entrar?"

Rhys hesitou. Seu cabelo preto estava espetado em todas as direções, como se tivesse sido emplastrado com calda de açúcar. "Não vou mentir pra você. Esta casa tem andado muito mais arrumada, mas nas últimas semanas, o serviço de casa não faz parte das minhas prioridades."

"Tudo bem", disse George.

Com visível relutância, Rhys abriu a porta. George, segurando Mia, franziu o cenho. Rhys estava usando um *peignoir* curto, rosa-claro.

"Não estou vestido, entendeu?", disse Rhys. "Estou tirando um cochilo agora de tarde."

"Estou incomodando?", perguntou George.

"Rhys", chamou uma voz feminina no andar de cima, "quem é?"

George levantou a sobrancelha.

"É a Natalie", disse Rhys. "Uma amiga minha. De Swansea. Veio dar uma voltinha em Londres."

"Em Hackeney", corrigiu George.

"É isso aí."

"Uma voltinha com você."

"Bom, por que não? É sempre bom dar uma escapada."

"Quem é?", perguntou a voz de novo.

Rhys puxou o *peignoir* mais para junto do corpo e apertou a faixa na cintura. "O fato é que eu pensei que tivesse acabado", ele disse num sussurro, "mas ela diz que sentiu minha falta. Está aqui há três semanas".

"Rhys?", gritou Natalie.

"Vou lhe dizer uma coisa", disse Rhys. "Por que você não vai até a cozinha e toma uma xícara de chá, enquanto eu subo correndo e vejo o que está rolando?"

"Tudo bem", disse George sorrindo.

"Se bem que não tenho certeza de que a gente tenha leite", disse Rhys. Fez um ar de preocupação. "Para ser sincero, não tenho certeza de ter chá."

George e Mia estavam batucando na mesa da cozinha com colheres de pau, quando Rhys reapareceu com um jeans preto e uma camiseta verde-limão. “Ela vai descer em um minuto”, ele disse. “Acho que ela quer se maquiar um pouco. Embora ela não precise, é claro. Está muito bem ao natural.” Ele olhou para Mia: “Como esta daqui.” Rhys franziu o cenho. “A quem ela puxou, então? Já lhe disse, ela não se parece nem um pouco com você.”

“Obrigado”, disse George.

Subitamente tímida, Mia subiu no colo de George.

Rhys encheu a chaleira de água. “E aí, o que você está fazendo em Londres?” Parou, lembrando-se. “É o seu pai?”

“A gente vai visitá-lo, enquanto estamos aqui, mas não é por isso que viemos.”

Rhys disse: “Você não está na lista dos preferidos da Kirsty, você sabe”.

George concordou com a cabeça. Kirsty protegia muito Tess.

“Ela está grávida. Você sabia?”

“Quem?”, perguntou George em pânico.

“Kirsty.” De costas para a mesa, Rhys alcançou a última prateleira do armário para pegar as canecas. “Pra dizer a verdade, quase sinto inveja dela. Sempre achei Paris pra lá de romântica. Todos os grandes escritores que viveram lá — Samuel Beckett, James Joyce, Ezra Pond.” Suspirou. “A inspiração que você tira disso, de saber que está andando por onde eles andaram.”

George disse, respirando fundo: “Você sabe onde ela mora?”

“Num lugar estiloso, eu acho”, disse Rhys, procurando o bule. “Se bem que eu não tenho certeza de que conseguiria pronunciar o nome, mesmo que me lembrasse qual era.”

“Costumava ser em Penge”, disse George.

“Não, não era”, disse Rhys.

“Crystal Palace?”

Rhys deu meia-volta. “A gente está falando da Kirsty?”

“Não, da Tess”, disse George surpreso.

“Por que você quer saber da Tess?”

George fez uma expressão confusa. “Quero vê-la.”

Rhys ficou imóvel, segurando o bule de chá azulão. Depois, pousou-o com cuidado, balançando a cabeça com ar de piedade. Puxou uma das cadeiras de madeira e se sentou pesadamente junto à mesa, inclinando-se para a frente como se fosse contar um segredo terrível. "Pode ser que eu seja antiquado, mas sempre achei melhor terminar um relacionamento antes de começar um novo."

George abriu a boca para falar, mas Rhys interrompeu-o com um gesto.

"Você é, obviamente, muito entusiasmado. O que é uma graça. E eu gostaria de lhe ajudar. Claro que ajudaria. Você é um dos meus amigos mais antigos, mas não posso. Porque pelo que a Kirsty me disse, ela ficou arrasada. Em frangalhos. Ela não é o tipo de menina que tem um caso com um cara casado. E, pra ser sincero, não acho justo você tê-la feito passar por isso. Não é justo. Ela é legal. Merece coisa melhor."

Mia, ouvindo com atenção, tinha se virado para olhar para George.

Ah, pensou George, imaginando quanto ela teria entendido. "Mia", ele disse, "se eu encontrar seu coelho e seu urso, você acha que gostaria de ir brincar na sala da frente, enquanto eu converso com o Rhys?"

Mia sacudiu a cabeça negativamente.

George, desesperado, disse: "Só por cinco minutos?"

Mia pensou nisso. Sacudiu a cabeça de novo.

George tentou fazer o máximo para se comunicar com Rhys com os olhos: "Acabou. Está tudo acabado."

"Bom, eu estou sabendo", disse Rhys. "É isso o que estou dizendo. Ela não quer vê-lo. E se quiser saber a minha opinião, acho que está muito certa. Você devia deixar ela em paz."

"Tess? Só queria ver se você está bem."

"Oliver, hoje é domingo de tarde."

"É mesmo?"

Tess, enrugando a testa, segurou o telefone com um pouco mais de força. "É", disse cautelosa. "Não é um dia de trabalho."

"Não, é verdade, tudo bem." Houve uma pausa. "Só queria ter certeza, na verdade, de que você está planejando vir amanhã."

"Estou", disse Tess.

"Ótimo", disse Oliver. Nova pausa. "Eu sei que você disse que vinha, mas só queria ter certeza — entende? — de que sua emergência doméstica estava sob controle. As razões pessoais. Nada que a impeça de voltar pra Daisy Greenleaf."

"Não", disse Tess com tristeza, "Não há nada que me impeça de voltar pra Daisy Greenleaf."

"Então, está tudo resolvido?"

"Está."

"Ótimo", disse Oliver. "Esplêndido!"

"Vejo você amanhã."

"Só mais uma coisa."

"O quê?", perguntou Tess com o coração apertado.

"Aquele cara andou procurando você."

"Que cara?"

"Você sabe, o... " Tess ouviu o suspiro profundo no outro lado da linha. "Não, isso não é bom. Esqueci. Amigo da, ah, de uma amiga sua de escola?"

"Que amiga?", perguntou Tess.

"Aí é que está o problema. O nome me escapa. *Come Fly with Me*, esse tipo de coisa."

"Frank Sinatra?", perguntou Tess.

"É isso aí!" gritou Oliver ao telefone. "É isso aí!"

"Frank Sinatra foi me procurar?", perguntou Tess. "Pensei que ele tivesse morrido."

"Não", disse Oliver. "Ele foi até minha mãe."

"Ah", disse Tess, completamente perdida.

"É óbvio que eu não podia dar o seu endereço", disse Oliver. "Questão de confidencialidade."

"Certo", disse Tess, pensando se deveria aumentar o som do DVD e deixar Oliver ir em frente até acabar a munição.

"Você está sozinha esta noite?"

"O quê?", perguntou Tess, horrorizada.

"Acho que era Frank", disse Oliver. "Não era?"

“Porque ele foi encontrado na estação Paddington”, disse George, “usando um chapéu preto, com uma etiqueta em volta do pescoço, pedindo pras pessoas cuidarem dele.”

Mia olhou para ele de olhos arregalados.

“Ele tinha viajado lá de longe, do misterioso Peru”, continuou George, “e uma família em Londres encontrou-o e foi com ele pra casa, e deu sanduíches de geleia pra ele, porque era a sua comida preferida. E chocolate quente, eu acho. Ele costumava olhar pras pessoas de um jeito bravo, como este” — George franziu a testa — “quando achava que estavam sendo mal-educadas.”

Mia riu.

“E Rhys tem um irmão chamado Gareth, e o Gareth está no Peru. Que é de onde vem o Urso Paddington. Gareth vai me telefonar a qualquer momento, lá da América do Sul.”

Como se tivesse sido planejado, o telefone tocou.

“Alô?”, disse George com uma voz que saiu mais como um grito.

“Contei mais mentiras hoje do que na minha vida toda”, disse Gareth, a milhares de quilômetros de distância, no outro lado do mundo.

“Mas você conseguiu?”, perguntou George.

“Consegui”, disse Gareth. “Mas quero saber o que você vai me dar em troca. Porque seja o que for, é pouco.”

“Você falou com a Kirsty?”

“Falei. Não foi agradável. Ela acabou comigo anos atrás. E foi difícil pra mim ouvir a voz dela, depois de todo esse tempo, mas fiz tudo o que você pediu. E ela acreditou palavra por palavra. Um montão de mentiras e ela engoliu uma por uma.”

“Papel feito à mão”, disse George, “por tribos indígenas na floresta tropical do Peru”.

“Ela disse que a Tess ficaria muito interessada.”

“Todas as cores do arco-íris”, disse George.

“Ela disse que parecia exatamente o tipo de coisa de que Tess gostaria.”

"E ela lhe deu o endereço dela?", perguntou George.

"Depois de certo esforço. Ela disse: 'Não seria melhor mandar todas as amostras pro seu escritório no West End?' Daí eu disse que não, que eu queria fazer uma surpresa. O que, na verdade, não faz o menor sentido, contudo, ela me pareceu bem feliz. E eu disse pra ela que ela tinha que guardar segredo." Houve uma pausa. "Não sei se você pode contar muito com isso. Ela nunca foi boa pra guardar segredo. Eu me lembro de que uma vez ela contou pro Rhys que eu tinha tirado uma nota de dez libras do porquinho dele."

"Gareth?"

"O quê?

"Você vai passar pra mim?"

"Passar o quê?"

"O endereço", disse George.

"O que eu ganho em troca?"

Silêncio.

"Não é hora pra brincadeiras, né...", disse Gareth.

"Mais ou menos isso", disse George.

"E ele simplesmente apareceu na galeria", disse Kirsty, "e ficou ali olhando pra minha barriga e disse: 'Quando é que você ia me contar?' Eu podia morrer de sem graça. A nata da sociedade francesa especulando por que aquele homem de sapatos brancos de plataforma, e paletó de *lamé* estaria afirmando ser o pai do meu filho."

"Então ele não mudou nada", disse Tess. Estava começando a desejar não ter ligado para Kirsty para reclamar de Oliver. A tarde de domingo estava se escoando rapidamente, e ela ainda nem tinha resolvido o que usar em seu primeiro dia de volta ao trabalho.

"Foi você? Você contou pra ele?"

"Pode ter sido a Ellie", disse Tess. "Provavelmente ela telefonou pra ele pra contar que você estava pleiteando uma união estável."

"Então eu disse: 'Akash! Que bom ver você! Você precisa vir conhecer o Philippe!' E aí, adivinha?"

"O quê?"

"Ele não estava sozinho."

Bom, imaginei que não estivesse, pensou Tess. *A gente não vai pra cidade mais romântica do mundo, sozinho.*

"Vamos lá", disse Kirsty, "adivinhe. Adivinhe com quem ele estava."

A campainha tocou.

"Tem alguém na porta", disse Tess. "Posso ligar de volta?"

"Cinco minutos", disse Kirsty. "Tenho outra coisa pra contar. Uma coisa bem esquisita, mas muito interessante."

Tess apertou o botãozinho do interfone. "Oi?"

"Tess?"

Ficou sem reação, com o dedo no botãozinho.

"Tess?", disse George novamente. "Posso entrar?"

Tess pensou um pouco. Disse: "No final da escada", e apertou o botão automático para liberar a porta.

Olhou-se no espelho do corredor. Seus olhos olharam de volta para ela, pretos, apavorados.

Ao abrir a porta da entrada, lá estava ele, subindo o último lance de escada. Parou. Eles olharam um para o outro.

George, pensou Tess.

"Tentei achá-la, quando você foi embora."

Preferia que você não tivesse vindo, ela pensou. *Cada vez que eu consigo me organizar, estabelecer compromissos, tentar ser realista, e perceber que a vida não é uma reprise romântica da Cinderela, você reaparece e eu perco toda lógica, volto para o começo do jogo.*

"Procurei por toda parte. Durante horas."

"Eu tinha que voltar", ela disse.

Ele muda tudo só por estar ali, pensou. O apartamento dela tinha sido um lugar seguro. Sua casa fora uma área "sem-George". Agora ele estava ali, e eram apenas quatro paredes em Brixton, sem defesa contra nada — sem defesa contra a maneira como ela sentia, a dor de passar por tudo aquilo novamente, ou a esperança maluca de que, desta vez, alguma coisa poderia ser diferente.

"Posso entrar?" ele parecia ansioso, hesitante.

Ela queria ser forte. Queria dizer: *Não, George, não pode. Já deu. É hora de passar pra outra*, mas não conseguiu. Talvez fosse pela gentileza com as visitas, que havia aprendido desde a infância. Ou talvez fosse por ele parecer tão vulnerável, e ela não suportar vê-lo assim.

Ela se afastou para deixá-lo entrar. Quando se virou, depois de fechar a porta, ele ainda estava parado ali, hesitante.

"Entre", ela disse, olhando para a porta aberta da sala de visitas. Estava com a sensação de pressão nos ouvidos, como se estivesse nadando debaixo d'água. Achou importante continuar andando, mas suas pernas estavam inseguras demais para apoiá-la. Então, parou assim que pôde, ficando quieta na sala de visitas, diante de George, gelada e rígida como um bloco de gelo. Tentou pensar em coisas hospitaleiras para dizer, como se faz quando chega alguém de um país distante, mas sua mente estava em branco. Rigidamente, curvou-se e pegou o jornal de domingo do sofá próximo a ela. George olhou para o assento vazio. Entretanto, ela não o convidou a se sentar, então ele não se sentou.

Depois de um longo tempo, ela disse: "Como está o seu pai?"

"Está bem", ele respondeu. E então, depois de um pouco, ele disse: "Tão bem como se pode esperar".

Lá fora, um carro de polícia ligou a sirene. Eles ouviram o som encher o ar, diminuir a distância, e sumir.

Tess engoliu em seco: "Como vai a Mia?"

"Está bem", disse George. "Está no carro. Aí fora. Com o meu irmão."

Ela disse, nervosa: "Eles não querem entrar?"

"Não, tudo bem", disse George, mas não deu nenhuma explicação. *Então deve ser uma visita rápida*, ela pensou. *Ou talvez*, pensou com tristeza, *eu não seja tão importante a ponto de ser apresentada à família.*

Ele disse: "Pensei que você morasse em Penge".

"Eu morava."

"Mas não mora mais."

"Não, eu me mudei."

Quando ela não foi em frente, ele perguntou: "E o Dominic?"

"Ele mora em Croydon."

"Ah!"

Ela tentou deduzir pela expressão dele, o que significava aquele "Ah", mas ele estava olhando para o tapete.

Ela disse: "Isto aqui, na verdade é temporário. Até eu comprar alguma coisa em algum lugar. Se bem que eu goste de Brixton. Vou procurar alguma coisa por perto."

Tess olhou fixamente para seus pés. *Então é isso*, pensou. *O que quer que nós tivéssemos, morreu em algum ponto ao longo do percurso. Como uma planta na terra seca, no escuro. Agora, a gente conversa como se estivesse numa festa, esperando que apareça alguém mais interessante. Ela curvou os dedos na palma das mãos, de modo que as unhas afundaram na pele, e a dor a impediu de chorar.*

"Quando você foi pra Nova York...", disse George.

"Foi numa má hora", disse Tess.

"Você perguntou se eu tinha deixado a minha mulher, e eu disse não."

"Não tem importância", disse Tess rapidamente, como uma anfitriã que tenta animar um convidado que derramou vinho no tapete. "Falando sério, tudo bem." E ela teve que desviar o olhar na mesma hora, para o caso de ele ver nos seus olhos como acreditava pouco no que estava dizendo.

Ele disse: "Eu não a deixei. Ela me deixou."

Tess levantou os olhos. George aparecia um pouco embaçado, por causa das lágrimas.

"Eu quis explicar, mas quando me virei, você tinha sumido."

Tess piscou com força.

"Ela só me usa para cuidar da Mia. Paga o meu aluguel. Um cômodo no sul de Manhattan. Cheio de baratas. Vou pra casa dela todos os dias, quando ela está trabalhando." Ele estava com aquele mesmo ar de pânico, que tinha quando ela o conhecera, como se sentisse que outra pessoa deveria estar falando. "Ou então, quando não tem ninguém. Ela discutiu com todas as babás que contratou. É assim que ela é. Discute com quem não concorda com ela. A faxineira tinha ido embora naquela semana que você foi até lá."

Tess tentou entender o que ele estava dizendo, mas era tão diferente da versão que ela tinha construído em sua mente, que as palavras só passavam flutuando, como acontece quando o rádio está ligado e os locutores ficam técnicos demais.

"Não posso deixar a Mia. Eu sou tudo o que ela tem. A Stephanie, na verdade, não dá a mínima pra ela. Na maioria das vezes, ela gostaria que a Mia não existisse. Ela é um problema, só atrapalha."

Uma lágrima solitária escorreu pelo rosto de Tess.

"Ela não deixou que eu visse minha filha durante seis semanas. Tive que batalhar pra que ela mudasse de ideia. Não se faz isso com uma criança. É cruel. Às vezes fico pensando se a Stephanie tem um coração. Ela mais parece um robô. Muito prática, mas não muito humana."

Tess continuou sem dizer nada.

George disse, desesperado: "Não tenho nada pra lhe oferecer. Sei disso, mas eu tinha que vir e dizer que penso em você todos os dias. O tempo todo. Daria qualquer coisa pra você mudar de ideia e me dar uma nova chance. Não vejo motivos pra você fazer isso. Estou duro, desempregado, tenho uma filha pra sustentar. Vou ter que brigar com a Stephanie pela guarda dela, o que vai tomar tempo, dinheiro e energia durante meses. Anos. Contudo, eu tinha que vir e dizer a verdade. Deveria ter te contado em Nova York. Tinha que ter impedido você de ir embora. Tudo o que eu disse saiu do jeito errado, mas esta é a verdade. Não posso viver sem você. Tentei, e não posso. Eu amo você. A gente devia ficar juntos. Temos que ficar juntos. Você disse uma vez que a gente não pode arrebentar a vida dos outros. No entanto, de qualquer modo, a Stephanie está fazendo isso. Ela quer o divórcio." Ele parou, implorando com os olhos: "Até eu conhecer você, tinha me esquecido de quem eu era. Tinha desistido de tudo que era importante pra mim. Tinha deixado de lutar pelo que eu acreditava, mas você mudou tudo isso. Por favor, Tess. Por favor. Me dê mais uma chance."

As pernas dela tremiam tanto que ela mal conseguia acreditar que estava em pé.

Tess disse: "Você entendeu tudo errado".

Os ombros de George caíram.

Ela disse: "Você luta pelo que acredita".

Ele balançou a cabeça.

"Você lutou pela Mia."
Ele desviou os olhos. Disse: "Isso é diferente. Ela precisa de mim".
Fez-se um longo silêncio.
Quando George tornou a levantar os olhos, Tess estava chorando.
"Eu preciso de você", ela disse.

Onze meses depois

"QUE ENCANTO!", disse Glenda. "Pra falar a verdade, eu não tinha certeza de que você viria. Eu sei que você disse que vinha, mas é assim que acontece, não é? As pessoas dizem: 'Ah, vou visitá-la', e os anos se passam e elas nunca fazem isso."

Tess, fascinada, observava os lábios úmidos cor-de-rosa abrirem-se e fecharem-se. Era como olhar um morango falante. Disse: "Bom, pra falar a verdade, pareceu uma pena não vir. Estávamos logo do outro lado do porto Poole, visitando a minha avó."

"Ah, que bom", disse Glenda. "Ela deve estar um tanto velha agora, não é?"

"Está com noventa."

"Não!" espantou-se Glenda.

Tess olhou pelas janelas da varanda de vidro o mar muito azul estendendo-se a distância. O Sol brilhava. Pequenas velas triangulares, tão minúsculas que pareciam borboletas de asas dobradas, flutuavam na água. Em algum lugar, em algum lugar do lado de lá estava a França. Disse, com franca admiração: "Esta vista é maravilhosa!"

"É mesmo, não é?", disse Glenda com um sorriso social, juntando os lábios numa espécie de beijo. "Nunca me canso dela. Em algumas manhãs, fico aqui com minha primeira xícara de chá, olhando o mar, e devaneio. Não sei no que fico pensando. Coisas da vida, entende? Pessoas. E aí, olho pra baixo e meu chá ficou gelado. Só passei um tempo ali, sonhando acordada. O fato é que nunca me sinto sozinha. Em Londres, me sentia sozinha o tempo todo. Gente pra tudo quanto era lado, mas ninguém que desse a mínima. Não de verdade, mas aqui, as pessoas cumprimentam com a cabeça e fazem um leve aceno com a mão. Elas passam por esta janela e sobem aqueles morros ali. Andarilhos em seus shorts marrons e sandálias, com aqueles bastões enormes. Às vezes, eles se sentam naquele banco de madeira e comem seus sanduíches. Sempre imagino que são de queijo e tomate. Ou ovo. Com uma fatia de bolo Battenberg como sobremesa. E eu sorrio e penso como Swanage é deliciosa. Tem o píer, o cinema, as lojas, caso você queira um pouco de movimento. *Fudge*, *mohair*, um rastelo. Ou você pode simplesmente dar uma escapada disso tudo e pegar a trilha do morro até Old Harry. A maior tranquilidade. Um céu enorme e limpo. Exceto pelas gaivotas, é claro. Elas podem ser muito agressivas se você estiver segurando uma casquinha de sorvete. Agora, George, como você gosta do seu chá?"

George piscou. *Eu tinha me esquecido*, pensou Tess, *quanto Glenda pode ser massacrante. Todas essas palavras jorrando feito uma enchente.*

"Eu me lembro de você, é claro", disse Glenda. "Eu me lembro de você vindo procurar Oliver. Na época eu pensei que você seria um bom partido pra uma moça, mas, é claro, Tess não estava disponível, estava?" Sua voz baixou para um sussurro tão baixo que tanto Tess quanto George se inclinaram para a frente em suas cadeiras de vime. Ela movimentou a boca com expressões faciais exageradas, como uma cantora que estivesse fazendo exercícios de aquecimento. "Ela estava com outra pessoa."

"Mas no fim tudo deu certo", disse Tess rapidamente, recostando-se na cadeira, como se descobrisse que Glenda era uma vespa enfurecida zumbindo sobre uma colher de geleia.

"Ah, deu", disse Glenda. "Era óbvio que tinha que ser. Vocês só tinham que esperar que todos os extras sumissem do palco. Agora estou ouvindo os sinos tocando?"

Tess, tomada pela surpresa, deu uma olhada em George, cuja expressão de pânico aumentou. "Não por enquanto", disse Tess, pensando como explicar que George já era casado e tinha uma filha de três anos.

"Que pena! Adoro um bom casamento!"

"Mas a gente avisa assim que for marcado", disse George.

Tess olhou para ele. Ele sorriu, fazendo rugas nos cantos dos olhos. O coração dela deu uma cambalhota. *Ah*, pensou Tess, amolecida de amor, *ah*!

"Achei que deveria avisar você que me ofereceram um novo cargo", disse Stephanie, com a voz ao telefone tão clara que parecia, assustadoramente, que ela estava no quarto vizinho.

"É mesmo?", disse George gentilmente. Ele era sempre muito educado com Stephanie nesses dias. Até então, essa política parecia estar funcionando. A semana de férias de Mia já fora estendida para duas, embora Stephanie tivesse deixado bem claro que não concordava que uma menina de quatro anos fosse ao enterro do avô. Mesmo que fosse em Guildford.

"Me perguntaram se eu gostaria de comandar os trabalhos em Hong Kong."

O coração de George ficou apertado. "Hong Kong?"

Tess, enrodilhada no sofá, levantou os olhos. Esperou muito quieta, sem tirar os olhos de George.

"A partir do começo do mês que vem. Tudo em cima da hora, é claro, mas eles estão desesperados pra me pegar. E é uma baita promoção. Tudo o que eu sempre quis."

"Certo", disse George. "Parabéns", acrescentou às pressas depois de uma longa pausa, quando lembrou-se da sua decisão de se manter cordial o tempo todo.

"Não vai ser possível eu levar a Mia logo de cara", disse Stephanie. "Não até eu me entender. Uma criança pequena não é compatível com o tipo de responsabilidade que eu vou ter que assumir."

"Você não quer levar a Mia", disse George lentamente, olhando para Tess, espantado.

"Não já, já. É simplesmente impossível. É isso o que estou tentando lhe explicar."

"Claro", disse George, mal conseguindo falar.

"Você acha que conseguiria cuidar dela por tempo integral durante um ou dois meses?"

"Acho, acho que dá pra eu me virar."

"A outra coisa que eu preciso conversar com você é sobre esvaziar a casa. Ela vai ficar fechada, enquanto eu estiver fora. Então, pra mim, o melhor é mandar as coisas da Mia pra você. Pra ela ficar com todos os brinquedos e as roupas."

"Tudo bem", disse George.

"Não tenho seu endereço."

"Estou no sul de Londres, em Brixton."

"Brixton? Por quê?"

"Gosto do lugar", disse George. "Tem bons restaurantes, sebos, e uma nova loja de roupas *vintage*. Acabou de abrir, com umas críticas ótimas."

"Roupas de segunda mão?", perguntou Stephanie.

"*Vintage*", disse George, olhando para Tess. "A maioria da década de 1940."

Houve um pequeno silêncio de perplexidade.

"Vou vender o piano", disse Stephanie.

"Tudo bem."

"George, você está bem?"

"Por quê?"

"Pensei que você fosse ficar chateado."

"Não, tudo bem. Ele é seu. E agora eu estou com o piano do meu pai. Ele deixou pra mim em testamento."

"Você está com um jeito muito estranho, George."

"Estou?"

"Bem diferente."

"Só estou feliz, é isso."

"O quê?"

"Estou feliz por estar em Londres. Você quer falar com a Mia?"

"Não tenho tempo. Estou no intervalo de umas reuniões. Só me passe o endereço em Brixton. Preciso ter tudo organizado." Ela fez uma pausa. "E eu vou dar uma passada por aí, antes de ir pra Hong Kong. Só pra ver se a Mia está bem."

"Ela está ótima", disse George rapidamente.

"Sou a mãe dela", disse Stephanie. "É meu dever ter certeza de que ela esteja bem."

"Certo", disse George, angustiado.

Quando a ligação terminou, George ficou ali, imóvel. Tess levantou-se do sofá e foi para junto dele. "O que foi?", disse, olhando para seu rosto. "O que aconteceu?"

"Ela arrumou um trabalho novo em Hong Kong."

"Que bom!", disse Tess.

"E ela está disposta a deixar a Mia comigo enquanto se instala."

"Isso também é bom", disse Tess. "Ela pode descobrir que quer que a Mia fique na Inglaterra pra sempre."

"E ela quer vir pra Londres pra ver se a Mia está bem."

"Ah", disse Tess.

Os dois se entreolharam.

"Eu poderia sair nesse dia", disse Tess. "Ou vocês poderiam se encontrar em algum lugar neutro."

"A Mia vai contar pra ela", disse George. "Estou espantado que ela ainda não tenha feito isso. É só porque a Stephanie está sempre muito apressada no telefone."

Tess mordeu o lábio. "Ela não vai gostar desta história, vai?"

George se recostou pesadamente contra a parede. "Ela nunca gosta de nada que me faça feliz."

"Mas isso não a faria mudar de ideia, faria? Ela não vai dar uma olhada em mim e resolver levar a Mia pra Hong Kong?"

"Quem sabe?"

"Quanto tempo a gente tem?"

"Menos de um mês."

Não, pensou Tess. *Isso não pode estar acontecendo. A gente só está feliz há cinco minutos.*

"Vai dar tudo certo", ela disse.

"Vai?"

"Vai", disse Tess, porque o amava. "Confie em mim."

"Quem é aquele com o Akash?"

Kirsty franziu o cenho. "Você o conhece."

"Não, não conheço", disse Tess. A iluminação do clube não era exatamente apropriada para uma pessoa enxergar. Era iluminação para criar um clima. "Não é aquele bailarino, é?"

"O próprio", disse Kirsty.

"Tom", disse Tess. "Era este o nome dele. Pé quebrado. Ele jantou no nosso apartamento. Há anos. Eu não sabia que ele era gay."

"Nem eu", disse Kirsty. "E olha que eu estava dormindo com ele!"

"Você não vai ligar de novo", disse Tess.

"E se ela acordar?"

"Tenho certeza que ela está dormindo profundamente no seu bercinho de viagem, com a Mia toda aconchegada ao lado dela. E a Cora está assistindo *Mad Men* com o som baixinho, pra poder ouvir o mínimo barulhinho de qualquer uma das duas."

"Ela é tão pequenininha, e está num país estranho", disse Kirsty.

"Ela está na Inglaterra."

"Você se esquece de que, agora, eu vivo na França."

"Não me lembre."

"Eu vim por causa de tudo o que está acontecendo de importante: chás de cozinha, inauguração de loja, ajudar amigas que acabaram de ficar grávidas."

Tess olhou para ela, chocada.

"Eu sabia", disse Kirsty.

"Não", disse Tess. "Kirsty..."

"Eu sabia. Eu disse pro Philippe: 'Tem alguma coisa que ela não está me contando'."

"É cedo demais pra contar."

"Até pra mim?"

"A gente só descobriu na semana passada", disse Tess angustiada.

"Qual foi a reação da Mia?"

"A gente ainda não contou pra ela."

"Juro que não vou contar pra ninguém", disse Kirsty.

"Você não consegue guardar segredo nem em caso de vida ou morte."

"É horroroso você dizer isso."

"Mas é verdade."

Kirsty riu. "E aí, como é que você está se sentindo? Enjoada? Caindo na choradeira a cada cinco minutos?"

"Estou me sentindo maravilhosa", disse Tess, sorrindo.

"Como é possível? Pensei que fosse morrer, quando engravidei. Fiquei tão mal que o Philippe teve que me colocar no escritório dos fundos, pra não tratar mal os clientes. Ah, olhe, ali vem a Ellie."

"A gracinha da Ellie", disse Tess. "Uma matéria inteira, com fotos da loja."

"É pra isso que servem os amigos."

Tess olhou para ela: "Você está querendo dizer que o meu brechó não é bom o bastante pra aparecer na melhor revista de moda de Londres?"

"Claro que não", disse Kirsty. "Só estou dizendo que sempre ajuda conhecer amigos em altas posições. Quando é que o George começa?"

"Às oito e meia."

"Ele está nervoso?"

"Está. Faz dias que anda quieto. Tive que explicar pra Mia que o papai está com tanta música na cabeça que não consegue ouvir mais nada."

Kirsty olhou para ela. "Acho que posso ter me esquecido de dizer isto, mas estou muito feliz por você. Houve um tempo em que eu estava muito preocupada porque seria só Dominic e Penge."

Tess corou. "Eu também."

"E foi mesmo tudo bem, quando a esposa de George apareceu?"

Tess respirou fundo. "Foi."

Tem vezes em que a gente mente até para a melhor amiga. Tess ainda tinha pesadelos de que Stephanie se metamorfoseara numa mistura da Cruela Cruel e o diabo de olhos amarelos de *O Bebê de Rosemary*. Era difícil esquecer a tarde quando elas finalmente haviam se conhecido. George e Mia tinham ido encontrar Stephanie no aeroporto, onde George havia explicado, com sábia economia, que ele e Tess eram velhos amigos que só recentemente haviam percebido que queriam ficar juntos.

"Que cômodo!", disse Stephanie.

"Juro que tudo isso aconteceu depois que voltei de Nova York."

"Você parece ser especialista em pegar mulheres que pagam seu aluguel."

Na sala de visitas do apartamento em Brixton, Stephanie deixou seus olhos passarem muito lentamente por Tess, indo da cabeça até seus sapatos recém-engraxados. A tensão era tão forte que até Mia ficou em silêncio.

"Que extraordinário!", disse Stephanie com grosseria.

"Eu também tenho muito prazer em conhecê-la", disse Tess.

"Você trabalha em uma loja", disse Stephanie.

"Bom..." Tess estava prestes a contar sobre o brechó, mas percebeu, a tempo, que aquele era um jogo de quem levava a melhor. Deixou o trabalho de lado, permitindo que Stephanie dominasse a situação. "É, é isso aí."

Pelo canto dos olhos, viu George se encolher.

"As pessoas são tão diferentes, não é mesmo?", disse Stephanie. "Pessoalmente, preciso de alguma coisa que me desafie intelectualmente."

"Acho que, provavelmente, a Mia vai ser igual a você", disse Tess. "Ela é muito inteligente. Não tem dúvida que isso veio de você."

Stephanie permitiu-se um sorriso satisfeito. "Pretendo ficar de olho na educação dela, enquanto estiver fora. Vou querer relatórios regulares."

"Claro", disse Tess, pensando no que Stephanie quereria dizer, já que Mia nem ao menos tinha entrado no maternal. Será que ela já havia decidido que Mia deveria ficar na Inglaterra com George? Respirou fundo. "Uma boa educação é fundamental, se ela for seguir os seus passos. George me falou muito sobre o seu sucesso. Saiu uma matéria sobre você no *New York Times*, não foi?"

Mais tarde, George disse: "Foi tudo muito humilhante?"

"Não", disse Tess.

"Eu amo você", disse George, tomando seu rosto entre as mãos. "Principalmente quando você mente pra que eu me sinta melhor."

Tess sorriu com essa lembrança.

"Você tem certeza de que me contou tudo sobre a Stephanie?", perguntou Kirsty, observando-a mais de perto.

"Exatamente tudo", disse Tess, acenando para Ellie.

"Pensei que ela fosse lutar contra você até o mais amargo fim."

Mas não havia necessidade, pensou Tess. *Stephanie conseguira o que queria. E não era a Mia, nem o George.*

Ellie, que usava um *smoking*, com camisa branca de babados e gravata borboleta, estava ligeiramente ofegante. "Não perdi nada, perdi?"

"O número de abertura", disse Kirsty. "Eles eram bons."

"Mas o George não."

"Não", disse Tess. "Ele entra daqui a dez minutos."

"Posso lhe trazer uma bebida?", perguntou Ellie.

"Ela está tomando Coca", disse Kirsty.

"É mesmo? Por quê?"

"Eu não bebo o tempo todo."

"Mas você não gosta de Coca." Ellie parou. "Ah!"

"Pelo amor de Deus", disse Tess.

Ellie abraçou-a. "Que ótima notícia! Mal posso esperar pra contar pro Rhys."

"É segredo", disse Kirsty. "É cedo demais pra contar pra alguém."

"Ah, bico calado", disse Ellie.

Tess olhou para as duas.

"Tess", disse Kirsty apontando com a cabeça alguém atrás dela. "Tem alguém que você conhece."

"Oliver!", disse Tess.

"Absolutamente incrível!", disse Oliver. "Eu sabia que ele era bom. Na casa da minha mãe... Todos os velhos clássicos. *The Way You Look Tonight*, esse tipo de coisa. Mas de fato, um clube de jazz lendário. West End. Sábado à noite. Não dá pra ser melhor do que isso, dá?"

"Foi só uma coincidência maravilhosa", disse Tess. "Ele tinha ouvido o George em Paris, há anos. Quando a banda estava junta. Disse que nunca se esquecera daquilo. Sentado num clube vazio, ouvindo George tocar. Estava louco pra contratá-lo."

"Bom, isto é maravilhoso", disse Oliver. Hesitou. "E como está a Helen?"

Tess apertou os olhos, constrangida. "Ah, ela está indo muito bem. Parece que nasceu pra isso, na verdade".

"Ainda não sei se eu perdoei você completamente", disse Oliver. "Todo o meu departamento de *marketing* se mudando em massa. No piscar de um olhos."

"Você sabia que ela adorava roupas *vintage*?"

"Não", disse Oliver melancólico. "Mas eu nunca conversei com ela. Dava a impressão de que ela poderia morrer de choque se eu tentasse."

"Ela está muito mais confiante agora", disse Tess.

"Posso imaginar que a loja esteja indo muito mal e você vai precisar vendê-la às pressas, e achar um trabalho pra você e pra sua equipe?", perguntou Oliver.

Tess balançou a cabeça feliz.

"Ah, bom, não custa tentar", disse Oliver.

Kirsty estava acenando.

"Quem é?", perguntou Tess, pequena demais para enxergar acima de todas as cabeças.

"Walter. Com a Sonya. E o Rhys atrás dele. E o Colin acaba de chegar com a esposa."

"O Rhys contou pro George que eles estão voltando pra Swansea. A Natalie não é muito fã de Londres", disse Tess.

"No que ela trabalha?"

Tess franziu o cenho. "Não tenho certeza. Perguntei uma vez pra ela e ela me disse que tinha que lidar com o sofrimento."

"Como uma terapeuta?", perguntou Kirsty. "Ou trabalhar num hospital?"

"Acho que ela é agente de trânsito", disse Tess.

Kirsty, que tinha gesticulado freneticamente para chamar a atenção de Rhys, olhou ao redor da mesa. "Tem espaço pra todo mundo? Ellie, dá pra você arrumar mais cadeiras? A Tess não deveria estar carregando nada."

"Ah, dor nas costas?", perguntou Oliver.

E agora lá estava Rhys, sorrindo, com o cabelo e a barba desgrenhados como um profeta do *Antigo Testamento*. "Todas as minhas pessoas favoritas", ele disse. "Eu sabia que este dia ia chegar. Sabia que um dia todos nós estaríamos juntos pra festejar o George."

"Ele ainda não tocou", disse Tess, nervosa.

"E eu sempre soube", ele disse, olhando para Tess, "que vocês dois deviam ficar juntos. Era óbvio."

"Era mesmo, não era?", disse Kirsty. "Não acredito que eles tenham demorado tanto."

"Comparecimento brilhante", disse Rhys olhando em torno. "Absolutamente lotado."

"Você não está se sentindo zonza, está?", perguntou Kirsty a Tess. "Eu sempre me sentia zonza no meio de multidões."

"Baixa taxa de açúcar", observou Rhys.

"Não quando eu estava grávida", disse Kirsty.

"Olhe", disse Tess. "Ali na porta. Não é o Mo?"

"Isso me faz sentir bem comovido, juro", disse Rhys. "Os amigos do George vindo de todos os cantos do mundo."

"Onde é que o Mo vive?", perguntou Kirsty.

"Kentish Town", disse Rhys.

"Faz anos que eu não vejo o Mo", disse Tess. "O que ele anda fazendo?"

"Ainda está dando aulas", disse Rhys. "Acho que agora ele é chefe de departamento."

"Ele está com alguém?", perguntou Tess.

"Quando, agora?", perguntou Rhys dando meia-volta.

"Não, estou falando em geral. Ele tem uma companheira?"

"Acho que não", disse Rhys. "Uma vez ele me disse que é muito mais fácil viajar sozinho."

"Viajar pra onde?"

"Pela vida, eu acho", disse Rhys.

"Mas não tem nem a metade da graça", disse Kirsty.

Mo esforçou-se para chegar até a mesa deles. Parecia exatamente o mesmo — agressivo, cabelo de um ruivo intenso, e uma expressão de extrema fúria. Ficou parado um momento, com as mãos nos bolsos, contemplando o piano no palco vazio. "Ele conseguiu, então", disse para Tess.

"Enfim", disse Tess, sorrindo.

Mo concordou. À volta deles, as pessoas estavam começando a se sentar. Havia um clima de expectativa ansiosa, como se todos soubessem que aquele era o começo de algo grande, que aquela noite seria comentada durante anos.

"Eu não pensei que ele conseguiria", disse Mo. "Quero dizer, ele sabe tocar. Eu sei que ele sabe tocar, mas pensei: não há meios de o George chegar lá. Ele não tem segurança. Não tem culhões."

O sorriso de Tess morreu.

"Mas eu estava errado. Estou feliz por ter me enganado. Ele merece isto. Não existe um cara mais legal." Ele se recostou na cadeira.

"As coisas não caíram do céu", disse Tess.

"Não?"

Tess estava a ponto de dizer: *não, aconteceu porque a gente se encontrou. Depois que ficamos juntos, tudo o que a gente não podia fazer antes se tornou possível. Demos coragem um pro outro. Demos esperança um pro outro. Porque aí é que está a verdade. Algumas pessoas conseguem as coisas sozinhas, mas são raras. São aquelas feitas de aço. O restante de nós precisa encontrar alguém que nos ame, nos encoraje, e nos mantenha em segurança.* Ela olhou para Mo, que ainda esperava uma resposta, com aquela sobrancelha levantada, ligeiramente sarcástica. *Não*, ela pensou, *você não entenderia*, *não adianta tentar explicar.*

"Foi preciso muito trabalho, também", disse Tess.

Mo sorriu: "Por um minuto você me deixou preocupado".

"Por quê?"

"Só me lembrei. Você era aquela que acreditava em almas gêmeas."

"Acreditava?"

"Você estava cheia dessa coisa", disse Mo. "Almas divididas em duas, procurando seu gêmeo pela Terra. Mancando, andar ferido, incompletas, confusas, fracas, incapazes de agir até encontrarem sua outra metade." Ele riu. "A maior merda romântica que você já ouviu na vida. Eu me lembro de que eu lhe disse de onde vinha isso. Era só uma história. Uma brincadeira feita há anos pra fazer os outros rirem. E eu me lembro do seu rosto. Não dava pra você acreditar nisso. Você parecia tão chocada!"

"Eu me lembro disso", disse Tess.

"Se lembra?"

"Me lembro", disse Tess. Com cuidado, ela disse: "Você tem certeza de que é um monte de merda?"

Mo olhou para ela incrédulo. "Você não está dizendo que ainda acredita nisso?"

Exatamente nesse momento, as luzes da casa diminuíram. Os holofotes focaram o piano. O público ficou em silêncio. Todos os rostos se voltaram ansiosos para o palco, esperando George aparecer.

Tess, com as mãos sobre a barriga, sorriu.

Este livro foi impresso pela gráfica
Cromosete em papel norbrite 66,6 g